제리엠 게임판타지 장편소설

WISHBOOKS GAME FANTASY STORY

힐통령

태양의 사제

힐통령 태양의 사제 18

제리엠 게임판타지 장편소설

초판 1쇄 찍은 날 | 2020년 3월 24일
초판 1쇄 펴낸 날 | 2020년 3월 31일

지은이 | 제리엠
펴낸이 | 예경원

기획 | 위시북스
편집책임 | 이은송
편집 | 위시북스

펴낸곳 | 예원북스
등록번호 | 제396-2012-000132호
등록일자 | 2012. 7. 25
KFN | 제1-518호

주소 | 경기도 고양시 일산동구 호수로 646-24 위너스21 II 빌딩 206A호 (우)10401
전화 | 031-819-9431 팩스 | 031-817-9432
E-mail | yewonbooks@naver.com

ISBN 979-11-365-2090-6 04810
979-11-89450-74-8 (set)

※ 이 도서의 국립중앙도서관 출판시도서목록(CIP)은 서지정보유통지원시스템 홈페이지(http://seoji.go.kr)와 국가자료공동목록시스템(http://www.nl.go.kr/kolisnet)에서 이용하실 수 있습니다.

제리엠 게임판타지 장편소설
WISHBOOKS GAME FANTASY STORY
힐통령
완결
18
태양의 사제
Wish Books

힐통령

태양의 사제

CONTENTS

122장
사도회의

어느덧 땅거미가 지고, 석양이 내려앉았다.

"헬릭 님. 잠시 이야기를 좀 드리고 싶은데요."

진중한 음색이 세 사람의 귓가를 울렸다. 유하린은 카이가 무슨 말을 하려는지 눈치챘다. 뮬딘에 대한 이야기리라.

"라샤 님, 이번에 칼 라샤 교단 설립을 진행하고 있는데, 몇 가지 여쭤봐도 될까요?"

"네, 그래요. 날도 어두워졌으니 방으로 가실까요?"

눈치 빠른 유하린과 라샤가 눈을 찡긋거리며 자리를 피해주었다. 두 사람만 남은 화원은 거대해 보였다. 조금 전까지 웃음이 떠나지 않던 화원에 알 수 없는 삭막함이 감돌았다.

"헬릭 님."

"응, 말하거라."

카이의 진지한 모습을 보일 때면, 헬릭도 장난기를 지운 모습으로 대화에 임했다.

"훗."

그의 입에서 피식 웃음이 새어나왔다.

"뭘 그렇게 긴장하고 계세요."

"기, 긴장은 누가 했다고 그러느냐……."

머쓱해진 헬릭이 고개를 돌리며 중얼거렸다.

"그러고 보니 헬릭 님 의견을 못 들어봤네요. 어떠세요?"

"뭐가 말이냐?"

"저랑 하린 씨랑 그…… 연인 사이가 된 것에 대해서요."

"움…… 그냥 뭐 잘 어울린다고 생각한다만?"

헬릭이 고개를 갸웃거리며 말했다.

"솔직히 의외네요…… 이제 과자랑 사탕 일일이 못 챙겨주는 거 아니냐고 울먹거리실 줄 알았는데."

"아, 아앗! 설마 소홀해지는 것이더냐!"

헬릭이 그제야 큰 충격을 받은 표정으로 소리쳤다.

"아뇨, 그럴 리가요."

"후유…… 그럼 다행이다."

안도의 한숨을 내쉰 헬릭이 놀란 가슴을 쓸어내렸다.

"그대와 유하린은 잘 어울리는 커플이다. 두 사람 모두 내가 아끼는 이들이기도 하다."

"저야 그렇다 치고. 하린 씨는 왜요?"

"두 사람 모두 나에게 뭔가를 바라지 않으니까."

헬릭이 태연한 목소리로 중얼거렸다.

"그대여. 나를 따르는 인간들이 많다. 터무니없이."

그녀의 입가로 살짝 서글픈 미소가 걸렸다.

"그들은 항상 내가 무언가 해주기를 바란다. 돈, 권력, 때로는 불 같은 사랑이 되기도 하지."

헬릭의 눈동자에 천천히 저무는 태양이 반사되었다.

"하나 그대들은 그런 것이 없다. 항상 나에게 사탕이나 과자를 하나라도 더 쥐여주면 쥐여줬지, 딱히 나에게 바라는 것이 없었지 않느냐. 그래서 대하기가 편하다."

"과연……. 비슷한 이야기를 저번에 해주신 적 있죠?"

"너의 목소리가 들려 놀이를 하고 있을 때였을 거다."

너의 목소리가 들려 놀이는 헬릭이 천상의 섬에서 심심할 때 하는 놀이였다. 어느 날 카이가 심심풀이 삼아 종이컵과 실을 이용해 전화기를 만든 적이 있었다. 그때 헬릭은 전화기를 들고 섬 끝자락으로 쪼르르 달려가서, 전화기 한쪽을 제 귀에 대더니, 다른 한쪽을 구름 밑으로 내렸다. 그러고는 그 종이컵을 통해서 인간들이 자신에게 올리는 소원들을 듣는 놀이였다. 물론 종이컵이 없어도 소원은 들을 수 있지만, 그걸 사용하는 편이 더 잘 들리는 기분이라나.

"신이란 항상 기대를 받는 존재다. 나뿐만이 아니라 모든 신들이 그렇다."

그럴 것이다. 인간들은 항상 그들에게 무언가를 바라고, 빌며, 갈구하니까. 충분한 노력을 기울이면서 기도를 하는 이들도 있지만, 개중에는 아무런 노력도 없이 신에게 기도만 주야장천 올리는 이들도 있다.

"뭐, 이 이야기는 여기까지 하자꾸나. 역시 둘이 있는 것이 편하구나. 마음이 편안해진다."

"다행이네요. 하지만 이거 죄송해서 어쩌죠. 오늘 다룰 주제는 헬릭 님을 조금 불편하게 만들 수도 있습니다만."

"우으응…… 그대니까 용서하겠느니라."

카이는 잠깐의 고민 끝에, 귀여운 신을 바라보며 말했다.

"오늘은 뮬딘, 그에 대한 이야기를 꺼내볼까 합니다."

미리 예상했던 걸까, 아니면 갑작스러웠던 탓일까.

"뮬딘……. 흐우."

잠깐의 침묵 후 옅은 한숨을 내쉰 그녀가 곤란하다는 표정으로 입을 열었다.

"언젠가는 그대와 이런 이야기를 하게 될 줄 알았느니라. 그게 오늘일 줄은 몰랐지만……."

"갑작스럽게 이야기를 꺼낸 건 죄송하게 생각합니다."

"용서하겠느니라. 그런데 뮬딘, 그 녀석에 대해서 무슨 이야기를 나누고 싶다는 것이냐?"

헬릭의 목소리는 언제나처럼 맑았지만, 톤이 낮았다.

'나와의 대화에 진지하게 임해주고 계시는구나.'

카이는 천천히 말을 이어나갔다.

"얼마 전에 헬릭 님과 률딘에 대한 이야기를 이것저것 알게 되었습니다."

"어떻게?"

"어…… 다른 세계에서 우연히요."

빠르게 머리를 굴린 카이가 대꾸했다. 페가수스의 사장과 라무스의 개발자가 말해줬다고는 말할 수 없었으니까.

"다른 세계라, 그러고 보니 얼마 전까지 마계에 있었지?"

"예."

"그토록 가지 말라고 하였건만…… 한데 그곳에도 우리의 이야기를 아는 이가 있던가……?"

"음. 그게 이런저런 기록이 남아 있더라고요."

"아, 기록인가…… 그렇다면 가능할지도…… 그곳에 무엇이라고 쓰여 있었느냐."

"률딘이 헬릭 님을 죽이려 한다고 쓰여 있었습니다."

카이의 낮게 깔린 목소리가 화원에 울려 퍼졌다.

주변의 식물들조차 몸을 사리는 것처럼 바르르 떨렸다. 무의식적으로 흘러나온 분노 때문이었다.

"뭐, 일단 진정하거라."

헬릭은 심드렁한 표정으로 그를 진정시켰다.

"아니…… 헬릭 님을 죽이려고 한다니까요?"

"응. 알고 있느니라."

"그런데 어떻게 태연하십니까? 그걸 보고만 있었어요?"

헬릭의 표정이 시무룩해졌다. 어깨도 축 늘어진 것이, 마치 비를 잔뜩 맞은 아기 강아지 같았다.

"나는 그 녀석이랑 싸울 정도로 강하지 않은걸."

카이의 눈매가 가늘어졌다. 이 부분이 항상 이해가 되지 않았던 부분이기 때문이다.

"헬릭 님. 신들의 힘이란 신도수…… 그러니까 즉, 신위(神位)와 연관되어 있는 거 아니었습니까?"

"으으응. 조금 다르니라."

헬릭이 고개를 흔들었다.

"혹시 그대는 학교를 다녀본 적 있느냐?"

"물론 있죠."

"앗, 설명하기 쉽겠구나. 그대는 반장을 해본 적 있느냐?"

"두 번 정도는 있습니다."

"대단하구나. 그럼 묻겠다. 반장이란 어떤 존재지?"

"그야…… 학급을 대표하는 학생이죠. 당연히 공부도 잘해야 하고, 인망도 있어야 합니다."

"즉, 일반적인 학생보다 훨씬 유명하며 학급에서 지닌 영향력의 크기가 다르다. 맞느냐?"

"네."

"하지만 어느 날 반장이 그 반에서 유우명한 불량 학생과 싸움이 붙으면 어찌 되겠느냐."

왜 이런 질문을 하는 걸까. 카이가 고개를 갸웃거리자, 헬릭이 당당하게 팔짱을 끼었다.

"유명하거나, 영향력이 있거나. 그런 건 아무래도 좋다는 의미이니라. 결국 싸움은 무력만으로 부딪치게 되니까."

무슨 말을 하고 싶었는지 깨닫게 된 카이가 감탄했다.

"신들을 학교에 비유하신 거군요. 뮬딘은 불량 학생."

팔짱을 끼고 있는 헬릭의 표정은 묘하게 뿌듯해 보였다. 아마 자신의 비유가 생각 이상으로 마음에 들었던 것이리라.

카이가 자신의 턱을 어루만졌다. 헬릭은 천계에서 가장 유명한 신이지만, 본신의 무력은 뮬딘을 당해내지 못한다.

그렇다면……. 방법은 하나밖에 없지 않은가.

"제가 헬릭 님 대신 뮬딘과 싸우겠습니다."

헬릭이 슥 고개를 들었다. 그리고 카이를 쳐다보더니.

고개를 도리도리! 흔들었다.

"아니, 그대는 무리구나. 죽임을 당할 것이 분명해."

"……격의 차이 때문입니까?"

우뚝, 흔들리던 헬릭의 고개가 허공에 멈춰 섰다.

"그것도 알고 있었느냐."

그저 말뿐인 사람이 되고 싶지 않았다. 어떻게 해서라도 헬릭을 살릴 것이다.

"고, 곤란하구나."

그 진지한 눈빛을 정면에서 마주한 헬릭이 부끄러운 듯 괜히 고개를 돌렸다. 머리를 숙인 헬릭은 제 머리카락을 베베 꼬거나, 볼을 당기면서 고민을 이어갔다.

"흐아아."

잠시 후, 갓 쪄낸 만두처럼 정수리에서 스팀을 뿜어낸 헬릭이 제 찻잔을 한 번에 들이켰다.

"방금 마신 건 아가릿 티. 정신을 맑게 해주는 효과가 있는 차인데 어떠세요?"

"맛있구나. 다음에 사 오거라."

"넉넉히 사갈 테니 다른 신들이랑 같이 마시세요."

"응응, 그리고 잠시 이야기가 샜지만…… 알겠느니라."

헬릭이 시원하게 고개를 끄덕였다.

"그대는 나의 사도. 시미즈도, 체란티아, 그리고 패트릭도 알고 있었던 걸 말해주지 않는다는 건 불공평한 일이겠지."

"어! 그들은 헬릭 님과 묶인 놈의 관계를 알고 있었어요?"

"딱히 비밀은 아닌걸. 신이라면 대부분 알고 있는데……."

뭐지? 이 엄청난 소외감과 허무함은.

"그럼 설명 부탁드릴게요."

"음…… 어디서부터 설명을 해야 할지."

말주변이 서툰 헬릭이 잠시 고민했다. 이대로 두면 한참은 헤맬 것 같았기에, 카이가 슬쩍 지원해 주었다.

"뮬딘이 왜 헬릭 님을 죽이려고 하는지 알려주세요."

"아, 그건…… 어쩌면 내 잘못일지도……."

헬릭의 조그마한 입이 우물쭈물거렸다.

"잠깐, 혹시 먼저 시비라도 거신 거예요?"

"그럴 리가 없지 않느냐!"

헬릭이 빼액! 소리를 질렀다. 하긴, 사탕만 줘도 잠잠해지는 이 꼬마 여신이 시비를 거는 모습은 상상이 가질 않았다.

"그럼 대체 무슨 잘못을 한 건데요?"

"어…… 음. 들어보거라. 자, 주먹이 두 개가 있느니라."

"네."

"왼쪽 주먹은 지금부터 태양."

부웅부웅, 헬릭이 자신의 왼손을 귀엽게 흔들었다.

"그러면 오른쪽 주먹이 달인가요?"

"역시 내 사도다. 똑똑하구나!"

'아니, 이 정도는 당연히 알죠…….'

"어…… 그러니까 이렇게 생각해 보자꾸나. 자, 달이 지고 해만이 떠 있다. 그렇다면 어떤 상태라고 생각하느냐?"

"낮이죠. 정확히 말하면…… 새벽부터 석양이 지기까지."

"정답이니라. 그렇다면 이건?"

반대로 그녀의 왼손이 떨어졌고, 오른손이 올라왔다.

"밤이죠. 늦은 오후부터 다음 날 새벽까지의 시간."

"맞다. 희미한 달빛만이 존재하는 시간이지."

두 손을 내린 헬릭이 천천히 말을 이어갔다.

"그는 이 사실을 불쾌해했다."

"……뭘 불쾌해해요?"

"나와 자신의 차이에서 비롯되는 모든 부분을 불쾌해했다. 태양이 왜 하루의 시작을 여는 상징이 된 것인지. 왜 대부분의 사람들은 낮에만 활동하고 밤에는 잠을 자는지. 왜 내가 자신보다 훨씬 더 많은 존경을 받는 것인지에 관하여."

"하지만 그건 어쩔 수 없는 거잖습니까."

마도학이 발달되기 전이라면, 아니 지금조차 마찬가지다.

'인류에게 밤은 위험해.'

이 세계에는 몬스터가 있다. 어둠 속에 몸을 숨기고 인간을 사냥하는 포악한 사냥꾼들.

조심해야 할 것은 그들뿐만이 아니다. 어둠을 틈타 범죄를 저지르는 이들은 수도 없이 많다. 당연히 비교적 안전하고 주변이 잘 보이는 낮을 중심으로 생활 패턴이 짜여질 수밖에 없다는 소리다.

"잠깐만요. 설마 뮬딘은 헬릭 님을 죽이고, 세상을 자신의 위주…… 밤이 기준이 되게 만들려 한다는 소리입니까?"

헬릭이 말없이 고개를 끄덕였다.

'미친놈.'

교육상 그녀의 앞에서 욕을 뱉어낼 수는 없었던 터라, 카이는 목구멍으로 욕을 삼켰다. 고작 그런 이유 때문에 헬릭을 죽이려고 든단 말인가?

물론 그가 헬릭와 상반된 존재라는 것은 잘 알고 있다.

빛과 어둠. 낮과 밤. 선과 악. 자비와 죽음. 대표하는 영역만 놓고 본다면, 헬릭과 뮬딘은 물과 기름 같은 존재니까.

"하지만 상대방과 다르다는 것이, 상대를 죽여야 할 이유가 되지는 않잖아요?"

"그에게는 이유가 되는 것 같던데."

"후. 진짜 양파 같은 신이네요. 까도 까도 계속 나오니."

주먹을 꽉 쥔 카이가 입을 열었다.

"격이 차이 나는 이상, 신을 해할 수 없다고 들었습니다."

"맞느니라."

"그렇다면 그 격을 올릴 수 있는 방법을 알려주십시오."

헬릭은 미안하다는 표정으로 고개를 흔들었다.

"미안하지만 거기에 관해선 아무런 지식도 없느니라. 역대 태양의 사제들도 같은 고민을 했느니라. 항상 나를 적대하는 뮬딘을 경계했고, 나아가서는 그를 없애 버리려고 했지."

"성공한 사람이 없군요."

"패트릭, 그 녀석이 반 정도는 성공했었느니라."

"패트릭 님이요?"

"응. 자신이 완성시킨 검으로 뮬딘을 크게 베었느니라. 하지만 인간의 격을 뛰어넘지는 못했는지 죽이지는 못했지."

"……처음 듣는 이야기예요."

광휘의 패트릭이 악신을 상대했다는 이야기는 어디에서도 들어보지 못했다.

"하지만 용케도 살아남으셨네요."

"그 전투에서 얻은 상처 때문에 시름시름 앓다가 죽었다. 나의 신성력으로도 치료되지 않는 지독한 상처였지."

그때의 생각이 떠올랐는지, 헬릭이 옅은 한숨을 내쉬었다.

"그대가 패트릭처럼 되지는 않을까 걱정되는구나."

그녀는 여태까지 세 명의 사도를 두었다. 그리고 모두가 뮬딘을 처치하는 데 실패했다. 당연히 겁이 날 수밖에 없다.

하지만 그렇기 때문에, 자신은 더더욱 성공해야만 한다.

토닥토닥.

헬릭이 눈동자만 위로 올려 자신의 정수리를 쓰다듬는 카이의 손을 올려다보았다.

"헬릭 님은 제가 꼭 지켜 드리겠습니다."

"……무리하지 않아도 괜찮으니라."

"헬릭 님이야말로 무리하지 말아주세요."

카이의 따스한 음성에 헬릭은 살포시 미소를 지었다.

"혼자서 모든 것을 떠안으려 하지 마시고, 혼자서만 외롭게 지내지 마세요."

문득 그녀와 처음 만나던 순간이 떠올랐다.

'혼자였지.'

그녀는 그 넓은 천상의 섬에서 혼자 놀고 있었다. 교류가 있었던 신은 기껏해야 고작 둘, 로비와 호른뿐.

카이는 그녀가 친구를 만들면 좋겠다고 생각했다. 신들을 초대해 연회를 열었고, 칼 라샤라는 오랜 벗이 돌아왔다.

"헬릭 님은 요즘 행복하십니까."

"행복하니라."

그녀의 얼굴에 활짝 핀 웃음꽃을 바라보던 카이 또한 미소를 지었다.

"그럼 그 행복이 오래갈 수 있도록 힘내야겠네요."

"헤헤……."

헬릭이 배시시 웃더니 두 손을 카이의 손바닥 위에 올려놓았다.

"나는 지금이 가장 행복하다. 소중한 친구와 간식들이 있고, 나를 생각해 주는 그대와 간식도 있느니라."

"간식만 두 번 들어갔는데요."

"큰 걸 바라지는 않느니라. 그냥…… 조금만 더 이 행복을 누릴 수 있으면 좋겠구나."

"반드시 그렇게 될 겁니다."

노력하겠다, 최선을 다하겠다. 카이는 그런 애매한 말을 남기지 않았다. 여태까지는 전대의 사도들, 즉 누군가가 걸어왔던 길만을 걸어온 카이였다. 하지만 앞으로는 전대의 사도들조차 걸어가지 못한 길을 스스로 개척해나가야 한다.

누군가의 등을 보기보다, 자신의 등을 보여주며 앞으로 걸어나가야 한다. 중요한 것은 자신감이다.

"제가 그렇게 만들어 드리겠습니다."

때문에 카이는 듣는 이로 하여금 믿음을 가질 수밖에 없는, 확신 어린 목소리를 뱉어냈다. 대화를 마친 카이는 헬릭의 손을 잡고 기숙사로 들어섰다. 이제 슬슬 잘 시간이 되었는지, 헬릭은 걸으면서도 고개를 꾸벅거리기 시작했다.

"헬릭 님, 졸리세요?"

"웅…… 흐아암."

놀랍게도 제 눈을 비비면서 하품하는 헬릭의 이동속도가 80% 가량 느려졌다.

"그럼 잠시 실례할게요."

그녀를 번쩍 들어 올린 카이가 낮게 속삭였다.

"주무셔도 돼요. 방까지 모셔다 드릴 테니."

"도로롱……."

헬릭은 이미 잠든 상태였다. 아기처럼 도로롱거리며 코고는 소리가 기숙사의 복도에 나지막이 울려 퍼졌다.

카이는 최대한 정신을 집중하여 그녀를 옮겼다. 지금까지 셀 수도 없이 중력장을 사용해 왔지만, 지금처럼 집중한 적은 기필코 처음이었다.

'실수라도 해서 잠에서 깨시면 안 되니까.'

똑똑똑.

헬릭과 라샤의 방문을 조용히 두드리자, 문이 열렸다.

"카이 님…… 어라?"

라샤는 허공에 떠 있는 헬릭을 보더니 소스라치게 놀랐다.

"뭐야, 혹시 기절이라도 한 건가요!"

"아뇨. 그냥 졸려서 주무시는 중입니다."

"아…… 못 살겠어 정말."

한숨을 푹 내쉬고는 지끈거리는 이마를 꾹꾹 누른 라샤는, 친구가 창피한지 고개를 푹 숙이고는 왼쪽 침대를 가리켰다.

"저쪽에 좀 눕혀주세요."

"예."

헬릭을 무사히 눕히고 이불까지 톡톡 씌워준 카이는 그제야 라샤를 쳐다봤다. 그녀는 잠옷을 입고 있었는데, 어린이들이 입는 캐릭터 잠옷이 아니었다.

마치 드라마를 보면 재벌집 자제들이 주로 입고다니는 반짝이는 실크 재질의 잠옷. 색상은 진한 자주색이어서 그런지 그녀가 한층 더 성숙해 보였다.

"라샤님 잠옷 잘 어울리시네요."

"저, 정말이에요? 히히……."

칭찬 한 번에 기분이 좋아진 라샤가 베시시 웃었다. 걱정했던 친구도 돌아왔겠다, 오늘도 바쁜 하루를 보낸 라샤의 얼굴 위로 뒤늦게 피곤함이 몰려왔다.

"하우음. 저도 슬슬 졸려요."

"어서 주무세요."

"카이 님은…… 언제 또 오시나요……."

"저도 오늘은 이 학원에서 묵을 것 같습니다."

"헤에…… 그럼…… 내일 아침에 뵈어요."

친구 아니랄까 봐, 라샤도 꾸벅거리며 졸기 시작했다.

그녀를 가볍게 들어 올린 카이는 헬릭 때와 마찬가지로 침대에 보냈다. 두 사람 모두 이불을 씌워줬고, 인체 공학적인 자세로 눕혀주기까지 했다.

"음. 완벽해."

두 여신이 도로롱도로롱 꿈나라를 여행하는 모습을 조용히 지켜보던 카이가 방의 불을 껐다.

"좋은 꿈 꾸세요, 두 사람."

똑똑. 똑똑똑. 똑똑. 똑똑똑.

"으, 으으……."

접속을 해제하지 않고, 가수면 모드로 잠을 자던 카이가 눈을 떴다. 아침부터 누군가가 그의 방문을 부술 듯한 기세로 두드렸기 때문이다.

"누구…… 누구세요."

쾌활한 목소리들이 들려왔다.

"그대여! 아침이니라!"

"카이 님, 어서 일어나세요!"

카이는 조용히 인터페이스 창을 열어 시간을 확인했다.

현재 시각은 아침 7시.

'어제 2시가 조금 넘어서 잤으니까…….'

다섯 시간을 채 못 잔 셈이다. 반면에 두 여신은 어제 9시가 되기도 전에 꿈나라로 떠났다.

"으으."

역시 어린 아이는 잠이 많은 건가.

"……아침부터 무슨 일이세요?"

"좋은 아침이니라!"

"좋은 아침이에요, 카이 님."

실컷 잔 두 여신은 피부마저 뽀송뽀송해 보였다. 괜히 심술이 난 카이가 그녀들의 볼을 쭉쭉 잡아당겼다.

"아, 아아앗……."

"왜 이러세혀……."

"아침 인사예요."

카이의 인사가 끝나자 그의 왼쪽에는 헬릭이, 오른쪽에는 라샤가 자리 잡았다.

"자, 어서 가야 되느니라."

"늦으면 안 돼요!"

"저기, 어딜 가는데요?"

카이의 질문에 헬릭과 라샤가 눈을 동그랗게 떴다.

"그야 당연히 식당이지 않으냐."

"카이 님은 아침 안 드시나요?"

"아뇨, 먹긴 먹는데……."

'잘 자다가 깨어나서 1분 만에 먹진 않죠.'

하지만 카이는 별다른 말 없이 그녀들을 따랐다.

"그런데 이렇게 서둘러서 가는 이유가 있나요."

"있느니라."

"어라, 설마 카이 님 모르고 계시나요?"

물론 이 아카데미를 지은 것은 카이지만, 식당 메뉴까지 신경 쓰지는 않았다. 때문에 두 여신이 무엇 때문에 이렇게 서두르는지 그로서는 궁금할 따름이었다.

"매일 아침 식사에는 선착순 30명만 먹을 수 있는 특별 메뉴가 존재하느니라."

"진짜 맛있어요. 셰프님이 직접 요리하는 스페셜 요리예요."

"아…… 그런 게 있군요."

카이는 심드렁한 목소리로 대꾸했다. 헬릭이 고개를 갸웃거렸다.

"그대는 먹고 싶지 않느냐? 엄청 맛있는데……."

"저도 먹고 싶긴 한데. 서두를 필요는 없을 것 같아서요."

알데바란의 전쟁이 종결된 이후, 그나마 남아 있던 학생들도 대부분 집으로 돌아갔다. 당연히 지금까지 아카데미에 있는 학생들이라고 한다면.

'사정이 있거나…….'

카이가 시선을 내려 두 여신을 빤히 쳐다봤다.

'특별 메뉴인지 뭐시기를 먹고 싶어서 안 가는 사람 정도겠지.'

하지만 그건 굉장히 안일한 생각이었다.

"뭐, 뭐야."

식당에 도착한 카이가 깜짝 놀란 표정을 지었다. 분명히 아카데미에 상주하고 있는 학생은 17명을 넘지 않는다는 보고를 어제 받았었다.

'아니, 어제 분명히 프레스콧한테 그런 보고를 받았는데?!'

하지만 못해도 50명이 넘는 학생들이 있었다.

"어라, 이사장님 아니십니까."

한쪽 구석에서 밥을 먹고 있던 프레스콧이 벌떡 일어나 카이에게 인사했다.

"좋은 아침입니다, 프레스콧. 그런데…… 이게 대체 어떻게 된 일이죠?"

"뭐가 말씀이십니까?"

"어제 프레스콧이 교내에 거주 중인 학생이 17명 정도라고 하시지 않았나요?"

"아아, 맞습니다."

프레스콧이 제 콧수염 끝을 만지며 고개를 끄덕였다.

"하지만 식사 시간에는 텔레포트를 이용해 학교에 오는 학생들의 수가 제법 많습니다."

"……고작 밥을 먹으려고 텔레포트를 쓴다고요?"

"그렇습니다."

"맙소사."

텔레포트 비용은 결코 값싼 것이 아니다. 물론 카이야 신출귀몰 스킬도 있고, 텔레포트 비용 정도는 아무렇지도 않게 지불할 정도의 막대한 재력이 있다.

'학생들 대부분이 귀족이라지만…… 밥 한 끼 먹자고 매번 텔레포트 비용을 쓴다고? 대체 무엇을 위해서?'

카이는 도저히 이해할 수 없다는 표정을 지었다. 그때, 그의 양옆에 서 있던 두 여신이 허망한 표정을 지었다.

"늦었…… 늦었느니라……."

"다 끝났어요……."

특별 메뉴인지 뭐시기를 놓친 두 사람의 반응에 마음이 안쓰러워진 카이였다. 그는 곧장 프레스콧에게 속삭였다.

"프레스콧. 오늘의 특별 메뉴는 뭐였나요."

"셰프의 시그니처 샌드위치였습니다. 두툼한 햄과 각종 채소들, 셰프의 시그니처 소스가 가미된 메뉴였지요."

"그거 따로 못 만드나요."

"예? 그 말씀은……."

프레스콧이 두 소녀들을 쳐다보더니, 고개를 끄덕였다.

"그렇군요. 이곳은 보는 눈이 많으니 이사장실에서 기다려 주시겠습니까?"

"죄송하네요. 이런 부탁을 드리게 돼서."

"무슨 말씀이십니까. 카이 님이 없으셨다면 이 아카데미도 없었습니다."

프레스콧은 식사를 하던 도중이었음에도 주방으로 향했다.

"……우리는 방에 가서 기다리죠."

카이는 어깨가 축 늘어진 두 여신의 손을 이끌고 방으로 돌아갔다.

아르칸 아카데미의 식당을 책임지는 셰프는 굉장히 유명한 요리사였다. 고용비만 하루에 백 골드에 육박하는 값비싼 인사. 그가 직접 카트를 끌고 이사장실로 찾아와, 요리를 했다. 당연히 카이를 바라보는 두 여신의 눈빛이 바뀌었다.

"그대는…… 그대는 정말 대단한 사람이었구나."

카이를 바라보는 헬릭의 눈동자에선 존경심이라는 감정이 뚝뚝 떨어졌다. 누가 보면 당장에라도 기도를 올릴 기세. 누가 신이고, 누가 신도인지 도저히 분간이 안 갈 지경.

"셰프님을 소환해서 눈앞에서 요리를…… 카이 님은 성공하신 분이었군요."

문득 얼마 지나지 않은 과거의 기억이 떠올랐다. 천상의 정원을 방문했을 때, 두 사람에게 자랑스럽게 말한 적이 있었다. 자신이 라시온 왕국의 동부 지역을 대표하는 대영주, 로드 오브 이스트가 되었다고. 그때 반응은 미적지근했다.

'대영주? 흐응, 그렇구나.'

'축하드려요.'

하지만 지금은 달랐다.

"특별 메뉴를 원할 때마다 먹을 수 있는 남자……."

"정말이지 대단한 권력자예요!"

반응만 보면 국왕보다 대단한 사람인 줄 알겠다.

"식사가 준비되었습니다."

셰프의 시그니쳐 샌드위치가 준비되었다. 두 여신은 밥을 먹기 전에 간단한 기도를 했고, 그다음 카이를 쳐다봤다.

"음? 안 드시고 왜 저를 보세요?"

"프레스콧 교수의 도덕 수업 때 배웠느니라."

"식사를 할 때는 웃어른이 먼저 한입 드시고 난 다음에 먹으라고 하셨어요."

"아이구, 그런 걸 또 배우셨어요?"

카이는 예뻐 죽겠다는 시선으로 두 사람을 쳐다보더니 샌드위치를 들어 올렸다.

"그럼 제가 먼저 한입 먹어볼게요."

샌드위치를 한입 크게 베어 먹은 카이의 눈동자가 휘둥그레졌다.

'마, 맛있잖아!'

아무리 맛있어봤자 결국 샌드위치라는 생각이 유리처럼 깨져 나갔다. 동시에 헬릭과 라샤과 왜 그리 특별 메뉴에 집착했는지 이해가 되었다.

'이 정도 수준의 식사를 아침마다 먹을 수 있다면…….'

과연 일찍 일어날 만도 하다. 일찍 일어나는 새가 벌레를 잡는다면, 일찍 일어나는 사람은 특별 메뉴를 먹는 법이다.

"맛있느니라!"

"흑흑, 행복해요."

아침 식사를 맛있게 마친 카이는 배를 두드리며 여신들과 함께 복도로 나왔다. 그때, 복도의 창문을 통해 수많은 학생들이 교정을 걷고 있는 모습이 보였다.

"이상하네요. 수업도 없을 텐데 다들 어딜 가는 걸까요?"

"그야 매점이겠지."

헬릭이 시큰둥한 목소리로 말했다.

"아아, 매점. 그러고 보니 그런 곳도 만들어놨었지."

그제야 기억이 떠오른 카이가 고개를 끄덕였다.

"의외네요. 두 분이라면 가자고 하실 줄 알았는데."

카이의 질문에 헬릭과 라샤가 눈만 깜빡거렸다.

헬릭이 고개를 모로 기울이며 입을 열었다.

"그대여. 매점에서 물건을 사려면 돈이라는 것이 필요해."

마치 어린 아이에게 공부를 가르쳐 주는 듯한, 굉장히 친절한 목소리였다.

"예? 그걸 누가 모르…… 아?"

카이가 저도 모르게 말을 끊었다.

'그러고 보니…….'

헬릭과 라샤에게 딱히 용돈을 준 적이 없었다. 아카데미에 다니기 전에야 돈을 줘야 할 필요가 없었으니까.

카이는 설마 싶은 심정으로 물었다.

"저기…… 혹시 두 분, 매점을 이용해 본 적이 없으세요?"

끄덕끄덕.

두 사람이 약속이라도 한 것처럼 고개를 끄덕였다. 헬릭이 자신의 교복 스커트에 달린 주머니를 뒤집어서 탈탈 털었다.

"돈이 없느니라."

"저도요."

옆에 있던 라샤도 함께 주머니를 털었다.

"크흡……."

카이는 눈물이 핑 도는 감정을 느끼며 고개를 위로 치켜들었다. 그녀들의 순진무구한 눈빛을 마주하면 눈물이 나올 것 같았으니까. 돈이 없어서 매점을 가지는 못하고, 그곳을 방문하는 학생들을 바라보는 처지라니!

'우리 애들…… 아니, 우리 여신님들이 이런 대우를 받게 할 수는 없지.'

카이는 인벤토리를 열어 골드 주머니를 꺼냈다.

"헬릭 님, 라샤 님. 이건 용돈이라는 겁니다."

"용…… 돈?"

헬릭이 홀린 듯이 손을 뻗으려 하자, 라샤가 이를 말렸다.

"안 돼, 헬릭."

"왜, 왜 안 되느냐?"

"프레스콧 교수님이 그랬잖아. 아무런 노력도 없이 대가를 얻어서는 안 된다고."

"그랬…… 었지."

헬릭이 시무룩한 표정으로 손을 내렸다. 하지만 미련이 덕지덕지 묻은 시선은 여전히 골드 주머니를 향해 있었다.

"받으셔도 괜찮아요."

카이가 두 여신의 손에 주머니를 강제로 쥐여주었다.

"하, 하지만 카이 님……."

"라샤 님, 이건 그냥 드리는 게 아니에요."

카이가 검지를 휘휘 저었다.

"이번에 시험 성적이 좋았으니까 드리는 보상이에요. 다음에도 좋은 성적을 받아오시면, 또 드릴 거구요."

"시험……."

골드 주머니를 쳐다보던 헬릭이 비장하게 중얼거렸다.

"1등 하겠느니라. 정말이니라."

"헬릭, 타인에게 선물을 받았으면 어떻게 해야 하더라?"

라샤의 부드러운 음성에 헬릭이 뒤늦게 정신을 차렸다.

그녀는 배꼽 인사를 하며 카이에게 고마움을 표시했다.

"용돈 주셔서 감사합니다."

"저도 감사해요. 앞으로도 공부 열심히 할게요."

두 소녀에게 90도 배꼽 인사를 받게 된 카이가 눈시울을 붉혔다.

'아아, 이게 행복인가.'

왜 명절 때마다 친척 어르신들이 용돈을 주시면서도 그렇게 좋아하셨는지 알 것 같다.

'귀여워 죽겠잖아.'

"두 분, 그럼 이제 매점에 가셔서 평소에 사고 싶었던 것들을 구매해 보세요."

"웅! 다녀올게!"

"저도요!"

사이좋게 손을 잡고 복도를 뛰어가는 두 여신을 바라보던 카이가 소리쳤다.

"복도에서 뛰어다니시면 안 돼요!"

대체 무엇일까. 결혼도 못 해봤는데 벌써 학부모가 된 것 같은 이 기분은.

두 여신이 매점으로 놀러 가자, 카이는 신출귀몰을 이용해 리버티아의 저택으로 돌아왔다.

"집주인이다."

"카이다!"

쉴 새 없이 재잘거리는 요정들이 그를 반겨주었다.

"영주가 왔다고 사람들한테 알릴까? 굉장히 반겨줄 거야."

"축제가 열릴 거야."

요정들이 요구했지만 카이는 고개를 저었다.

"아니, 아무한테도 말하지 마. 그리고 회의를 할 생각이니까…… 한 세 시간만 조용히 해줘."

"응응. 세 시간, 세 시간."

제 입을 틀어막은 요정들은 해맑게 웃으며 사라졌다.

자신의 집무실로 이동한 카이는 일인용 고급 소파에 몸을 묻은 뒤, 성물들을 내려다보았다.

새삼스럽지만 성물의 힘은 위대하다.

'시미즈가 입었다던 성의, 체란티아가 끼고다녔다는 성환, 패트릭이 휘둘렀다는 성검……'

각각 수백 년이 지난 성스러운 유물들. 역사적인 가치까지 따지자면 이루 말할 수 없는 무구들이다. 하지만 그보다 더 대단한 건, 이미 사자(死者)가 되어버린 이들과 대화를 나눌 수 있다는 것.

'지금까지는 동시에 불러내 본 적이 없었지.'

오늘은 사도들을 모두 소환한 뒤, 함께 회의를 해볼 생각이다. 당연하지만 주제는 헬릭을 살리는 방법.

"시미즈, 체란티아, 패트릭."

-부르셨나요?

-음? 나를 부른 건가?

사도들의 목소리가 카이의 머릿속에서 한 번에 울렸다.

"안녕하세요, 다들 잘 지내셨죠?"

-저야 잘 지냈는데…… 잠깐만요. 방금 체란티아의 목소리가 들리지 않았어요?

-이 하이톤의 목소리는…… 설마 시미즈인가?

-어머머? 지금 초대 교황한테 말을 놓는 건가요? 저 태양교 사제단 1기예요, 1기.

-거, 죽어서 천사 된 마당에 시시콜콜 따지지 맙시다.

-이이…….

이래서 한 번에 부르지 않은 것이었다. 부르기만 하면 오디오가 꽉 차는 두 목소리가 동시에 울리면 귀찮으니까.

"두 분 일단 조용히 해주시고…… 패트릭 님."

-무슨 일이지.

-어머, 패트릭까지 있군요?

-호오, 그 재미없는 목소리는 분명 광휘의 것이로군.

-오래 있고 싶지는 않군. 용건만 말해다오.

패트릭은 벌써 질렸는지, 탈출할 생각부터 품었다.

"아쉽지만 그건 조금 어려울 것 같아요. 오늘 여러분들을 모신 건 회의를 하기 위해서거든요."

-회의?

"예, 회의."

카이가 한 글자 한 글자를 또박또박하게 읊조렸다.

"패트릭 님께 부탁 하나만 드려도 될까요?"

-들어보고 판단하지.

"지난번에 처음으로 제게 강림되셨을 때 말입니다."

-아, 기억나요, 기억나. 그때야말로 저를 부르실 줄 알았는데 말이에요.

-나는 분명 내가 지목될 거라 믿고 있었다.

"……두 분은 좀 조용히 해주시고요."

옅은 한숨을 내쉰 카이가 말을 이어갔다.

"그때 패트릭 님이 절 심상 공간에 초대해 주셨잖습니까."

-그랬지.

"그곳으로 저희를 한 번 더 초대해 주실 수 있나요? 아무래도 중요한 사안이다 보니, 서로의 얼굴을 보고 이야기 나누는 편이 좋을 것 같습니다만."

-네 번째 사도여, 수양이 부족하구나. 눈에 보이는 것은 결국은 허상일 뿐. 서로의 목소리에 귀를 기울이는 것만으로도 회의는 충분히 가능하다.

패트릭이 칼같이 거절했다. 자신의 공간을 두 사람에게 공개하고 싶은 마음이 눈곱만큼도 없는 모양이었다. 허나 나머지 두 사람의 의견은 달랐다.

-어라, 그러고 보니 패트릭의 심상 공간에 방문해 본 적이 없는데요.

-생각해 보니 나도 없군.

-저희도 초대해 주세요. 가보고 싶은걸요.

-실례가 되지 않는다면 이번 기회에 한번 가보고 싶긴 하군. 물론 원활한 회의를 위해서네.

보이지는 않았지만, 패트릭의 원망 섞인 눈빛이 느껴지는 듯했다. 옅은 한숨을 내쉰 패트릭이 먼저 백기를 들었다.

-초대하지.

'똑같네.'

여전히 삭막하지만 깨끗한 신전의 모습이 눈에 들어왔다. 패트릭은 제단 앞에 무릎을 꿇은 채 기도 중이었다.

"어머, 그립네요, 이 신전~"

"과연 광휘인가. 심상 공간마저 신전일 줄이야. 독실하군."

뒤쪽에서 시미즈와 체란티아의 목소리가 들려왔다.

"……다들 자리에 앉지."

기도를 마친 패트릭이 몸을 일으키곤 손을 휘저었다.

그의 심상이 만든 공간이라서 그런 것일까. 예배 의자들이 환영처럼 사라지더니, 원형의 탁상과 의자가 들어섰다.

"다들 이렇게 얼굴을 보는 건 오랜만이네요. 아, 물론 살아 있을 때는 한 번도 못 봤지만."

시미즈가 생글생글 웃으며 자리에 앉았다.

"뭐, 다들 죽었어도 바쁜 몸들이니 말입니다. 천사의 일이라는 게 마냥 한가하지는 않으니까."

체란티아가 그녀의 말을 받았고, 카이와 패트릭도 자리에 앉았다.

"패트릭, 목말라요."

시미즈가 칭얼거리자 패트릭은 카이를 한 차례 노려보더니, 물컵을 소환했다.

"어, 나는 가능하면 차로……."

"물밖에 없습니다."

시미즈는 결국 물만 꿀꺽꿀꺽 마셨다.

"천계의 업무가 밀려서 바쁘다. 대체 무슨 용건인데 심상 구현까지 요청한 거지?"

패트릭의 시선이 카이에게 고정되었다. 그의 날카로운 눈빛은 마치, 시답잖은 이야기를 꺼내면 '당장 쫓아내겠다'라고 말하는 듯했다.

카이는 물을 한 모금 마시며 입을 열었다.

"헬릭 님에 대한 사안입니다."

그 한 마디로 사도들의 눈빛이 바뀌었다. 다분히 장난스러운 표정을 짓고 있던 시미즈는 물론이고 아예 두 눈을 감고 있던 체란티아가 두 눈을 뜨고 카이를 쳐다봤다.

"무슨 뜻인가."

처음부터 카이를 쳐다보고 있던 패트릭이 물었다.

"얼마 전에 새로운 소식을 입수했습니다. 현재 헬릭 님은 위험에 노출되어 있습니다."

"위험이라뇨? 대체 어떤 존재가 태양신을……."

"내 얄팍한 지식으로는 한 존재밖에 떠오르지 않는군."

팔짱을 낀 체란티아가 묵직한 목소리로 중얼거렸다.

"률딘."

패트릭이 중얼거리자 카이가 고개를 끄덕였다.

"예, 률딘. 그 녀석이 머지않아 헬릭 님을 죽이기 위해 움직일 것이라는 정보를 입수했습니다."

"정보의 출처는?"

"자세한 건 말씀드릴 수 없지만…… 제 모든 것을 걸고 맹세합니다. 모두 사실입니다."

동시에 사도들의 입에서 신음이 흘러나왔다.

"으음."

"그 녀석, 이번에도 같은 일을 벌일 생각인가요."

"처음이 어려울 뿐, 두 번째, 세 번째는 쉬운 법이지."

"그래서 우리에게 요청할 도움이란 것은 뭐지?"

패트릭이 차분하게 요점을 물어왔다.

"크게 두 가지입니다. 첫 번째는 뮬딘에 대한 정보를 나눠주십사, 하는 것이고. 두 번째는……."

카이의 시선이 패트릭에게 향했다.

"패트릭 님은 뮬딘에게 상처를 입힌 유일한 인간이라고 들었습니다. 맞습니까?"

"반쪽짜리 성공이었지만, 사실이다."

"그 방법을 저에게 전수해 주십시오. 헬릭 님의 안전을 위해서 뮬딘을 꼭 죽여야 합니다."

죽여야 한다. 시미즈와 체란티아의 표정이 애매해졌다.

"카이 님, 뮬딘을 죽이는 건……."

"힘든 길을 걸어가는가."

무표정한 얼굴을 고수하던 패트릭마저 입을 열었다.

"네 번째 사도여. 결코 쉽지 않을 것이다."

"쉬운 길을 바란 적은 없습니다."

"역사상 그 누구도 신을 죽여본 적은 없지. 이론상으론 불가능한 도전이다."

"하지만 패트릭 님은 성공하셨잖습니까. 반 정도는."

"천운에 천운이 따른 결과였지. 그리고 결국 실패했다."

패트릭이 천천히 눈을 감았다.

"인간이 지닌 격의 한계를 뛰어넘지 못했기 때문이다."

"허면 어떻게 뮬딘에게 상처를 입혔습니까? 제가 듣기로 신들은 천계에서 상처를 입지 않는다고 들었습니다."

"맞다. 하여 난 그와 천계에서 다투지 않았다."

"그 말씀은…… 잠깐."

카이는 뒷통수에 망치라도 한 대 맞은 표정을 지었다.

"인간계! 그를 인간계로 끌어내리신 뒤에 싸운 거군요!"

그의 표정이 마치 해답이라도 찾아낸 학생처럼 밝아졌지만, 패트릭은 씁쓸하게 웃었다.

"일개 인간이 신을 하계로 끌어내리진 못하네. 그가 인간계로 내려왔던 것은 오만이었고, 방심의 결과였지."

그로 인해 뮬딘은 큰 상처를 입었다. 그렇다면 그 일을 통해 틀림없이 배웠을 것이다.

"아마 그는 두 번 다시 인간계에 내려가지 않을 것이다. 대부분의 힘이 봉인된 하계에서 싸워봐야 득이 될 것이 없다는 걸 알기 때문이지."

어떤 일을 시작하기 전에 결과가 먼저 나와 있다는 것. 처음부터 모든 가능성이 부정당한다는 것. 어떤 노력을 해도 결국은 물거품이 될 것이라는 걸 알고 있는 것은 제법 속이 쓰렸다. 하지만 카이는 포기하지 않았다.

'여기서 내가 포기하면, 모든 게 끝나.'

0에 가까운 확률이라고 해도, 안 하는 것보다는 나은 법.

"우선 정보를 나눠주세요. 헬릭 님에게도 여쭤봤지만, 단편적인 정보밖에 주시지 않았습니다."

"그건…… 헬릭 님은 미련을 버리지 못하셔서 그래요."

시미즈가 울적한 표정으로 중얼거렸다.

"미련이라니, 그게 무슨 뜻입니까?"

"음. 차마 그대에게까지 말씀하지는 못하신 것 같군."

체란티아가 살짝 부러운 눈빛으로 카이를 쳐다봤다.

"그러니까 대체 뭘요."

대답을 재촉하자, 가만히 입을 다물고 있던 패트릭이 말을 툭 뱉어냈다.

"뮬딘은 헬릭 님의 하나뿐인 가족이다."

"……뭐라고요?"

카이가 자신의 귀를 가볍게 후볐다.

"죄송한데 다시 말씀해 주세요. 잘못 들은 것 같은데."

"잘못 들은 것이 아니다."

"주신이 이 세계를 만들고 가장 먼저 만든 것이 두 명의 신. 바로 빛과 어둠의 신이기 때문이다."

"그분께서는 헬릭 님과 뮬딘, 그 두 신만을 자신의 '아이'들이라고 지칭하셨어요."

"한 마디로 뮬딘은…… 젠장, 그 녀석이 우리 헬릭 님의 오빠가 된다는 말이지."

"그게 무슨……."

카이가 황급히 입을 가렸다. 속이 울렁거리며 메스꺼움이 느껴졌기 때문이다. 롤러코스터에 타고 있는 자신의 머리를 누군가가 쥐어뜯는 격렬한 기분마저 들었다.

'그 녀석이 오빠라고? 가족이라고?'

자신의 조그마한 여신 님을 죽이지 못해서 안달이 난 미친 녀석의 정체가. 헬릭 님에게 있어선 이 세상에서 단 하나뿐인 가족이라고?

문득 짐 박사가 했던 말이 머릿속을 스치고 지나갔다.

'헬릭은 절대 뮬딘을 이길 수 없으니까.'

그것이 다른 의미로 해석되기 시작했다. 처음에는 단순히 헬릭의 힘이 뮬딘보다 약하기 때문에 그럴 것이라 생각했다.

'물론 그것도 사실이겠지. 무력적인 측면에서 헬릭 님이 밀리기도 할 거야. 하지만…….'

헬릭은 마음이 여린 아이다. 그녀의 곁을 조금이라도 지켜본 사람이라면 누구나 그 사실을 알 수 있다. 하루에도 수십만 건씩 밀려들어 오는 인간들의 소원. 그것들을 들어주지 못해서 죄책감을 느끼는 소녀가 바로 헬릭이었으니까.

"헬릭 님은…… 제 가족을 해칠 수 없어."

세 사도는 카이의 생각에 호응하며 고개를 끄덕였다.

"그게 이유예요."

"뮬딘과의 싸움에서 헬릭 님이 질 수밖에 없는 이유."

"그리고…… 그것을 누구보다 잘 알고 있는 뮬딘이, 계속해서 헬릭 님에게 싸움을 거는 이유이기도 하지."

우드득.

카이가 쥐고 있던 의자의 팔걸이가 비명을 내질렀다.

"후우우……."

잠시 호흡을 고르며 분노를 진정시킨 카이가 입을 뗐다.

"그럼 설마 헬릭 님이 가끔씩 드러내시는 불안 증세도 그것과 관련이 있는 겁니까?"

그녀는 태양신, 지고의 존재다. 때문에 카이는 그녀가 때때로 보이는 의존증을 이해할 수 없었다. 최상급 품격의 신을 두렵게 만드는 것이 무엇인지 알 수가 없었으니까.

'로비가 그랬었지.'

헬릭을 울리지 말라고. 상처가 많은 여린 아이라고.

"……헬릭 님께서는 또다시 가까운 존재에게 버림받으실까 봐, 배신을 당하실까 봐 겁이 나시는 거예요."

"뮬딘은 자신의 여동생이 더 위대한 존재가 되었고, 더 많은 인간들에게 존경을 받는다는 사실을 질투했네. 결국 그는 하나뿐인 여동생을 죽이려고 했지."

"……하, 하하."

카이가 입에서 실없는 웃음소리가 새어 나왔다.

그런 이유였던가? 나약한 모습을 보이면 신도들이 자신을 버릴까 봐 악착같이 중년인의 모습을 연기하는 이유. 맛있는 것을 먹고 싶어도, 사달라고 조를 수 있음에도 불구하고 마지막에는 스스로 자제를 하며 생떼를 부리지 않는 이유.

"헬릭 님이 이런저런 눈치를 보고 다니시는 게, 전부 뮬딘 그 자식 때문이었습니까."

생면부지 타인이 아닌, 가족에게 배신을 당했다.

상대방이 자신을 언제 버릴지, 배신할지 모른다는 불안감. 다시 한번 세상에 혼자가 될 수 있다는 고독감. 그것들이야말로 헬릭의 마음을 좀먹던 트라우마의 정체였다.

신전이 조용해졌다. 카이가 분노하자, 그의 주변에서 일어난 살기가 주변을 가득 메웠기 때문이다.

"형제여, 살기가 너무 짙네."

체란티아가 조용한 목소리로 타박했지만 카이는 진정하지 않았다. 아니, 진정할 수 없었다.

"……헬릭 님은 말입니다. 요즘 곧잘 웃으십니다."

카이가 책을 읽듯, 천천히 단어들을 뱉어냈다.

"이런저런 부탁도 더 하시고, 투정도 잘 부려주십니다."

마음의 문을 열었다는 것이 피부로 느껴질 정도다.

"그런 헬릭 님이 어젯밤에 절 걱정해 주시더군요. 뮬딘에게

덤비지 말라고. 제가 죽임을 당할 것이라고."

그 말을 하는 그녀의 마음이 어땠을까.

자신을 위해서, 자신의 가족을 죽이겠다는 사람을 말리는 그녀의 심정이. 마음이 어땠을지 카이는 모른다.

하지만 이것 하나만큼은 분명히 알 수 있었다.

"패트릭 님, 패트릭 님은 뮬딘이 헬릭 님의 가족이라는 것을 알면서도 그를 상처 입혔습니다. 맞습니까?"

"맞다."

"왜 그러셨습니까. 헬릭 님이 슬퍼하실 것이 뻔한데."

카이의 질문에 패트릭은 일말의 주저함도 없이 대꾸했다.

"그가 사라짐으로써 헬릭 님이 얻게 될 슬픔보다, 그가 앞으로 헬릭 님에게 줄 고통이 더 커 보였기 때문이다."

"……그렇군요."

그의 생각은 카이와 정확하게 일치했다.

헬릭 님이 마음 편히 웃기 위해선 뮬딘이 사라져야 한다. 그가 아무리 가족이라고 해도. 결과적으로 자신이 헬릭에게 미움을 받게 되더라도. 반드시 그를 소멸시켜야 한다.

"인간이 격을 뛰어넘는 방법은 모르십니까?"

카이의 질문에 대답하는 이는 없었다.

"그건 우리로서도 알지 못하는 부분이다."

"다만…… 천계에서 오랫동안 생활을 하면서 어렴풋이 알 것 같은 느낌은 들어요."

시미즈가 조용히 손을 들며 말문을 열었다.

"천계에 거주하는 신들은 말이에요. 아무리 하급 신이라 해도 저마다의 신념이 있어요."

"신념……."

"저희에게도 신념은 있었어요. 저는 아군을 수호하겠다는 신념이 있었고, 체란티아는 죽은 이들의 영혼을 달래주겠다는 신념이 있었어요. 마지막으로 패트릭의 경우에도, 적들을 남김없이 죽여 후환을 만들지 않겠다는 다소 폭력적인 신념이 있었지요."

"그런데 왜 여러분들은 신이 되지 못한 겁니까?"

"그건 저희도 모르죠. 하지만 신념이 없는 신은 없다. 이것만큼은 확실해요."

즉, 신념은 격을 높이는 데 필요한 최소 조건이라는 뜻.

"게다가 카이 님은 태양교의 4번째 사도. 이제 슬슬 본인만의 신념을 갖출 시기가 되었다고 생각해요."

"저만의…… 신념입니까?"

"네, 지금의 카이 님을 만든 신념, 앞으로의 카이 님이 고수할 신념. 그 두 가지를 생각해 보세요."

"조언에 감사드립니다."

가볍게 고개를 끄덕이자, 체란티아가 말을 거들었다.

"태양의 사제는 신념이 갖춰지는 순간, 자신만의 성물을 소유할 수 있다."

"성물이라면, 설마 여러분들의 것과 같은?"

카이의 물음에 세 사람이 고개를 끄덕였다.

"성물이란 사도의 신념이 강하게 녹아 있는 상징이지."

"신념이 녹아 있는 무구는 파트너나 다름없어요."

"사도는 성물을 소유하고 있느냐, 아니냐에 따라 전투력이 천차만별이지."

여지껏 스스로의 성물을 만들어보겠다는 생각을 품어본 적은 없었다. 아니, 그 이전에 자신의 신념이 무엇인지를 생각해 본 적조차 없었다.

"하루아침에 만들어지는 건 아니죠? 성물이란 건."

"물론. 애초에 신념이란 것이 하루아침에 만들어지는 것이 아니니까."

"자신의 신념에 확고한 믿음이 생겼을 때. 평생 그 길을 나아가겠다는 결심이 설 때."

"그 순간, 이 세상에 또 하나의 성물이 탄생할 걸세."

진심 어린 충고는 확실히 카이에게 도움이 되었다.

"좋은 말씀들을 해주셔서 감사합니다."

카이는 진심을 담아 꾸벅 고개를 숙였다.

그런 그를 사도들은 저마다 따스한 눈길로 쳐다봤다.

"아, 그리고 이건 개인적인 의문인데요."

"부담 없이 얘기해 보게. 우리 사이에 뭐 어떤가."

체란티아가 근육이 꽉 들어찬 팔을 들어 올리며 친근하게(?) 웃었다.

"예. 만약 뮬딘이 사라지게 된다면…… 이 세계는 어떻게 되는 건가요."

뮬딘은 어둠의 신이다. 그는 어둠과 밤, 달과 폭력을 관장하는 최상급 품격의 신. 그런 이가 하루아침에 사라진다면 이 세계는 어떻게 되는 것일까. 순수한 호기심이었다.

"뮬딘이 사라진다고 해도, 크게 달라지는 것은 없겠지."

패트릭은 가정법을 이용해 말했지만, 그의 목소리에는 확신이 담겨 있었다.

"왜 그렇게 생각하시는지 여쭤봐도 될까요?"

"신이란 현상과 개념을 일으키는 존재가 아니다."

"그의 말을 이해하지 못한 카이가 고개를 갸웃거렸다. 이에 패트릭은 이해를 돕기 쉽게 다시 한번 설명했다.

"바다의 신 아쿠아 님을 예를 들어보지. 만약 천계에서 아쿠아 님이 사라진다면, 이 세계에 존재하는 모든 바다가 일시에 소멸될 것이라고 생각하나?"

"아!?"

"신이란 현상을 대표하는 존재일 뿐. 자체는 아니다."

"그렇군요. 그럼 뮬딘이 죽어도 이 세계에 아무런 영향은 없겠군요."

"흐흣."

시미즈가 돌연 웃음을 터뜨렸다. 뜬금없는 웃음에 모두의 시선이 그녀에게 돌아가자, 그녀가 입을 열었다.

"갑자기 웃어서 죄송해요. 문득 옛날 생각이 나서요."

"옛날 생각이라고 하시면……?"

"아주아주 오래전…… 그러니까 이 땅에 나라라는 개념이 처음 만들어졌을 때의 일이에요."

"그건 대체 몇백 년 전의 일입니까."

"천 년에 가까운 과거이지요. 인간들이 모여 무리를 지었고, 그 무리는 눈덩이처럼 불어나 나라라는 형태가 되었어요. 종교라는 것이 본격적으로 활성화된 시기이기도 하지요."

"아, 그렇다면 설마?"

"예. 제가 헬릭 님의 목소리를 듣고 태양교를 창설했던 시기예요."

아련한 눈빛을 보이던 시미즈가 천천히 눈꺼풀을 내렸다. 그녀의 입가로는 마치 사랑에 빠진 여인처럼 달콤한 미소가 내려앉았다.

"그 당시의 헬릭 님은 지금과는 비교도 되지 않을 만큼 성숙하셨어요. 같은 여자가 봐도 멋있으셨지요. 물론 체형은 그때나 지금이나 똑같지만."

"잠시만요. 지금 헬릭 님 이야기하시는 거 맞죠?"

"그럼요. 지금이야 아이처럼 보이시지만, 당시 헬릭 님은 주신께 인간들의 관리를 부탁받으셨던 터라 책임감이 강하셨어요. 스스로를 빠듯한 스케줄에 몰아넣으셨었지요."

그러니까 누군데, 그 사람은.

이 이야기를 듣는 건 체란티아와 패트릭도 처음인듯, 얼굴 위로 미처 숨기지 못한 당황이 드러났다.

"그때까지만 해도 뮬딘과 헬릭 님의 사이는 크게 나쁘지 않았던 것으로 기억해요. 그야 뮬딘이 헬릭 님을 시기하기 시작한 때는…… 태양교가 융성해지고, 뮬딘교의 세력은 상대적으로 나약했을 때부터니까요."

"그렇군요. 그런데 갑자기 그런 이야기를 하시는 이유가 뭔가요?"

"왜냐하면 뮬딘과 헬릭 님. 두 사람도 방금 전과 동일한 주제를 가지고 토론을 했거든요."

"동일한 주제라면…… 신이 사라지면 어떻게 되는가에 대해서 말입니까?"

"네. 약간은 다르지만, 크게 다르진 않아요. 그나저나 자꾸 말 끊으실 거예요?"

시미즈가 카이를 살짝 흘겨봤다.

"죄송합니다. 계속 말씀해 주세요."

"엣흠. 그럼 계속할게요. 당시에 뮬딘과 헬릭 님은 한 가지 내기를 했어요. 아마 기억에 따르면 뮬딘이 먼저 제안했던 것으로 기억해요."

"어떤 내기였죠?"

"두 사람 중 이 세상에 더 필요한 존재가 누구인지 알아보자는 내기였어요. 생각해 보니 이 때부터 뮬딘은 헬릭 님을 경계하고 있었나 보네요."

"하지만 빛과 어둠, 낮과 밤은 모두 이 세상에 필요한 것 아닙니까. 누가 더 필요한 존재인지 대체 어떻게 알죠?"

"실험은 간단했어요. 길을 지나가는 나그네 하나를 대상으로, 한 번은 주변을 빛으로 가득 채워보고, 또 한 번은 어둠으로 가득 채워보는 것이었죠."

시미즈가 빙그레 웃으며 카이를 쳐다봤다.

"결과가 어땠을 것 같나요?"

"음…… 글쎄요. 아무래도 무승부 아니었겠습니까?"

"어머, 왜 그렇게 생각하시나요?"

"사람은 주변이 너무 밝으면 눈을 뜨지 못하고, 반대로 주변이 너무 어두우면 앞이 보이지 않으니까요."

카이의 대답에 시미즈가 저도 모르게 박수를 쳤다.

"통찰력이 대단하시네요. 설마 이 이야기의 요지를 한눈에 꿰뚫어 보실 줄이야……. 맞아요. 헬릭 님이 힘을 내뿜자 나그네는 눈이 부셔서 눈을 뜰 수가 없었어요. 반대로 뮬딘이 힘을 내뿜었을 때는 눈은 뜰 수 있었지만 한 치 앞도 보이지가 않았지요."

"그럼 결국 무승부였군요."

요컨데, 강렬한 빛과 강렬한 어둠. 한 가지 힘이 지나치게 강한 것은 의미가 없다는 뜻이다.

"아니요. 하지만 내기의 승자는 뮬딘이었어요."

"음? 어째서입니까."

체란티아와 패트릭이 시미즈에게 따졌다.

"간단해요. 가볍게 한번 실험을 해볼까요?"

시미즈가 손가락을 튕기자 그 공간에 빛이 가득 차올랐다. 의중을 파악하지 못한 세 사람이 고개를 갸웃거리던 찰나.

무언가를 발견한 카이가 탄식을 뱉어냈다.

"아……!"

"뭔가 발견한 건가?"

체란티아와 패트릭이 고개를 돌리더니, 카이의 시선을 좇았다. 무언가를 발견한 그들도 말없이 고개를 끄덕였다.

"그림자로군."

"맞아요. 승패를 가른 것은 그림자였어요."

빛이 있는 곳에는 반드시 존재하는 것. 그것이 바로 그림자이다. 빛이 강렬하면 강렬할수록, 음영 또한 짙어진다.

"아마 그 내기를 통해 뮬딘은 확신했을 거예요. 이 세상에서 오직 한 사람만이 살아남을 수 있다면, 그것은 자신이 되어야 할 것이라고. 그는 깨달았거든요. 온 세상을 어둠으로 물들일 수는 있어도, 빛으로 물들일 수는 없다는 것을."

"……설마 그게 헬릭 님을 죽이려는 이유는 아니겠죠?"

"저야 모르지만, 관계가 없지는 않을 거예요. 실제로 뮬딘이 행동을 개시한 건 그 내기 이후였으니까."

카이는 말을 아꼈다. 시미즈의 설명을 통해 그도 나름대로 느낀 것이 있기 때문이다.

"빛이 아무리 강하다 한들 물체의 뒤로는 그림자가 드리워진다……."

어둠이 세상을 가득 채우면, 빛이 들어설 틈은 사라진다.

"고작 내기일 뿐이지만, 제법 심오하군."

체란티아의 중얼거림에 패트릭이 고개를 끄덕였다.

"타락하기는 쉬우나 천선(遷善)하기는 어려운 법. 인간이란 존재를 여실히 보여주는군요."

"……균형인가."

카이가 중얼거렸다.

어느 한쪽으로 기울지도, 치우쳐지지도 않은 공정한 상태. 어쩌면 그것이야말로 이 세계에 필요한 건 아닐까. 사도들과의 회의는 카이로 하여금 많은 생각을 갖게 만들었다.

123장
마스터

회의가 끝나자 패트릭은 기도를 드려야 한다며 세 사람을 쫓아내듯 내보냈다.

-그럼 저희도 슬슬 인사할까요?

-부디 여신님을 부탁하지. 여차하면 나의 힘을 빌리게나.

"예, 감사합니다. 두 분도 오늘 고생 많으셨어요."

인사를 마치자 사도들의 기운이 사라졌고, 카이는 그제야 한숨을 내쉬었다.

"하아……."

온몸의 진이 다 빠질 정도로 지친다. 카이는 그 자리에서 눈을 감고 잠시 동안 몸을 편안하게 만들어주었다. 30분 정도 흘렀을까, 슬며시 눈을 뜬 카이는 시간을 확인했다.

'회의만 세 시간을 한 건가.'

생각보다 많은 것을 배웠고, 선대의 사도들이 있어 다행이라는 생각이 드는 시간이었다.

"뮬딘 때문에 받은 스트레스는 이만저만이 아니지만."

모든 이야기를 듣고 나니 뮬딘에 대한 혐오감과 증오심을 멈출 수가 없었다.

'나중에 마르코 사장이나 짐 박사를 또 만나게 되면 한마디 해야겠어.'

왜 놈을 그딴 식으로 프로그래밍했느냐고.

'그리고 슬슬 왕궁에도 들러야 할 시간이야.'

베오르크 국왕이 자신을 찾는다는 기별을 들은 것이 벌써 이틀 전이다. 노곤한 몸을 일으킨 카이는 신출귀몰을 이용해 왕궁으로 향했다.

"카이 님을 뵙습니다."

인사를 받은 카이가 고개를 한 번 까딱거리자, 기사들은 여타의 말 없이 길을 비켜섰다. 기분이 그리 좋지 못하다는 것을 본능적으로 깨달은 것이다. 평소에는 인사를 건네면 마주 인사를 해오던 카이였으니까.

'대충 용건만 끝내고 오늘은 좀 쉬자.'

접속을 종료하고 목욕탕이라도 갈까 싶다. 남부 영지에는 유명한 온천이 있었지만, 게임이 아닌 현실의 피로를 풀고 싶었다.

넓은 복도를 걸어가며 어떻게 해야 뮬딘을 죽일 수 있는지 한참 고민하는데, 맞은 편에서 누군가가 마주 걸어왔다.

"……카이였나."

바체였다. 그는 카이의 안색을 확인하더니 입을 열었다.

"무슨 일이라도 있나?"

"아닙니다."

"아닌 게 아닌 것 같은데……."

바체가 슬쩍 주변을 돌아보았다. 겁에 질린 시종과 시녀들이 복도 벽에 내몰린 채 몸을 떨고 있는 중이었다.

"진한 살기가 느껴지기에 누군가하고 와봤더니, 전혀 예상치 못한 인물이로군."

"……살기라고요?"

카이가 깜짝 놀라며 그들에게 사과했다.

"이런, 미안합니다. 고의는 아니었습니다."

"아, 아닙니다."

"저희는 신경쓰지 마십시오. 괜찮습니다."

사용인들이 고개를 숙이고 자리에서 사라지자, 카이는 아랫입술을 깨물었다. 기분이 나쁘다는 이유로 누군가에게 피해를 입혔다는 사실이 너무나도 한심했기 때문이다.

그런 카이를 흘깃 쳐다본 바체가 입을 열었다.

"아무래도 본인도 모르고 있었던 모양인가 본데. 땀이라도 좀 흘리지.”

“……땀이요?”

바체를 따라가자 나온 것은 연무장이었다. 예전에 바체에게 검술을 배울 때, 제법 오랫동안 신세를 졌던 그 연무장.

“가끔씩 그 시간들이 그립더군. 뭐 얼마나 지났겠냐만.”

스트레칭하던 바체가 그답지 않게 너스레를 떨었다. 아마 기분이 좋지 않은 것을 알고, 맞춰주기 위한 것처럼 보였다.

‘미안하게…….’

마음이 조금 풀린 카이는 연무장에 비치된 철검 한 자루를 뽑아 검의 무게 중심을 확인했다.

“저랑 어울려 주실 시간 있으세요? 바쁘실 것 같은데.”

“바빠도 구국의 영웅을 홀대할 수는 없는 법 아니겠나.”

“영웅은요.”

카이는 겸손하게 중얼거렸지만, 이미 그의 인기는 라시온의 모든 기사를 아우르는 상태였다. 검 한 자루로 300만 대군을 쓸어버린 그의 신화는 고리타분한 책에 적혀 있는 것이 아니라, 현재진행형으로 쓰여진 역사였으니까.

“검술 실력이 하늘에 닿았다는 소문이 자자하더군.”

“하늘이라.”

고개를 들어 구름 한 점 없는 하늘을 올려다보았다.

검술이 하늘에 닿는다면 신을 베어낼 수 있을까.

'무리겠지.'

검 한 자루로 세상을 평정했던 패트릭조차 실패했으니까.

하늘을 쳐다보던 카이가 바체에게 시선을 돌렸다.

"바체 님."

바체가 왜 부르냐는 눈빛을 던졌다.

"바체 님은 그…… 뭐랄까, 신념이라는 게 있으십니까?"

"신념? 별일이군. 그런 걸 왜 묻지?"

"그냥…… 저의 신념은 무엇일까 라는 생각이 들어서요."

"싱겁군. 그나저나 신념이라."

흘려넘길 수 있는 말이었음에도 불구하고, 그는 진지하게 답변해 주었다.

"물론 나에게도 있다. 전하께 이 검을 하사받았던 순간 이곳에 새겨넣은 신념이지."

바체가 주먹으로 자신의 심장을 툭툭 두드렸다.

"어떠한 신념인지 들어볼 수 있을까요?"

"그리 거창한 건 아니다. 나의 검 한 자루로 전하의 뜻을 실현시키겠다는 다짐일 뿐이니까."

"충분히 거창합니다만……."

중얼거리던 카이는 살짝 놀랐다.

"설마 바체 님이 그런 말을 하실 줄은 몰랐습니다."

"어째서 그렇지?"

"아마 바체 님의 이미지가 살짝 차가우셔서 그런 것 같습니다. 반면에 품으신 신념은 완전히 열혈 쪽이니까……."

"검사는 두 개의 심장을 지니고 있는 법이다. 검을 쥐었을 때와 쥐지 않았을 때."

카이의 말을 칭찬으로 받아들인 바체가 미소를 드러냈다.

"왜 갑자기 그렇게 철학적인 생각을 품은 건지는 모르겠지만, 오늘 기분이 언짢아 보이는 것과 관련이 있나 보지?"

"뭐, 그렇죠."

자신만의 신념이 무엇인지 파악하고, 그 신념을 관철하며 성물을 만든다. 잘 이해가 되지 않는 어려운 일이었다.

"인생이란 참 어렵네요. 예전엔…… 아니지, 불과 1년 전만 해도 말입니다. 저는 강한 힘을 지니고 돈만 많으면 세상이 제 위주로 돌아갈 줄 알았어요."

"오만이군."

"네, 오만이죠."

카이의 입가에 씁쓸한 웃음이 걸렸다.

"요즘 들어 느끼는 거지만…… 제가 위대하건 비루하건. 세상은 그냥 지멋대로 돌아가더라고요. 힘이 있고 돈이 있으면 분명 세상을 살아가는 게 편해지긴 하지만…… 그게 제가 세상의 주인공이 된다는 뜻은 아니었나 봐요."

"뭐, 굳이 주인공이 될 필요는 없지. 게다가 내 인생의 주인공은 나이듯, 그대 인생의 주인공 또한 그대일 것이다."

"하하, 말씀만이라도 감사합…… 어?"

바체의 말을 부정하려던 카이가 돌연 입을 다물었다.

'잠깐만, 주인공이라?'

뮬딘이 헬릭을 미워하고, 배제하려는 이유는 간단하다.

'결국은 그 녀석도 자기 혼자 다 해먹고 싶은 거잖아. 마치 주인공처럼.'

헬릭을 지켜야 한다는 생각에만 빠져 스스로 사고의 폭을 좁히고 있었다. 하나 그 간단한 벽을 무너트리자, 생각이 돌아다닐 수 있는 공간이 훨씬 더 넓어졌다.

'뮬딘의 입장에서 생각을 해보자.'

그 녀석이 가장 싫어하는 것이 무엇일까. 당연히 자신의 존재가 소멸되거나 봉인당한 뒤, 이 세상의 주인공이 헬릭이 되는 것이다.

'그렇다면…… 그런 상황을 만들어서 협박한다면?'

짐 박사는 이미 알려주었다. 헬릭을 살릴 수 있는 유일한 방법은, 그녀가 스스로를 '봉인'하는 것뿐이라고.

"거짓말이 아니었어……?"

당시에는 분노로 머리가 꽉 차서 당연히 헬릭이 사라져야 한다는 뜻인 줄 알았다. 하지만 조금만 다른 관점에서 접근해보면 이야기가 상당히 재미있어진다.

'헬릭 님이 봉인된다는 소리는, 뮬딘과 그 어떤 충돌도 일어나지 않는다는 소리.'

헬릭을 죽이고 스스로 낮과 밤을 아우르는 존재가 되고픈 뮬딘은 당연히 그 상황을 반길 리 없다.

'상황이 그렇게까지 진행되면 뮬딘이 직접 움직일 거야.'

헬릭을 미끼로 뮬딘을 불러낼 수 있다는 소리다.

'봉인 당한 헬릭 님을 데리고 지상으로 내려온다면?'

뮬딘 또한 울며 겨자먹기로 내려올 수밖에 없다. 지상에 유능한 부하들이 있다면 이야기가 달라지겠지만, 현재 지상에서 자신을 감당할 수 있는 존재는…… 단언컨대 없다.

'게다가 봉인이라는 형태는…….'

자신의 생각처럼 그리 심각한 게 아니다.

짐 박사는 칼 라샤를 들먹이며 봉인을 운운했었다.

'그게 힌트였어.'

즉, 봉인은 당사자인 신이 풀고 싶을 때 언제든지 풀 수 있다는 뜻이다. 그녀도 그러했으니까.

"……됐다."

얼떨결에 뮬딘을 인간계까지 꾀어내는 방법은 발견했다.

문제는 그다음이다.

'불러내봤자 죽일 수 없다면 말짱 도루묵이잖아.'

오히려 사태가 심각해질 수도 있다. 헬릭 님을 빼앗기고 모든 것이 끝날 수도 있으니까.

'그러니까, 그전에 반드시 손에 넣어야 해.'

자신의 성물, 자신의 신념. 인간을 초월하여 신의 심장을 찌를 수 있는 품격을.

"음. 얼굴을 보니 내가 무언가 도움이 된 건가?"

"예! 모두 바체 님 덕분이에요!"

카이가 환하게 웃으며 철검을 부웅부웅 휘둘렀다.

"답례라고 하기엔 뭐하지만, 최선을 다해서 대련에 임하겠습니다."

"……고마워해야 할지, 무서워해야 할지 모르겠군."

낮은 웃음소리를 흘린 바체가 검을 잡았다.

"예전을 생각하시면 큰일 나실 수도 있습니다."

카이가 말을 마쳤을 때 바체는 이미 자세를 잡고 있었다.

한쪽 손을 등 뒤로 돌린 채, 검을 늘어트린 자세. 모르는 사람이 봤다면 바체가 카이를 무시하거나 방심했다고 여겼을 것이다. 빈틈투성이처럼 보였으니까. 하지만 눈앞의 바체를 눈여겨본 카이는 저도 모르게 미소를 지었다.

'이거, 진심이신가 본데.'

카이는 바체의 자세를 보고 살짝 감탄했다.

'뭐, 어디 들어갈 만한 곳이 없네.'

어디로 들어가도 바체가 공격을 받아치는 그림이 머릿속에서 자연스럽게 연상되었다.

하나 카이 또한 이제는 검의 달인이라고 불릴 만한 몸. 없는 빈틈마저 만들어낼 만한 실력자였다.

휙!

시시콜콜한 대화는 없었다. 카이는 몸을 날렸고, 바체가 검을 휘둘렀다.

쇄액!

카이의 검을 빠르게 열두 번 찔러 넣었다. 머리부터 하체에 이르는 열두 개의 급소를 노린 날카로운 공습이었다.

까앙!

서로의 검이 부딪치는 소리는 정확히 한 번 울렸다. 열두 번의 공방이 한 순간에 이루어졌다는 뜻이었다.

'역시 바체의 검은 유려해.'

카이의 두 눈이 바체의 검을 좇았다. 그의 검은 마치 검무를 추는 것처럼 선이 가늘고, 동작들이 하나하나 섬세해서 아름다움마저 느껴진다. 하나 그 검로를 하나하나 낱낱이 분해해 보면 아름다움과는 거리가 상당히 멀다.

우선 바체의 검술에는 뒤가 없다. 출수한 검은 반드시 피를 보아야 직성이 풀리는 맹수처럼 달려들었다.

'그렇다면 나는 뭘까.'

바체와 검을 나누던 도중, 하나의 상념이 카이를 붙잡았다. 누군가는 깨달음의 순간이라고 부르기도 하고, 누군가는 벽을 마주한 순간이라고도 부른다. 벽을 깨부순다면 새로운 경지에 이르겠지만, 반대로 넘지 못하면 심각한 내상을 입을 수도 있다.

검을 맞대고 있던 바체는 그 사실을 누구보다 빨리 깨달았고, 때문에 검에 힘을 더 실었다. 그 상황에서 오히려 검에 힘을 뺐다면 카이의 집중력이 깨질 수도 있었으니까.

까아앙!

바체의 검이 점점 더 흉포해졌다. 처음에는 단순히 카이의 기분을 풀어주기 위해서였지만, 지금은 아니었다.

'내가 어설프게 행동하면 카이가 크게 다칠 수도 있다.'

이를 꽉 깨문 바체의 검에는 가히 산을 갈라버릴 정도의 힘이 실려 있었다. 카이가 무언가 성취를 얻기를 바라며 자신이 할 수 있는 모든 것을 쏟아내기 시작한 것이다.

콰아아아아앙!

거력이 담긴 검을 받아낸 카이의 신형이 연무장 바닥을 쭈욱 미끄러졌다.

그가 자세를 재정비하기도 전에.

쇄애액!

심장을 노린 검이 빛살처럼 뿌려졌다.

"크윽……."

황급히 검을 세로로 들어 검면으로 이를 막아낸 카이의 몸이 충격으로 허공에 붕 떴다. 동시에 바체의 비어 있는 왼 주먹이 카이의 명치를 파고들었다.

콰당탕!

연무장을 몇 바퀴나 굴러간 카이가 무릎을 세워 속도를 줄였다. 하나 바체는 이미 카이에게 달려들던 중이었다.

무릎을 꿇고 연무장 바닥에 앉아 있는 카이를 향해 쇄도하던 바체가 무언가를 느끼곤 돌연 몸을 뒤쪽으로 날렸다.

주변을 가득 채운 살기 때문이었다.

그리고 그 선택이 정답이라고 외치기라도 하듯.

파사사삭!

발 앞에 존재하던 연무장 바닥이 모두 잘려 나갔다.

꿀꺽.

바체의 관자놀이에서 식은땀이 한 줄기 흘러내렸다.

'내가 조금만 늦게 반응했어도…….'

최소한 팔 다리 중 하나는 잘려 나갔을 것이다.

'지금 카이는 날 신경써 줄 여건이 안 된다.'

스스로에게 질문을 던지고 답하느라 바쁠 것이다. 아마 자신이 어떻게 움직이고, 어떤 공격을 쏟아내는지도 모르고 있을 가능성이 컸다.

'후우, 가벼운 마음으로 시작한 대련이었는데.'

어쩌면 목숨을 걸어야 할지도 모르겠다.

바체는 호흡을 안정시키며 다시 한번 자세를 바로잡았다.

'장단은 맞춰줄 테니…… 뛰어넘어라.'

자신의 노력이 헛되지 않기를 바라면서.

세상에 백만 명의 검객이 있다면, 그 세상엔 백만 개의 검술이 있는 셈이다. 검술이란, 이를테면…… 헤어스타일 같은 것이다. 유행하는 머리 스타일을 하기 위해 사람들이 미용실을 방문해도, 서로의 두상과 모발의 상태, 머리카락의 길이에 따라 결과물은 확연히 달라진다.

검술 또한 마찬가지다. 똑같은 검술을 배우더라도 검사의 신체조건, 성격, 검에 대한 이해도에 따라 상대하는 입장에서는 전혀 다른 검술을 상대하는 기분이 들기도 한다.

'그렇다면 나는 뭐지?'

카이는 처음으로 자신에게 질문해 보았다.

그에게 있어서 검술이란 한낱 수단에 불과했다. 레벨을 올리기 위해선 몬스터들을 잡아야 했고, 몬스터를 잡기 위해선 검을 휘둘러야 했다. 즉, 그에게 검술이란 레벨을 올리기 위한 수단이었다.

하나 그것도 과거의 이야기일 뿐이다. 그의 검은 몬스터를 잡았고. 그의 검은 NPC들을 구출했으며. 그의 검은 구출한 NPC들을 보호하기까지 했다. 이유가 점점 더 많아진 것.

'내가 검을 드는 이유.'

나아가서 자신의 검에 담고 싶은 신념은 무엇일까.

바체의 경우엔 철혈이었고, 패트릭의 경우엔 필살이었다. 파발은 아군을 지키고자 수호라는 신념을 검에 담았다.

'내 신념은 뭐지?'

신념이란 모든 사람이 지니고 있는 것이다. 본인의 신념이 무엇인지 잘 모르는 사람은 있어도, 신념이 아예 없는 사람은 없다. 신념이란 개인의 가치관을 형성시키는 데 있어 가장 중요한 부분이니까.

카이는 진지하게 자신이 원하는 것이 무엇인지를 생각해 봤다. 헬릭을 지키고 싶으니까 수호의 신념이 맞는 걸까. 뮬딘을 처치하고 싶으니 몰살이나 파괴이 더 어울릴까.

한참을 생각하던 카이가 돌연 고개를 흔들었다.

'이런 것들이 아니야.'

태양의 사제로 전직하기 전의 카이, 한정우가 품어왔던 바람은 단 하나뿐이었다.

"자유."

잘 다니던 학교를 휴학하고, 세상과 단절하여 방구석에 처박힌 그가 원했던 것은 자유였다. 다른 사람의 눈치를 보지 않고 자유롭게 타인을 도와주고 싶었다. 그것을 위해 미드 온라인의 세계에 발을 들였던 것이다.

하지만 녀석은 그리 쉽게 얻을 수 있는 것이 아니었다.

"……자유란 누군가에게 받아내는 것이 아니라, 자기 자신에 의해서만 얻을 수 있는 것이니까."

러시아의 유명 작가, 톨스토이가 남긴 명언이다. 어렸을 적 지나가듯 보았던 책의 한 구절이 십수 년이 흘러 카이의 마음을 뒤흔들었다.

'그런가. 당시의 내가 자유롭지 못하다고 생각했던 건.'

스스로가 발목에 족쇄를 차고 있었기 때문인가.

쩌어어엉!

카이가 날아오는 바체의 검을 강하게 내려쳤다.

"크읏!"

한쪽 무릎이 강제적으로 꿇려진 바체의 입에서 신음이 터져 나왔다. 동시에 카이는 정수리가 찌르르 울리는 것을 느꼈다. 마치 안개가 끼어 있던 것처럼 답답하던 머릿속이 개운해지는 느낌이었다.

'자유를 손에 넣는다는 건, 그 자유에 따른 책임 또한 짊어진다는 뜻이지.'

직장에서의 자유, 학업에서의 자유. 말만 들으면 달콤하다.

하지만 그 끝에 기다리고 있는 미래는 어떨까. 아무리 암울한 미래가 기다리고 있더라도, 그에 대한 책임은 스스로가 짊어져야 한다. 때문에 대부분의 사람들은 본인이 자유로워지는 것을 두려워한다.

'책임을 지는 것이 두려우니까.'

하나 카이는 고개를 저었다.

'나의 모든 행동의 결과를 책임지는 건 당연한 거야.'

그것은 자유를 쟁취한 자의 권리임과 동시에, 의무니까.

'그러니까 앞으로 나는…….'

머리보다는, 마음이 가는 대로 움직이고 싶다.

헬릭을 구하고 싶으면 헬릭을 구하고, 적들을 몰살시키고 싶으면 적들을 몰살시키고, 불쌍한 사람들에게 선행을 베풀고 싶으면 선행을 베풀고 싶을 뿐이다.

그런 자유로움을 얻고 싶었다. 아니, 그런 자유를 스스로에게 주고 싶었다.

"바체 님."

카이가 돌연 자신의 이름을 부르자, 바체가 눈을 크게 떴다. 그는 저릿저릿한 손을 억지로 감추며 입을 열었다.

"정신을 차린 건가."

"예, 덕분에."

"그렇다면 보여다오."

바체가 자세를 취했다.

"그대가 자신의 검에 불어넣은 신념은 무엇인지."

이미 그들이 서 있는 장소는 연무장이라기보다는 폐허에 가까운 상태였다. 하나 바체의 자세는 처음과 같았다.

한결 같은 자세로 카이의 검을 기다렸다.

후우웅.

어디선가 한 줄기 바람이 불어와 바체의 앞머리를 흔들었다. 동시에 카이의 신형 또한 자리에서 사라졌다. 마치 바람이 되어 세상에 동화된 것 같은 움직임이었다.

'어디…… 어디에?'

라시온 제일검이라 불리는 바체의 눈동자가 잘게 떨렸다.

자신이 누군가의 움직임을 놓쳐본 것이 얼마 만이던가.

그런 그의 시야로 별안간 날카로운 철검이 나타났다.

까아앙!

바체가 황급히 팔을 휘둘러 공격을 막아냈다. 하나, 그는 공격을 막은 직후 저도 모르게 몸을 움찔거렸다.

'뭐지?'

카이의 검술이 바뀌었다. 그것도 자신과 대련을 하던 잠깐 사이에. 그때부터 바체는 카이의 검을 눈으로 좇는 것도 벅차기 시작했다.

'검술에…… 형(形)이 없다?'

검술이란 베기, 내려치기, 올려치기, 사선 베기, 찌르기 등등. 다양한 기초 검법을 조립해서 만들어지는 완성품이다.

하나 현재 카이의 검에는 그러한 형이 없었다. 바람처럼 뻗어 나오는 검은 자유의 의지를 품었고, 마치 살아 있는 것처럼 허공을 배회했다.

마음 가는 대로, 손이 가는 대로. 카이의 손에 들린 검은 세상에 풀려난 개구쟁이처럼 종횡무진하며 바체를 압박했다. 난생처음 상대해 보는 생소한 검술에 바체의 체력과 정신력은 빠른 속도로 방전되었다.

잠깐의 공방 후, 카이는 자신이 쥐고 있던 철검을 물끄러미 내려다보았다.

이게 아니다. 분명 지금 자신이 휘두르는 검은 한없이 자유롭지만, 이게 전부가 아니라는 확신이 들었다.

'자유라는 건, 그 어떠한 것에도 구속받지 않는 힘이야.'

문득 답답하다는 생각을 가졌다. 마치 자신의 검법이, 손안의 별거 아닌 철검에 갇혀 있는 듯한 갑갑함이 느껴졌다.

그래서 그는 철검을 그냥 놔버렸다.

철그렁.

바닥에 떨어진 철검이 투박한 소리를 토해냈다.

"……무슨 뜻이지?"

바체가 아리송한 표정을 지으며 질문했다. 대련을 속행해야 할지, 그만둬야 할지 갈피가 서지 않았기 때문이다.

"바체 님."

"음."

바체가 고개를 한 번 끄덕여 듣고 있다는 의사를 전했다.

"제가 검에 담은 신념은 자유입니다."

"자유……?"

바체가 눈을 깜빡였다. 수많은 기사들을 봐왔고, 개중엔 대륙에 위명을 진동시키는 기사들도 있었다.

하나 자유라는 신념을 가지고 있던 이는 한 명도 없었다. 그도 그럴 것이, 기사라는 직업 자체가 누군가에게 구속되어 있기 때문이다.

기사단에, 교단에, 귀족에게, 국가에게, 주군에게.

자신의 검을 누군가에게 바치는 자. 그것이 바로 기사다.

하지만 카이는 기사가 아니었다. 검을 든 사제일 뿐.

'그렇기 때문에…… 자유라는 신념을 가지고 살아갈 수 있다는 건가.'

바체의 전신에 흥분이 끓어올랐다.

"오라."

여태까지 한 번도 들어보지 못했던, '자유'를 추구하는 검. 그런 검술과 검을 맞대는 것만으로도 그에겐 커다란 영광이요, 훈장이었다.

"그럼…… 갑니다."

카이가 한쪽 손을 천천히 들어 올렸다. 선선한 바람이 손바닥을 때리더니, 손가락 사이사이로 빠져나갔다. 검을 들고 있을 때는 손안의 검 하나가 공격 수단의 전부였다.

하나 카이가 검을 놓은 순간.

그가 마음에 품은 자유의 의지는 세상과 동조했다.

서걱!

바체는 뒤쪽에서 들려오는 날카로운 절삭음에 저도 모르게 몸을 돌렸다. 연무장 주변을 두르고 있는 15미터 높이의 담벼락이 미끄러지듯 뒤로 넘어갔다.

할 말을 잃어버린 바체가 저도 모르게 담벼락 쪽으로 다가갔다. 그는 잘린 단면을 보더니 탄성을 뱉어냈다.

"날카롭다……."

잘린 단면에 손을 갖다 대자, 핏방울이 고였다.

그 정도로 날카로운 단면이었다.

"카이. 이건 대체?"

궁금증을 참지 못한 바체가 물었다. 자유의 검은 바체의 몸을 뛰어넘어 담벼락만 베어냈다. 일반적인 검술로는 이해할 수 없는 불가해의 경지였다.

카이가 진이 다 빠졌다는 목소리로 말했다.

"글쎄요. 저도 이걸 뭐라고 불러야 할지……."

무형검, 혹은 심검. 어떤 이름을 붙이더라도 말장난에 불과하다.

"검은 그냥 검이죠, 뭐."

"……그런 건가."

바체 또한 무언가 깨달은 바가 있는 듯, 고개를 끄덕였다.

"그대의 말이 맞다. 이건 그냥 검일 뿐."

그는 발걸음을 옮겨 카이의 앞으로 다가갔다. 키가 주먹 하나 크기 정도 더 큰 바체가 카이의 어깨를 손을 올렸다. 전투 직후라 그런지 손바닥에선 뜨거운 열기가 느껴졌다.

잠시 카이를 내려다보던 바체가 천천히 입을 열었다.

"지금부턴, 그대가 라시온 왕국의 제일검(第一劍)이다."

"예? 제가 무슨……."

"아니, 확실하다. 이제 이 나라에서…… 어쩌면 이 대륙에서 그대보다 검술이 뛰어난 자는 없을 것이다."

바체 댄 블랙. 그의 두 번째 검술 스승은 자신이 건네줄 수 있는 최고의 찬사를 보냈다. 마음 한구석이 뭉클해진 카이가 고개를 숙였다.

"……고맙습니다."

바체의 귀에 간신히 들릴 정도로 낮게 울린 중얼거림이었다. 그와 동시에, 카이의 눈앞으로 무수한 메시지가 떠오르기 시작했다.

[여명의 검법 숙련도가 최대치에 이릅니다. 스킬이 마스터 랭크로 상승합니다. 당신의 검에 대한 이해도가 하늘에 닿았습니

다. 불가해의 영역인 자유의 힘을 손에 넣게 됩니다.]

[자유란 내부나 외부로부터 그 어떠한 구속이나 지배도 받지 않는 온전한 상태를 이릅니다. 마스터 전용 스킬, '무형검'을 획득합니다.]

[플레이어 중 최초로 스킬을 마스터하셨습니다. 스페셜 칭호, '최초의 스킬 마스터'를 획득합니다.]

[천계의 신들도 놀랄 정도의 위대한 업적입니다. 태양신 헬릭이 당신을 자랑스러워합니다. 선행 스탯이 50만큼 상승합니다. 태양 목격자의 효과가 발동합니다. 선행 스탯이 추가로 25만큼 상승합니다.]

[레벨이 올…….]

[스탯 포인트를 30개 획득합니다.]

[당신의 검술이 하늘에 닿았다는 소문이 라시온 왕국을 중심으로 퍼지기 시작합니다. 명성이 1,250,000 상승합니다.]

[여러 세력에 몸을 담고 있습니다. 태양교의 명성이 크게 증가합니다. 한 달간 교단의 전파 속도가 25% 빨라집니다. 당신이 보유한 영지의 발전 속도와 영지민들의 행복도가 매우 큰 폭으로 상승합니다.]

"……후우."

한눈에 다 들어오지도 않을 정도로 대단한 양의 텍스트들.

하나 카이는 그것들을 보는 순간 새삼스럽게 실감했다.

'스킬 마스터.' 사제인 주제에 검술 스킬을 마스터한 것이 웃기긴 하지만, 애초에 여명의 검법 외에는 마스터할 수 있는 스킬 자체가 없었다.

초급, 중급, 고급. 이렇게 세 개의 단계로 나뉘어서 성장하는 스킬만이 마스터. 극의를 노릴 수 있는 법이었으니까.

태양의 사제는 대부분의 스킬들이 MAX LV.10으로 고정되어 있는 스킬들뿐. 만약 여명의 검법이 아니었다면, 카이는 평생 스킬 하나조차 마스터하지 못했을 것이다.

"다시 한번 축하한다."

바체가 싱그럽게 웃었다.

"다행히 그대를 붙들고 있던 분노도 사라진 모양이군."

"예, 모두 바체 님 덕분입니다."

만약 오늘 바체를 만나지 못했어도 자신은 검술을 마스터할 수 있었을까?

"그런데…… 이거 괜찮은 걸까요? 너무 날뛴 것 같은데."

"괜한 걱정을 다 하는군."

바체가 빙그레 웃으며 카이의 어깨를 툭툭 두드렸다.

"그대는 돈이 많지 않은가."

구국의 영웅이 입을 꾹 다물었다.

카이는 베오르크 국왕과의 면담을 며칠 뒤로 미루었다. 바체와의 대련 이후 급격히 피곤해지기도 했고, 얻은 것을 정리할 시간이 필요했기 때문이다.

"벌써 난리네."

미드 온라인 커뮤니티는 이미 발칵 뒤집어진 상태였다. 카이가 여명의 검법을 마스터 랭크까지 올린 순간, 월드 메시지가 출력되었기 때문이다.

[대륙에 최초의 스킬 마스터가 탄생하였습니다. 이 거룩한 업적의 달성자는 '카이'입니다.]

덩달아 카이는 기대도 안 했던 축하 메시지들을 거의 모든 지인에게서 받은 상태였다.

"후우."

일일이 감사하다는 답장을 보낸 카이는 눈을 감고, 숨을 한 번 골랐다.

여명의 검법 스킬이 마스터 랭크에 이르면서 얻게 된 스페셜 칭호와, 마스터 전용 스킬. 그 두 가지의 효과에는 걸고 있는 기대가 제법 컸기 때문이다.

'무형검도 그렇지만, 스페셜 칭호. 이게 중요해.'

무려 스킬 마스터다. 그것도 '최초의' 스킬 마스터. 이것은 아마 게임의 서비스가 종료되는 날까지, 가장 따내기 어려운 칭호로 기억될 것이다.

꿀꺽.

침을 한 번 삼킨 카이는 떨리는 목소리를 뱉어냈다.

"칭호 도감."

[최초의 스킬 마스터]

효과 : 모든 스킬의 에너지 소모량 15% 감소. 모든 스킬의 위력 15% 증가. 모든 스킬의 숙련도 상승 속도 30% 증가.

카이는 저도 모르게 주먹을 쥐었다가 펴기를 반복했다. 형용할 수 없는 기분이 그의 전신을 가득 채웠다. 지금 당장에라도 자리에서 일어나 방방 뛰며 소리를 지르고 싶었다.

'하지만 참자. 아직 하나 더 남았잖아.'

두 개의 보상 중 이제 겨우 하나를 깠을 뿐이다. 비록 스페셜 칭호는 대박이 터졌지만, 카이는 감정을 추슬렀다. 괜히 호들갑을 떨면 부정을 탈 것 같았기 때문이다.

"제발 한 번만 더……."

그의 눈앞에 깔끔하게 정리된 인터페이스가 떠올랐다.

그가 보유한 수십 가지의 스킬들이 한눈에 들어왔고 가장 상단에는 한 스킬이 NEW 표시와 함께 반짝이고 있었다.

'비어 있다?'

본래 스킬 아이콘에는 그 스킬의 특징이 대략적으로나마 그려져 있다. 하나 무형검의 스킬 아이콘에는 공백만이 자리하고 있었다.

[무형검(無形劍), Passive]

등급 : 레전더리

기존의 검술이 지닌 한계에 구애받지 않는, 무척이나 자유로운 검입니다. 무형검으로 상대를 공격할 시 공격력의 300% 피해를 입힙니다.

"이거구나."

자신이 바체와 대련을 할 때 사용했던 기술이.

"후우."

숨을 짧게 들이쉰 카이가 그대로 천장을 향해 기쁨의 함성을 내질렀다.

"아즈아아아아아아아!"

아무리 가만히 있으려고 해도, 절로 실룩거리는 입 꼬리가 그의 심정을 대변해 주었다.

'이건 진짜 미쳤는데?'

손꼽히는 강자인 바체가 반응조차 못 한 검술이다. 애초에 그럴 수밖에 없다. 무형검은 눈에 보이는 공격이 아니니까.

'무형, 즉 모양이 없어.'

냄새가 없으며, 기척도 없다. 당하는 입장에서는 공격이 날아온다는 것조차 모를 것이 분명했다.

'이렇게 사용하는 거였나?'

카이가 손가락을 들어 허공을 그대로 그었다. 그러자 테이블 위에 놓여져 있던 꽃병이 무너져 내렸다.

"완벽해."

상대방의 허를 찌르는 세상에서 가장 완벽한 비수였다. 카이가 입가로 진한 미소를 짓고 있을 때 그의 폰이 울렸다.

"여보세요."

수정구 모양의 폰 너머에서, 귀여운 목소리가 들려왔다.

-그대여!

헬릭이다.

"예, 헬릭 님. 무슨 일이세요."

-깨달음을 얻은 것을 축하해 주기 위한 전화이니라.

"하하, 감사합니다."

-자신만의 길을 찾았느냐.

"예, 찾았습니다. 확실하게."

카이의 목소리에는 일말의 의심도 없었다. 스스로 정한 길을 의심하는 것은 자기 자신에 대한 결례였으니까.

-그럼 묻겠노라, 나의 네 번째 사도여. 그대가 세운 길의 이름은 무엇이더냐.

헬릭은 태양의 여신에 걸맞은 신성한 목소리로 질문했다.

"자유입니다."

-자유라……. 그대는 심오한 길을 걷는구나.

"후회는 없습니다."

-물론 그래야 할 것이다. 개인적으로는 그대와 정말 잘 어울리는 길이라고 생각되는구나.

"……그렇습니까?"

-웅. 그대와 내가 처음 만났을 때를 기억하느냐?

"저희가 처음 만났을 때라면……."

석상 뒤에 쪼그려 앉은 채 중년인을 연기하던 울보 꼬마가 머릿속에 그려졌다. 그때의 상황을 그리며 웃음을 터뜨린 카이가 고개를 끄덕였다.

"그럼요. 그 순간을 어떻게 잊습니까."

-사실 내가 말을 안 해서 그렇지. 무척이나 당황했자너.

"어…… 헬릭 님. 때로는 말을 하지 않아도 상대방의 기분을 아는 수가 있습니다."

-앗, 어떻게 말이더냐?

어떻게긴, 그때 펑펑 울었으면서.

-정말이지, 그때는 뭐 이런 사람이 다 있나 싶었느니라. 분명

히 내가 석상 근처로 오지 말라고 그랬잖느냐. 그런데 그대는 내 말도 안 듣고 막막 걸어왔느니라.

"그건 죄송하게 생각하고 있습니다."

-뭐, 용서하겠느니라. 덕분에 우리 두 사람이 만났잖느냐. 아무튼 그렇게 자유롭고 막무가내인 사람은 처음 봐서 오히려 신기하기도 했…… 아앙! 아직 통화하고 있잖느냐아아앙!

옆에서 자신도 바꿔달라는 라샤의 목소리가 잡음처럼 흘러나왔다. 그러기를 잠시, 목소리가 또렷하게 들려왔다.

-여보세요? 카이 님이세요? 저 라샤예요.

"안녕하세요, 라샤 님."

-헬릭한테 얘기 들었어요. 벽을 깨고 새로운 경지에 오르셨다면서요? 정말 축하드려요!

"하하, 축하를 참 많이 받는 하루인 것 같습니다."

-카이 님은 그럴 자격이 있으세요. 그리고 얼핏 들었는데 자유의 길을 걸으신다고……?

"네. 무슨 문제라도 있습니까?"

-아뇨아뇨, 무슨 문제가 있겠어요. 다름이 아니고요. 저희 교단이 추구하는 변화도 자유와 크게 다름이 없는…….

-룰 위반이잖느냐!

전화기 너머에서 잠시 아웅다웅 다투는 소리가 들리더니, 통화가 뚝하고 끊어져 버렸다.

"……뭐야, 대체."

멀뚱거리며 전화기를 쳐다보던 카이의 귓가로 또 다른 알림이 울렸다.

"음?"

'잠깐, 이거 오피스텔 인터폰 알림인데?'

고개를 갸웃거린 카이는 캡슐을 빠져나왔다.

'하린 씨?'

인터폰 화면으로 유하린의 아리따운 모습이 가감 없이 드러났다. 황급히 통화 버튼을 누른 정우가 입을 열었다.

"하린 씨, 여긴 어쩐 일로……?"

-월드 메시지 봤어요. 그냥 메시지만 보내서 축하드리기에는 뭔가 좀 아쉬워서요.

쑥스러운 표정을 지은 유하린이 들고 있던 에코백을 다소곳하게 들어 올렸다.

-요리를 좀 들고 왔는데…… 혹시 식사는 하셨나요?

"아뇨, 아직입니다만."

-아, 다행이에요. 음식은 차갑게 식으면 맛이 덜하니까요.

"우선 제가 내려가겠습니다. 잠시만 기다리고 계세요."

-네. 천천히 오세요.

"금방 가요."

서둘러 가디건을 챙겨 입은 정우는 아래층으로 향하는 엘

리베이터에 올라탔다. 1층에 도착한 정우가 입구 쪽으로 다가가자 자동 유리문이 열렸다.

"어서 들어오세요. 아직 날씨가 쌀쌀한데."

"그 정도는 아니에요."

고개를 도리도리 흔든 유하린이 정우의 옆에 나란히 서서 그를 빤히 쳐다보았다. 애정이 뚝뚝 묻어나오는 그녀의 시선에 부끄러워진 정우가 물었다.

"제 얼굴에 뭐 묻었나요?"

"음…… 잠시만요."

잠시 고민을 하던 유하린은 돌연 스마트폰을 꺼냈다. 손가락을 움직여 무언가를 검색한 그녀는, 이내 폰을 다시 주머니 속에 집어넣었다. 그녀가 당당한 표정으로 말했다.

"네, 김 묻었어요. 잘생김."

100% 방금 검색한 거다. 하나 정우는 내색하지 않았다. 대단한 연애 스킬이라도 사용한 것처럼 뿌듯해하는 유하린이 귀여웠으니까.

"무겁죠? 제가 들게요."

"아뇨. 저 힘세요."

"주세요."

"진짜 힘센데……."

유하린이 들고 있던 에코백을 대신 들어 올린 정우는 그녀와 함께 자신의 집으로 올라갔다.

"급하게 만든다고 많이는 못 만들었어요."

도시락통을 꺼내던 유하린이 조그맣게 중얼거렸다.

"아니, 충분히 많은데요?"

유하린이 세팅하는 음식들을 쳐다보던 정우가 입을 쩍 벌렸다. 먹음직스러워 보이는 음식들이 식욕을 자극했다. 도시락의 대명사인 김밥과 소시지 볶음은 물론이고 계란말이와 연근 조림, 디저트까지. 게다가 데코레이션도 어찌나 예쁘게 해놨는지 먹기가 아까울 정도였다.

"국도 있어요."

유하린이 보온병 뚜껑을 열심히 돌리며 말했다. 보온병 안에는 뜨겁고도 맑은 계란국이 들어 있었다.

"진수성찬이네요. 그런데 저희 둘이 다 먹을 수 있을까요?"

"남으면 내일 또 드셔주세요."

배시시 웃는 유하린의 의자를 빼준 정우는 그녀와 함께 식사를 시작했다.

"……맛있네요."

주로 배달 음식을 먹는 정우에겐, 오랜만의 집밥이었다.

유하린을 택시까지 태워 돌려보낸 정우는 뜨거운 욕조에 몸을 담갔다. 밤이 제법 깊어진 시간이라 차마 목욕탕엔 가질 못하고, 아쉬운 대로 목욕을 즐기는 중이었다.

"흐어어, 좋다."

그의 입에서 구수한 신음이 흘러나왔다. 정우는 온몸의 피로가 녹아내리는 듯한 기분에 몸을 맡겼다. 하나 편안해진 몸과는 달리 머리는 쉬지 않고 돌아가는 중이었다.

'신념은 세웠으니, 성물을 어떻게 만드는지만 배우면.'

이 부분에 관해선 헬릭에게 물어볼 생각이었다. 패트릭은 사도가 자신의 성물을 갖추게 될 시, 전투력이 또 한 번 껑충 뛴다고 했으니까.

'그리고 내일부터는 신들에 대한 정보들을 모아보자.'

물론 자신이 발로 뛰는 것과는 별개로 정보 길드에도 의뢰를 할 생각이었다.

"돈은 얼마나 풀면 되려나."

정우는 더 이상 돈을 걱정은 없었다. 저택에 모셔놓은 4천억 상당의 골드를 제외하더라도 굉장히 많았으니까.

'생각해 보니 나도 참 거물이 다 됐네.'

언노운 시절 찍어놓은 동영상은 여전히 높은 유입을 기록했고 후원금도 꾸준히 들어왔다. 현재 정우는 목욕을 하고 있었지만, 이 순간에도 돈이 벌리고 있다는 소리다.

그가 한 달에 벌어들이는 돈은 무려 수십억 단위. 물론 그 중 가장 큰 비중을 차지하고 있는 것은 단연 영지들의 세금이었다. 영지들의 세율을 대폭 인하했음에도 수가 워낙 많다 보니 천문학적인 액수가 들어오는 것이다.

"큭."

휴학한 뒤, 집에서 백수처럼 지내며 살던 게 엊그제 같이 느껴졌다. 사실 그때나 지금이나 생활은 별반 달라지지 않았다. 먹고, 자고, 게임하는 생활은 같았으니까.

'돈이야 얼마를 써도 좋아. 뮬딘을 처치할 수 있는 자그마한 실마리라도 발견할 수 있다면.'

뮬딘과의 전투에선 단 한 번의 실수도 용납되지 않는다.

한 번의 실수로 인해 헬릭을 잃을지도 모르니까.

124장
지피지기

접속한 카이가 가장 먼저 달려간 곳은 정보 길드였다.

"축하드립니다."

지부장이 빙그레 웃으며 인사말로 건넨 말이었다.

"무슨 뜻입니까?"

"대륙제일검이라는 역사적인 경지를 축하드리는 겁니다."

과연 정보 길드. 그는 카이가 새로운 경지에 올라섰다는 것을 당연하다는 듯이 알고 있었다.

"그런데 대륙제일검이라니, 어디서 나온 정보입니까?"

"물론 저희 정보 길드가 자체적으로 추론한 결과입니다."

"음. 신빙성은요?"

"99.7%."

자신감이 넘치는 대답에 카이는 고개를 갸웃거렸다.

"궁금하네요. 제가 새로운 경지에 올라선 뒤, 검술을 펼치는 걸 본 사람은 한 명밖에 없는데……."

바체가 돈을 위해 목격담을 팔았을 것 같지는 않았다.

"카이 님, 범죄를 저지른 사람을 잡을 때 가장 유용하게 활용되는 정보가 무엇인지 아십니까?"

"음. 목격자?"

"아쉽지만 틀리셨습니다. 범죄 현장을 목격하는 사람은 생각보다 훨씬 적습니다. 그마저도 보복이 두려워서 입을 다무는 이들이 많고요."

"음, 그럼 어떤 정보가 유용하게 활용되는 거죠?"

"당연히 현장입니다."

카이가 탄식을 터뜨렸다. 자신은 무형검을 통해 왕궁의 연무장 담벼락을 두부처럼 잘라내었다. 그 절단면을 보고 바체조차 감탄했을 정도였으니, 정보 길드라면 오죽하겠는가.

"단언하건대, 현존하는 검사 중 대련용 철검으로 그만한 검격을 날릴 수 있는 이는 카이 님뿐일 겁니다."

"좋게 봐주셔서 감사합니다."

철검조차 사용하지 않은 것이었지만, 입을 다물었다. 비수란 철저히 감춰졌을 때 비로소 제 역할을 하는 법이니까.

"사설이 길었군요. 오늘 무슨 일이십니까?"

"정보를 사고 싶습니다."

카이는 이미 정보 길드를 이용해 본 적이 있었다. 때문에 정보 거래가 어떤 식으로 진행되는지도 익히 알고 있었다.

"입수를 희망하는 정보는 신들에 대한 자료입니다."

계약서를 작성하던 지부장의 손이 멈추었다.

"그건 범위가 너무 넓군요. 정확히 어떤 신에 대한 자료인지 명확히 구분해 주시지 않으시면……."

"음, 그럼 우선순위로는 물딘과 헬릭을."

"재미있는 조합이군요."

사각사각, 지부장이 필기를 속행하며 중얼거렸다.

"그리고…… 고대 설화 자료라도 좋습니다. 신들의 특징에 대한 자료를 모아주십시오. 기왕이면 봉인과 신위(神位)에 대한 내용도 포함되어 있으면 좋겠군요."

"고대 설화까지 거슬러 올라가면 이게……."

"상관없습니다."

카이의 대답에 지부장에 난처한 표정을 지었다.

"음, 죄송하지만 직설적으로 말씀드리면, 한마디로 단가가 세진다는 소리였습니다."

무려 신에 대한 자료다. 그것도 정확히 무슨 자료라고 단정 지은 것도 아니고, 방대한 자료를 요구하는 중이었다. 당연히 의뢰 비용은 천문학적인 액수까지 올라간다.

"제가 한 말을 이해하지 못하셨나요? 상관없다고 이미 말씀드렸습니다만."

"예?"

지부장이 놀란 표정으로 계약서를 쳐다봤다.

"어…… 하지만 그걸 전부 의뢰하실 경우, 대금은……."

머릿속으로 계산기를 두드려보던 지부장이 입을 열었다.

"무려 32,000골드나 나옵니다."

카이는 그 금액을 듣고도 싱긋 웃었다.

"아, 예상보다는 적게 나오네요."

곧장 인벤토리를 연 카이는 미리 준비해 두었던 골드 주머니를 바닥에 떨어뜨렸다. 순식간에 묵직한 골드 주머니 네 개가 방바닥에 놓였다.

"주머니 당 1만 골드, 제일 오른쪽의 가벼운 주머니에는 2천 골드 들어 있습니다."

"자, 잠시 확인을……."

지부장이 덜덜 떨리는 손으로 주머니를 확인했다. 아무리 라시온 왕국의 수도라는 거대한 지점을 운영하는 직급이라지만, 이렇게 거대한 돈을 만지는 건 그도 처음이었다.

"확인…… 끝났습니다."

"문제가 있나요?"

"아, 아뇨. 문제는 없습니다. 32,000골드…… 의뢰비 지급을 확인했습니다."

이것이 돈의 무게였다. 멀쩡히 대화를 잘 나누던 사람도 단숨에 긴장하게 만들어 버리는 마성의 물건.

'돈을 다루는 직업의 종사자니까 더욱 그렇겠지.'

그는 자신을 대륙제일검이라 치켜세워 줄 때만 해도 평정심을 유지했다. 따지고 보면 32,000골드보다 대륙제일검이라는 것이 훨씬 더 대단한 부분인데도 말이다. 그야 장사꾼에게 검의 경지가 어떠니, 대륙에서 몇 번째로 강하니 백날 얘기해 봐야 실감이 나질 않는 것이다.

하나 32,000골드를 그 자리에서 당장 지불할 수 있는 사람. 이것이 지부장의 태도를 단숨에 바꿔놓았다.

"이 외에 더 추가할 것이 있으십니까?"

훨씬 더 공손하게, 훨씬 더 조심스럽게. 처음 대화를 나눴을 때의 태도는 이미 깨끗이 사라진 상태였다.

"최대한 빨리 끝났으면 좋겠는데요."

"음. 2주 정도로 시간을 맞춰보겠습니다."

"더 빨리는 안 됩니까?"

"2주라는 시간도 의뢰자가 카이 님이기에 최대한 무리한 겁니다. 대륙의 모든 설화와 신화를 살피고, 그 자료들을 제각각 분류하는 일입니다. 모르긴 몰라도 이번 의뢰에 투입될 길드원들의 숫자만 수백 명을 가볍게 넘을 것입니다."

"알겠습니다. 2주로 알고 있을 테니 울상 짓지 마세요."

"배려에 감사드립니다."

지부장이 자리에서 벌떡 일어나 90도로 허리를 숙였다.

"아, 맞다. 그리고 뭐 하나만 여쭤봐도 됩니까."

"무엇이든 물어보십시오."

"마왕의 뿔에 대한 자료가 있으면 그것도 구해주십시오."

"마왕의 뿔이라? 알겠습니다. 다른 마족의 뿔에 대한 정보들도 함께 준비할까요?"

"저야 좋죠."

"대금은 200골드만 받겠습니다."

곧장 돈을 지불한 카이가 자리에서 일어났다.

"그럼 저는 이만."

"제가 모시겠습니다."

그날 지부장은 부하 길드원 수십을 이끌고, 건물 밖까지 카이를 마중 나왔다. 그들은 카이가 시야에서 사라질 때까지 허리를 90도로 숙여 인사했다.

"어라, 단주님 아니십니까?"

태양교 교단을 거닐자, 낯익은 인물이 다가왔다.

"오랜만이네, 테페른."

성혈단원 중 하나인 테페른은 처음 만났을 때만 해도 앳된 아이였는데, 제법 청년의 느낌이 나기 시작했다.

"갑자기 본단에는 어쩐 일이십니까?"

"뭐 좀 알아볼 게 있어서. 성혈단은 요즘 어때?"

"여전히 바쁘죠, 뭐. 대체 세상엔 나쁜 놈들이 왜 이렇게 많은 겁니까?"

"사람은 어렵고 먼 길보단 쉽고 빠른 지름길을 원하는 법이니까. 양심 챙기면서 착하게 사는 것보다는 양심 없이 제멋대로 사는 게 더 편하긴 하겠지."

"쩝. 절대 사라지지 않는 존재와 싸우는 기분입니다."

"아마 성혈단이 평생을 활동해도 근절되지 않을 거야."

"으으, 끔찍합니다."

몸을 부르르 떤 테페른이 아차하며 카이를 쳐다봤다.

"아참. 요즘 단주님에 대한 소문이 자자하던데요."

"무슨 소문?"

"단주님의 검술 수준이 하늘에 이르러서, 이제는 수십 킬로미터 밖의 적도 의지만으로 죽일 수 있다고 들었습니다."

"내가 그거 할 줄 알면 교단 따로 세웠지."

"하하하, 역시 과장된 소문이겠죠?"

"뭐, 시야에만 보인다면 수천 미터 정도는 가능하려나."

"되, 되는 겁니까."

"나중에 실험해 보면 결과를 말해줄게."

"꼭 좀 부탁드립니다."

"오냐. 그리고 뭐 하나만 부탁하자. 태양교 본단에는 태양교가 창설될 때부터의 역사를 기록한 성서가 있다고 들었는데, 어디서 볼 수 있지?"

"그건 아마 교단 도서관에 있을 겁니다. 물론 아무나 볼 수 있는 건 아니지만…… 단주님이라면 충분하지 않을까요?"

"어, 그건 걱정 마."

현재 태양교에서 카이보다 직급이 높은 사람은 없다. 태양의 사제인 그는 무려 교황보다 윗선이었으니까.

"그럼 수고해라."

테페른과 헤어진 카이는 교단의 도서관으로 이동했다. 자동화 시스템으로 이루어진 도서관은 마치 왕궁의 보물창고처럼 보유한 신성력과 직급에 따라 출입 가능한 구역이 나뉘어졌다. 당연한 말이지만 카이는 그 어떤 제지도 없이 마지막 구역까지 들어올 수 있었다.

"이거 한 번 읽어보고…… 아, 저것도."

카이는 도서관을 천천히 거닐면서, 중력장을 이용해 읽을 책들을 뽑기 시작했다. 그가 걸음을 옮길 때마다 수십 권의 책들이 허공을 두둥실 부유하면서 그를 뒤따랐다.

"이 정도면 됐나."

아무도 없는 도서관에 자리를 잡은 카이는 잘 보관되어 있던 문헌들을 쌓아놓은 뒤, 한 권씩 읽기 시작했다.

사르륵, 사르륵.

"으으음."

카이는 퀭한 눈빛이 새어 나오는 눈가를 손으로 주물렀다.

도서관에 처박힌 지도 벌써 열흘이 지났다. 그동안 카이가 알게 된 것이라고는, 시미즈가 차를 굉장히 좋아했다는 것과 체란티아가 활동하던 시기에는 신도들의 평균 근육량이 다른 시대보다 20% 더 많았다는 쓸데없는 정보뿐이었다.

"쯧, 오늘은 뭐라도 좋으니 좀 건졌으면 좋겠는데."

장시간의 독서는 엄청난 집중력을 요구한다. 집중력이 높은 카이라도, 열흘 동안 소득이 없으니 점점 지쳐갔다.

'오늘부터 읽을 건 이건가.'

어지간한 책들은 모두 읽었기 때문에, 카이는 척 보기에도 아주 먼 옛날 만들어진 듯한 파피루스들을 꺼내왔다.

"이런 데에 무슨 정보가 있겠냐만은……."

어차피 앞으로 나흘 뒤면 정보 길드에서 연락이 올 것이다. 최소한 그때까지는 자신도 최대한의 노력을 기울여 볼 생각이었다. 그때까지도 소득이 없다면, 정보 길드 쪽에서 무언가 성과를 내주기를 바랄 수밖에.

"호오?"

돌돌 말려진 파피루스를 펼친 카이가 감탄을 뱉어냈다. 마치 삼베 같은 질감이 느껴지는 파피루스의 보관 상태가 굉장히 좋은 편이었기 때문이다.

"어디 보자, 다루고 있는 내용은……."

아무 생각 없이 내용을 읽어나가던 카이가 서둘러 늘어져 있던 자세를 바로 했다.

<세계의 관리자들과 신성력에 대하여>

저자는 알 수 없음. 카이는 세계의 관리자들이라는 단어에서 무언가를 강하게 떠올렸다.

'……헬릭 님이 그랬었지. 천계의 신들은 주신이 이 세계를 관리하라고 만든 존재라고.'

사실 교단의 도서관에는 신에 대한 이야기를 다루는 책 자체가 몇 개 없었다. 교단의 역사나 사건, 사고. 혹은 교단이 배출한 위인들에 대한 이야기가 대부분이었으니까.

카이는 입을 다물고 문장들을 읽어 내렸다.

[이 세상 모든 신성력의 근원지는 세계의 관리자들이다. 세계의 관리자들이 자신의 신념을 확고히 세우면, 그 사상

은 강력한 무형의 기운인 신성력이 된다.

세계의 관리자들이 신도들을 거느리고 싶어 하는 이유는 간단하다. 신도의 수가 많아질수록, 세계에는 그들이 추구하는 신념이 더욱 깊이 자리 잡기 때문이다.

물론 관리자들이 일방적으로 신도들에게서 이득을 얻기만 하는 것은 아니다. 그들은 자신이 추구하는 신념을 하계의 존재들에게 공유하는 것으로, 그들이 자신과 같은 꿈을 꾸게 만든다. 즉, 신도들이 자신의 힘인 신성력을 사용할 수 있도록 만들어준다는 의미이다.

신성력은 홀로 오롯이 존재하는 숭고한 기운이다. 신성력은 해당 관리자의 신념 그 자체. 어떠한 경우에도 변질되어서는 아니되며…… 반대로 말해서 신념이 변질된다는 소리는, 신성…… 성질…….]

"뭐야. 이거 왜 끊어져 있어."

카이가 당황한 표정으로 파피루스를 쳐다봤다. 워낙 오래된 기록이라 그런지, 사이사이 문자가 손상된 부분이 존재했다. 하나 무려 열흘 만에 얻게 된 소득이었다. 그것도 제법 중요한 정보처럼 보인다.

'신성력이란 신이 추구하는 신념 그 자체라 이거지.'

자리에서 벌떡 일어난 카이가 도서관 내부를 서성거렸다.

가슴 한편이 자꾸만 간질거렸다. 뭔가 좋은 생각이 떠오를 듯, 말 듯하며 계속해서 그를 괴롭혔다.

"미치겠네, 진짜."

뒷머리를 벅벅 긁었다. 자신이 앉아 있던 장소를 가만히 쳐다보던 카이는 숨을 짧고 굵게 내쉬었다.

"후!"

두 뺨을 세게 때린 그는 다시 자리에 앉았다.

'분명히 뭔가 있다.'

몇 번이나 그를 위기에서 구해준, 동물 같은 본능이 머릿속을 울렸다. 파피루스에 쓰여 있는 내용에 대해서 더 많이 생각해 보라고. 이것은 절대 사소한 정보가 아니라고.

"한번 해보자."

카이는 마치 전투에 임하는 사람처럼, 딱딱하게 굳은 표정으로 파피루스를 몇 번이고 반복해서 읽었다.

띠리리, 띠리리.

시끄럽게 울리는 알림에 가수면 모드 상태에 빠져 있던 카이가 천천히 눈을 떴다.

"하으암……."

미드 온라인에 지원되는 가수면 모드는 이럴 때 좋았다. 게임을 종료하지 않아도 잠을 보충할 수 있고, 알림이 울리면 곧장 뇌파로 신호를 보내니까.

"정보 길드에서 온 우편이네."

확인해 보니, 우편함에 새로운 소포가 도착했다는 알림이었다. 슬슬 도서관을 떠날 때가 되었음을 인지한 카이가 주변을 둘러보았다.

태양교의 모든 역사를 저장해놓은 대도서관의 가장 깊은 곳에 자리를 잡은 지도 어연 2주째. 처음 방문할 때만해도 깨끗하고 정갈하던 공간이었지만, 지금은 너저분한 상태였다.

테이블 위로 무질서하게 놓여져 있던 책과 양피지들. 심지어 바닥에는 음식 통들이 즐비하게 쌓여 있었다.

"끄응."

머리를 긁적이며 주변을 청소한 카이는 처음과 같이 깨끗해진 도서관을 보며 미소를 지었다.

"2주 동안 고생 많았다."

떠올리기 싫을 정도로 끔찍한 시간들이었다. 지난 2주 동안 자는 시간을 빼면 밥을 먹으면서도 책만 읽어댔으니까.

수능 공부조차 그렇게 해본 적이 없다는 것을 생각해 보면, 스스로가 독하다고 느껴질 정도였다.

'그래도 얻은 수확이 없지는 않아.'

오히려 차고 넘쳤다. 고대의 파피루스들에는 생각보다 유용한 정보들이 많이 적혀 있었으니까.

'고작 게임 주제에 이렇게 난해할 줄이야.'

확실히 미드 온라인은 여타의 게임과는 궤를 달리했다.

단순히 스토리가 정해져 있고, 그 스토리를 따라가다 보면 엔딩을 맞이하는 게임과는 달랐다. 일반적으로는 알 수 없는 세계관과 스토리, 설정 등이 있었고 그것을 찾지 못한다면 깰 수 없는 퀘스트나 업적 등도 존재했다.

'격을 올린다는 것…… 생각보다 쉬운 일일 수도 있겠어.'

빙그레 미소를 지은 카이는 곧장 도서관을 나와 우편함으로 향했다. 신성 왕국 라피스의 길거리를 돌아다니던 수많은 사제와 성기사들은 성호를 그리며 인사했다.

'확실히 있다.'

우편함을 열자 그 안에는 백과사전 다섯 권 분량의 어마어마한 자료들이 들어 있었다. 이외에도 조그마한 책자가 한 권 동봉되어 있었는데, 표지에는 안내문이라고 쓰여 있었다.

'정보를 어떤 식으로 분류해 놨는지 알려주는 용도구나.'

즉, 자신들이 조사한 정보를 어떻게 보면 되는지를 가르쳐주는 일종의 설명서였다. 중력장을 사용해 자료들을 허공에 두둥실 띄워 올린 카이는 교단 내부에 위치한 자신의 방까지 걸어갔다. 나날이 위명이 높아져 가는 성혈단이었기에, 단주인 카이의 방 역시 넓고 깨끗했다.

"어디보자……."

카이는 가볍게 안내문부터 읽었다.

"헬릭에 대한 자료는 1권에, 뮬딘에 대한 자료는 2권에, 신들의 특징에 대한 자료는 3권 이후…… 아, 그리고 마족의 뿔에 관한 부분은 5권 뒤편인가."

읽다 보니 목이 뻐근해졌다.

"어후."

지난 2주 동안 이미 책이라면 신물이 나도록 본 상태. 그런 와중에 자료들을 또 읽으려니 한숨부터 흘러나왔다.

"그래도 읽어야겠지. 읽어야 하는데……."

아무래도 동기부여가 조금 필요할 것 같다. 결정을 내린 카이는 손가락을 튕겨 아르칸 아카데미로 향했다.

우드드드득.

쨍쨍한 태양과 맑은 하늘이 카이를 반겼다.

"으으으음, 좋다!"

2주만에 라피스가 아닌, 다른 장소에 도착한 카이가 기지개를 펴고 간단한 스트레칭을 시작했다. 스트레칭이 끝난 카이의 얼굴 위로는 그제야 살 것 같다는 표정이 떠올라 있었다. 찌뿌둥한 몸을 한 차례 풀고 나자 기분이 조금 좋아졌기 때문이다.

"그럼 이제 몸도 풀었겠다…… 숙제를 하러 가볼까."

밝아졌던 카이의 표정이 순식간에 다시 어두워졌다. 전투를 목전에 둔 전사처럼 각오를 다졌음에도 불구하고, 그의 손가락 끝이 잘게 떨려왔다.

'대체 뭐냐고.'

카이는 교단의 도서관에 처박혀 있던 2주 동안 헬릭, 라샤와 연결된 폰을 꺼놨었다. 독서에 집중해야 하기도 했고, 도서관에선 정숙해야 하니까. 그래서 도서관 청소를 마친 오늘에서야 폰을 꺼내봤는데, 문자가 도착해 있었다.

[그대여, 언제 와? (?′???)]

[대체 뭘 한다고 그리 바쁜 것이야아아? *′A`*]

[으음. 오면 사탕 두 개 주겠느니라. 아끼는 딸기 맛도 하나 주께.]

이게 헬릭한테서 온 문자.

[카이 님, 요즘 바쁘신가요? 헬릭이 연락이 통 안 된다고 걱정하네요.]

[카이 님, 폰이 고장 나신건가? 아직도 문자를 안 읽으셨네요. 왜죠?]

[카이 님. 알버트 교장 선생님께 여쭤보니 태양교 본단에 있다고 하시던데……? 흐으음.]

[카이 님 거짓말쟁이. 다시는 허락 없이 저희만 남겨놓지 않겠다고 하셨으면서, (｡•̆_•̆｡)]

이게 라샤한테서 온 문자다.

처음 몇 개를 읽을 때는 아빠 미소로 읽었는데, 저런 문자들이 50개가 넘게 쌓여 있었다. 하루에만 몇 개씩 문자를 보낸 셈이다.

'아무리 생각해도 빈손으로 가면 안 될 것 같다.'

그녀들의 화를 잠재우기 위해선 달콤하면서 설탕에 범벅된 것들이 필요하다. 부랴부랴 마켓에 들러 케이크와 과자, 초콜릿 등을 산더미처럼 구매한 카이가 다시 아카데미를 방문했다. 그녀들의 기숙사 방문을 두드렸지만, 안쪽에서는 대답이 없었다.

"음? 이사장님 아니십니까?"

지나가던 수속성 마법학 교수가 카이를 보고 아는 체했다.

"안녕하세요. 슈론 교수님."

"예. 따님을 보러 오셨나 봐요."

"어…… 네, 뭐."

입학 당시 알버트 교황에게는 헬릭이 머나먼 친척이라고 해뒀지만, 다른 이들에게까지는 굳이 말을 하지 않았다. 그냥 가족이라고 두루뭉실하게 말을 해뒀을 뿐. 그래서 헬릭을 동생이나 딸로 알고 있는 경우가 종종 있었다.

"헬리자베스라면 라샤 학생과 함께 밭에 가 있을 겁니다."

"……어디요?"

"밭이요. 아시다시피 교황 성하의 취미가 농작물을 가꾸시는 거잖습니까."

"그렇죠."

카이도 익히 알고 있는 사실이었다. 실제로 라피스의 태양교 본단에는 우습게도 그의 전용 밭이 있을 정도였으니까.

"헬리자베스와 라샤 학생이 교황 성하께 간청해서 밭의 일부를 사용하는 것을 허가받았거든요."

"아니, 갑자기 밭에는 뭘 심으려고……?"

"그것까지는 저도 잘 모르겠습니다. 오다가다 봤는데, 아직 뭐가 자란 걸 본 적은 없어서."

"……가르쳐 주셔서 감사합니다."

슈론과 헤어진 카이는 고개를 갸웃거리면서도 아카데미 내부의 밭으로 향했다. 사실 원래 도시를 기획할 때는 없었는데, 알버트 교황을 꼬시기 위해 급하게 만든 장소였다. 당연히 태양교 본단의 있는 밭보다 더 크고, 흙들도 고르다.

"헬릭 님, 라샤 님!"

밭에 도착한 카이는 저 멀리 농부복을 입은 체, 쪼그려 앉아 있는 그녀들을 불렀다.

슬쩍, 힐긋.

그녀들은 카이를 본체만체하며 다시 고개를 돌렸다.

'삐지셨네.'

어깨를 으쓱거린 카이가 그녀들에게 다가갔다.

"대체 두 분 다 뭘 보고 계신……."

"거기! 밟으면 안 되니라!"

"카이 님, 뭐 하시는 거예요!"

두 여신이 돌연 비명을 지르며 카이를 타박했다.

"죄, 죄송합니다. 뭔가를 밟았나요?"

황급히 뒤로 물러난 카이는 바닥을 쳐다보며 사과했다. 허나 바닥에는 평평한 흙만이 있을 뿐, 뭔가를 밟은 것 같지는 않았다.

"흙 밑에 씨앗이 있느니라."

"식물은 소중히 다뤄야 해요. 교장 선생님께선 그 아이들도 감정이 있다고 하셨단 말이에요."

두 여신이 프로 농부 같은 발언을 꺼냈다.

"아아, 이제 막 심으신 거구나. 그럼 두 분 다 출출하실 텐데 이것 좀 드시면서 하세요."

카이는 직접 사 온 초콜릿을 그녀들에게 진상했다.

"그런데 대체 뭘 심으시는 거예요?"

그 질문이 나오자, 마치 기다렸다는 듯이 헬릭과 라샤의 어깨가 으쓱으쓱 위로 올라갔다. 헬릭은 뿌듯한 표정으로 흐흥거리더니 제 머리를 뒤로 쓸어넘겼다.

"카이여, 이것이 무엇이더냐."

그녀는 카이가 진상한 초콜릿 하나의 포장지를 까더니, 입에 넣고 오물거리며 물었다.

"초콜릿이죠."

"혹시 그대는 초콜릿이 어떻게 만들어지는지 아느냐?"

"그야…… 카카오 나무에서 카카오 열매가 열리면 그걸 추출해서 2차 가공한 뒤 완성되죠?"

"어…… 자, 자세히도 아는구나."

헬릭이 당황한 표정으로 중얼거렸다. 이를 옆에서 보다 못한 라샤가 부연 설명에 나섰다.

"카이 님이 주신 용돈으로 매점에서 이것저것 다 먹어보고, 천국 같은 나날을 보내고 있었거든요."

천계 거주민들이 저런 말을 하니 심각한 위화감이 든다.

"네. 그런데요?"

"그런데 세상에! 매점에서 카카오 씨앗을 파는 거예요."

"아카데미 매점에서 그런 걸 왜……? 아니, 그것보다 설마 그걸 사신 거예요?"

"흐흥, 더 이상 숨겨서 무엇 하겠느냐. 우린 스스로 키운 초콜릿을 만들어서 먹을 거다."

헬릭이 팔짱을 끼며 두 사람의 포부를 드러냈다.

"실제로 그게 유행이라고 하더구나. 친…… 친한……."

"혹시 친환경이요?"

"그래, 그거!"

친환경이라면 의도는 나쁘지 않다. 문제는…….

'이분들, 진짜 알고 있는 건가?'

카카오 나무는 열대 지방에서 잘 자라며, 열매가 달리려면 최소 5년 이상이 걸린다. 대량의 초콜릿을 만들려면 당연히 열매도 주렁주렁 달려야 하는데, 그건 20년은 필요하다.

"그런데에. 2주가 지났는데 열매가 안 열리는 것이다."

"헬릭이랑 제가 신성력으로 축복까지 걸어줬거든요? 근데 싹도 안 틔워요. 물도 줬는데."

두 여신이 찡찡거리자 카이는 조심스럽게 설명해 주었다.

카카오 나무는 열대 지방에서만 열린다는 점. 그리고 초콜릿을 만들어 먹으려면 최소 5년은 걸린다는 점 등을.

모든 이야기가 끝나자, 두 여신은 망치에 뒤통수를 얻어맞은 표정을 지었다. 개중에서도 헬릭은, 세상이라도 무너진 것처럼 허망한 눈빛을 감추지 못했다.

"물론 두 분의 신성력을 지속적으로 쬐어주면 아예 안 자라진 않을 거예요."

무려 태양신의 신성력이니까.

실제로 태양교를 믿는 농부들의 비율은 굉장히 높다. 그녀는 풍요를 관장하는 신이기도 하니까.

"하지만 열매가 달리려면 최소 몇 년은 걸릴 텐데, 그래도 계속 하실 거예요?"

뒤늦게 정신을 차린 헬릭이 고개를 끄덕였다.

"그래두 할래……."

"저도요……."

헬릭과 라샤는 바닥에 쪼그려 앉더니, 아무것도 없는 흙을 토닥토닥 두드렸다.

"카오야. 빨리 자라렴. 매일매일 신성력 줄 테니깐."

"나도 기다릴게."

두 여신은 이미 카카오 나무에 카오라는 이름까지 붙인 상태였다. 흐뭇하게 보고 있던 카이가 손을 흔들었다.

"그래서 제가 사 온 간식은 안 드실 건가요? 케이크도 사왔는데."

"케이크! 먹을래!"

"초콜릿 케이크도 있어요?"

"그것뿐이겠어요? 딸기 케이크도 사 왔는데."

"허, 허억. 딸기 케이크!"

순식간에 자리에서 일어난 두 여신은 밭을 나서는 카이를 졸래졸래 따라왔다. 카이는 화원에 앉아 그녀들이 간식을 냠냠 먹는 모습을 보며 마음의 평화를 얻었다.

밭일 덕분에 옷에 흙을 덕지덕지 묻혀놓은 두 여신은, 간식을 먹자 고개를 꾸벅거리며 떨구기 시작했다. 카이는 자꾸만 테이블에 고개를 박으려는 두 여신의 어깨를 흔들었다.

"밖에서 주무시면 안 돼요. 감기 걸려."

"우우웅……. 졸려요……."

결국 잠에게 패배한 두 여신을 중력장으로 가뿐하게 들어올린 카이는, 그녀들을 기숙사 침대에 눕혀주었다.

"지금 자면 밤에 조금 늦게 잠들 수도 있겠지만……."

원래 어린애들은 낮잠을 자주 자는 편이니까.

'그럼 성물에 대한 것도 다음에 물어봐야 되겠네.'

심술이 난 카이는 코오 자는 헬릭의 코끝을 밀어 올렸다.

"크어, 크허억, 크하으응……."

헬릭이 이상한 소리를 내며 괴로운 표정을 지었다. 쿡쿡거리며 웃은 카이는 그제야 자리에서 일어나 이불을 덮어주었다. 일어나면 꼭 샤워하고, 옷을 갈아입으라는 쪽지를 남겨둔 카이는 아르칸 아카데미를 떠났다.

"아, 성혈단주님 오셨습니까."

"예."

본단을 지키는 성기사들이 고개를 꾸벅 숙였다.

카이는 그들에게 당부했다.

"당분간 연구할 것이 있으니까, 사무실에 아무도 들여보내지 마세요."

"아, 저기 그런데……."

성기사 하나가 난처한 표정으로 입을 열었다.

"안쪽에서 성혈단주님을 기다리고 계시는 분이 있습니다."

"……저를요?"

"네. 지인이라 하셔서 우선 안쪽에 모셔놓긴 했는데…… 정말 지인이 맞는지는 저희도 잘……."

태양교 본단까지 자신을 찾아올 만한 사람은 없는데?

혹시 성혈단원 중 누군가가 찾아온 걸까? 성기사들의 반응을 보니 그건 아닌 것 같고.

고개를 갸웃거린 카이는 문을 열고 내부를 확인했다. 그곳에서 집무실을 구경 중인 사람을 발견한 그의 눈이 커졌다.

"하린 씨?"

"아시는 분입니까?"

"아…… 예. 걱정하지 않으셔도 됩니다."

"그럼 즐거운 시간 보내십시오."

성기사들이 인사를 마친 뒤 물러가자, 유하린이 베시시 웃으며 다가왔다.

"저 왔어요."

"여긴 어쩐 일이세요? 아니지, 우선 앉으세요."

그녀를 자리에 앉힌 카이는 급히 시원한 차를 두 잔 준비해 테이블에 올려놓았다.

"요즘 바쁘시죠?"

"뭐…… 아무래도 좀 그렇죠."

카이가 미안한 표정으로 뒤통수를 긁적였다. 최근 도서관에 처박힌다고 변변한 연락 한 번 보내지 못했었으니까.

'물론 게임을 종료하고 나가면 하루에 10분씩 꼬박꼬박 전화를 하긴 했지만…….'

그들은 새내기 커플이다. 한창 풋풋하고, 알콩달콩하며 서로를 바라보는 눈빛에 꿀이 떨어져야 할 시기에 여자친구를 혼자 내버려 두는 남자는 아마 자신밖에 없으리라.

그가 미안한 표정을 짓고 있자, 유하린이 고개를 갸웃거렸다.

"왜 그런 표정 지으세요? 죄지은 사람처럼."

뜨끔한 카이가 그녀의 얼굴을 살폈다. 비꼬는 말인지, 정말 순수하게 묻는 것인지 확인하기 위함이었다.

"제 얼굴에 뭐 묻었어요?"

"아뇨…… 그냥 미안해서요."

"뭐가요?"

"요즘 제대로 연락도 잘 못하고 있잖아요. 하루에 10분씩 통화를 한다고는 하지만……."

그러고 보니 사귀고 난 뒤 데이트조차 한번 못했다.

'이렇게 생각하니 나 정말 나쁜 놈인데……?'

카이의 어깨가 축 처지자, 유하린이 쿡쿡 웃었다.

"아아, 알긴 아시는구나? 연락 잘 안 하시는 거."

"죄, 죄송합니다."

"자꾸 사과하지 마요. 사과받을 때마다 기분이 묘해진단 말이에요."

그녀는 손으로 자신의 턱을 받치더니 요리조리 돌렸다.

"어라, 또 사과하네. 이렇게 계속 사과할 정도로 잘못하신 건가? 앗, 그럼 나 화내야 하나?"

혼자서 말을 이어나간 그녀가 카이를 쳐다봤다.

"이런 생각이 드는 거 있죠? 그러니까 그렇게 자꾸 미안하다고 하지 마요."

"죄, 죄송…… 아니. 알겠어요."

"물론 저한테만이 아니라, 밖에서도요. 책에서 읽었는데 사과하는 것도 중독이래요. 썩 좋지 않은 버릇."

"고칠게요."

"그런 모습 보기 좋아요. 꾸준히 발전하시는 모습."

자애로운 미소를 머금은 유하린이 손뼉을 짝 쳤다.

"자, 그럼 뭐부터 하면 돼요?"

"……예?"

카이가 되물었다.

"무슨 볼일이 있으셔서 찾아오신 거 아니에요?"

유하린이 고개를 도리도리 저었다.

"요즘 바쁘신 거 전부 헬릭 님 때문이죠? 정확히는 뮬딘."

"그렇죠. 뮬딘을 처치할 수 있는 방법…… 을 찾기 위해 노력 중입니다."

"모아두신 자료는 좀 있으세요?"

"예, 여기에."

인벤토리에서 정보 길드의 보고서를 꺼내자, 유하린이 거기서 반을 딱 가져갔다.

"생각보다 많네요. 하지만 이 정도는 뭐……."

"어라, 같이 조사해 주시게요?"

"그럼요. 그리고 헬릭 님을 위하는 마음은 카이 님만 있는 거 아니거든요."

귀엽게 백과사전을 살랑살랑 흔든 유하린이 인벤토리에서 안경을 꺼내 들었다.

"어, 안경 끼셨어요?"

"아뇨. 저 시력 좋아요. 그런데 이 안경에 집중(Concentration) 마법이 달려 있거든요."

"아아."

집중 마법을 사용한다면 일의 효율이 증가한다.

"하린 씨는 안경 쓰셔도 예쁘시네."

"에? 무, 네?!"

깜빡이 없이 들어온 덤프 트럭급 칭찬에, 유하린의 얼굴이 발갛게 달아올랐다. 그런 그녀의 모습을 가만히 지켜보던 카이가 부드러운 미소를 지었다.

'보면 볼수록 의지가 되는 사람이라니까.'

생각해 보면 그녀는 정말 완벽한 인간이 아닐까 싶다.

조각 같은 미모와 출중한 능력은 물론이고, 생활력도 강하며 마음 또한 너그럽다. 커뮤니티에서 그녀를 여신이라고 떠들어대는 자들은 외관만 보고 하는 소리지만, 카이는 오히려 그녀의 내면이 더욱 아름답다고 생각했다.

누군가를 이해하고, 배려해 주는 마음. 그게 좋다는 것은 알고 있었지만, 누구나 가질 수는 없는 마음이었으니까.

"그럼 부탁드릴게요."

짧게 고개를 숙인 카이는 보고서를 챙겨 들었다.

사르륵, 사륵.

단장실에는 한동안 책장 넘기는 소리만이 가득했다.

카이와 유하린은 함께 보고서를 읽고, 몸이 찌뿌둥하면 함께 연무장으로 나가서 몸을 풀었다.

그리고 배가 고파지면 밥을 먹고, 함께 차를 마시기까지.

"어라, 이거…… 데이트죠?"

유하린이 눈을 반짝이면서 물었다.

'글세, 데이트는 이런 게 아니라고 생각하는데…….'

카이가 난처한 표정을 지으며 단어를 골랐다. 그가 아무리

모태 솔로라지만, 데이트가 무엇인지는 잘 알고 있었다.

'함께 영화를 보거나, 운동을 하거나…… 밥도 먹고 커피도 먹고…… 어?'

함께 땀을 흘리면서 운동을 하고 함께 밥을 먹고 함께 차를 마시기까지……. 무언가를 깨달은 카이가 고개를 맹렬하게 끄덕였다.

"이거 데이트였네요?"

"그쵸? 제 말이 맞죠?!"

어리석은 커플 한 쌍이 로를 쳐다보며 고개를 끄덕였다.

"첫 데이트가…… 재미없는 장소라서 좀 그러네요."

"아니에요, 장소가 무슨 상관이겠어요. 가, 같이 있는 사람이 중요하지."

귀까지 발갛게 물든 유하린은 괜히 고개를 돌리며 보고서로 제 얼굴을 부채질했다.

그 모습을 쳐다보던 카이가 피식 웃었다.

"그렇죠. 같이 있는 사람이 중요한 거죠."

카이의 달달하면서도 부드러운 눈빛을 마주하지 못하던 유하린이 황급히 화제를 돌렸다.

"그, 그러고 보니 여기 보고서에 중요한 정보가!"

"어? 어떤 부분이요?"

카이가 그녀의 옆자리에 앉으며 고개를 내밀었다.

"어디요?"

"여, 여기……."

보고서를 받아든 카이는 빠르게 읽어내렸다.

[인간과 신의 관계에 대한 토론은 예전부터 이어져 내려왔다. 인간이 과연 신이 될 수 있는가? 이에 대다수의 신학자들은 불가능이라는 답을 내어놓았다. 이유는 간단했다. 전례가 없었으니까.

그럼에도 불구하고 신학자들은 신이 될 수 있는 조건을 크게 두 가지로 나누었다.

첫 번째는 신위(宸威). 누구도 범접할 수 없을 정도의 거룩한 힘.

두 번째는 신격(神格). 신으로서의 자격이나 격식.

신학자들은 사람들이 믿는 신들의 공통점을 분석한 결과, 저 두 가지가 필수 조건이라는 결론을 내렸다. 역사에는 수많은 영걸들이 존재했다. 마법의 힘으로 대륙을 둘로 갈라놓았다는 최초의 마도사에 대한 이야기부터, 검 한 자루로 산을 베었다는 성기사 이야기까지. 그들은 하나 같이 인간의 범주를 넘어선 힘을 지니고 있었고, 수많은 이들에게 칭송을 받던 존재들이었다. 허나, 그들 중 신이 된 자는 없었다.

고블린이 아무리 똑똑하고 강하다 한들 인간이 될 수 없

듯, 인간 또한 신이 될 수 없다. 수많은 신학자들은 이를 인간의 한계라고 결론지었다.]

"신격이라."

카이는 우선 신위에 대한 부분을 제쳐두고, 신격에 대해 곰곰이 생각했다.

'확실히, 사람한테 기도를 올리는 사람은 없지.'

아득한 힘을 지니고 있더라도, 사람이니까.

그것은 당연한 이치였다. 만약 지금 당장 카이가 대륙을 돌아다니며 숱한 몬스터들을 해치워 명성이 크게 오르더라도 그를 칭송하는 자들은 많아질지언정, 그에게 기도를 올리는 자는 없을 것이다.

'이게 신학자들이 말한 인간의 한계인가.'

그는 인간이니까. 몸이 뼈와 살로 이루어진, 다른 사람들과 같은 인간이니까.

실제로 신이라고 칭송받는 이들을 보면, 그들의 실체를 본 이는 아무도 없다. 당장 헬릭만 봐도 그렇다. 그녀를 본떠 만든 동상들도 모두 중년인의 모습을 띠고 있지 않은가.

'이게 사실이라면…….'

스스로의 격을 상승시켜서 뮬딘을 처치한다는 건 사실상 불가능하다는 소리다.

카이가 아랫입술을 살짝 깨물자, 유하린이 그의 손위로 자신의 손을 포개어 올렸다.

"조급하게 생각하지 마세요. 같이 찾다 보면, 분명 방법이 있을 거예요."

"정말 그럴까요?"

"……네, 분명."

말을 꺼내는 유하린조차 목소리에는 확신이 없었다.

"하지만 여태까지 조사한 모든 자료에서 인간은 신이 될 수 없다고 나와 있어요. 어쩌면…… 그건 미드 온라인이라는 게임에 설정된 절대 불변의 법칙일지도 모르죠."

사실 그것도 맞는 말이다. 미드 온라인은 온라인 게임. 그것도 수억 명의 유저들이 즐기는 초대형 온라인 게임이다.

"요즘 들어 그런 생각이 들어요. 지금 제가 하고 있는 건…… 100 스테이지까지밖에 없는 게임에서, 101 스테이지를 찾기 위한 노력이 아닐까 하는 생각."

그리고 그 부질 없는 노력의 끝은 허무하지 않을까 하는 생각. 하루에도 몇 번씩 드는 부정적인 생각이다.

"으음. 그 부분에 대해선 저도 드릴 말씀이 없지만…… 꼭 카이 님이 신이 되어야 하나요?"

"네. 마왕도 그런 말을 했습니다. 신은 자신보다 격이 낮은 상대에게 피해를 입지 않는다고요…… 물론 신이 인간계에 내려온다면 이야기는 조금 달라집니다."

실제로 패트릭이 뮬딘에게 상처를 입힌 적이 있으니까.

'하지만 그게 죽일 수 있다는 걸 증명하지는 않지.'

그저 상처를 입히는 것만이 가능하고 죽일 수 없다면, 결국 달라지는 건 없다.

카이에겐 확신이 필요했다. 뮬딘을 죽일 수 있다는 확신.

그래야만 다음 스텝으로 넘어갈 수 있었다.

"음……."

콧잔등을 찡긋거린 유하린이 안경테를 살짝 올려 고쳐 썼다.

"그러니까 신이 인간계로 내려오면 피해를 입는다는 소리죠? 원래 무적인데."

"네."

"그 얘기를 들으니까 갑자기 생각난 건데요."

유하린이 우물쭈물, 자신 없다는 목소리로 말을 이었다.

"카이 님의 격을 끌어올릴 수 없다면…… 반대로 상대의 격을 낮추는 방법을 찾아보면 되는 거 아닐까요?"

"……예?"

카이가 고개를 돌려 유하린을 쳐다봤다.

'뮬딘의 격을…… 신격을 낮춘다고?'

그의 고개가 절로 흔들렸다.

"그런 게 가능할 리가 없……."

그 순간, 그의 머릿속으로 과거의 대화가 지나갔다.

-드래곤들은 먼 옛날 신들에게 도전장을 내밀었다가 패배하여 물질계로 추방된 하위 신들이에요. 짧게는 수천 년, 길게는 만 년이 넘게 물질계에서 죽지도 못하고 살아가야 하는 벌을 받은 거죠.

예전에 시미즈가 지나가듯이 해줬던 말이었다.
카이가 저도 모르게 입을 열었다.
"드래곤."
"네?"
"드래곤이요. 제가 알기로 그들의 정체는 먼 옛날 상급 신들에게 대항했다가 천계에서 추방당한 하위 신들입니다."
"어…… 정말인가요? 하지만 역사를 보면 드래곤은 인간들에게도 종종 사냥당했잖아요? 흔한 일은 아니었지만."
유하린의 질문에 카이의 입꼬리가 말려 올라갔다.
"그 부분이 중요한 겁니다. 사냥당한다. 죽을 수 있다."
만약 그들이 여전히 신의 '격'을 지니고 있었다면 그것이 가능해선 안 된다. 신격을 지닌 이는 하위 '격'을 지닌 이에게 피해를 입지 않으니까.
'하지만 드래곤은 상처를 입는 것은 물론, 죽기까지 해.'
이것이 의미하는 바는 명확했다.

'드래곤들에게는 더 이상 신격이 없다.'

한때 신이었다가 '격'을 잃고 물질계에 떨어진 이들.

하위 존재가 신이 되는 건 몰라도, 그 반대는 가능하다.

이미 드래곤이라는 확실한 전례가 있다.

"하린 씨, 혹시 이런 말 들어보셨어요?"

"어떤 말이요?"

머릿속이 맑아진 카이가 밝게 웃으며 말을 건넸다.

"역사는 반복된다."

125장
드래곤 레어

"역시 돈이 좋긴 좋네요."

"다행이에요. 어느 정도 실마리는 모인 거죠?"

"예. 이제 물감들은 모였으니, 그림을 그려볼까 합니다."

하얀 도화지를 자신의 입맛대로 채색하는 것. 그러기 위해서는 물감들이 필요하다.

'다행히 쓸만한 정보들은 모두 모였어.'

이제는 조금씩 그림을 그려가야 할 시간. 하지만 그 전에 해야 할 일이 있다.

"그러고 보니 하린 씨는 왕성에 이미 다녀오셨죠? 논공행상 주제로."

"네. 전 처음에 호출됐을 때 바로 다녀왔어요."

국왕 베오르크, 그와의 만남을 미루고 있었으니까.

"끄응. 전 지금에라도 가봐야겠네요."

"이틀간 수고하셨어요."

"저보다는 하린 씨가 더 수고하셨죠. 정말 고마워요."

유하린에게 미소를 지어준 카이는 왕궁으로 향했다.

땅! 땅! 땅!

왕궁은 보수가 진행 중이었다. 아니, 보수라기보다는…….

"그쪽에는 대검 모양의 기둥을 일렬로 세울 생각입니다."

"연무장은 10개…… 아니, 14개 정도 지었으면 좋겠군요."

"인공 호수도 하나 지어놓는 게 미관상 좋을 것 같네요. 검을 휘두르다가 지치면 쉴 수 있게."

아예 바닥까지 다 뜯어낸 뒤 리모델링을 하는 중이었다.

드워프들이 공사를 전담했고, 바체는 눈을 반짝이며 그들에게 이것저것 요구 사항을 건네고 있었다.

"아주 좋아 죽으려고 하시네요."

"음? 자, 자네 왔나."

부끄러운 모습을 보인 바체가 짧게 헛기침을 했다.

"그런데 연무장…… 원래 이렇게 안 넓었잖아요?"

카이가 눈을 가늘게 뜨며 주변을 훑었다. 틀만 보면 연무장이 아니라 무슨 주상복합 단지라도 들어서는 것 같다.

"……전하에게 허락을 얻어냈다. 숲의 일부를 개간해서 그

쪽까지 연무장을 확장해도 된다고 하시더군."

"이거 공사비 제가 대는 건데요?"

"커, 흐흠."

바체가 고개를 슬며시 돌리며 저 멀리의 산을 바라봤다.

피식 웃음을 터뜨린 카이는 어깨를 으쓱거렸다.

"뭐, 별로 상관은 없지만요."

사실 공사비라고 해봐야 얼마 안 된다. 여태껏 바체가 해준 것들의 밀린 수업료를 지불한다고 생각하면 편하다.

"아무튼 이왕 짓는 거, 최대한 멋있게 지어보세요. 기사들도 팍팍 늘려야죠."

바체가 카이를 지그시 쳐다봤다. 그는 미안한 표정을 지으며 굳게 다물어져 있던 입을 열었다.

"내가 여태까지 자네를 오해하고 있었군. 이토록 훌륭한 인품을 지니고 있는 사람…… 아니, 성인(聖人)이었나……."

여태까지는 대체 평가가 어땠다는 거지?

카이가 살짝 어이없다는 표정으로 바라보자, 바체가 다시 고개를 스윽 돌리며 중얼거렸다.

"적당히 이기적인 모험가라고 생각했는데……."

"다 들리거든요?"

"자네는 귀가 참 밝다는 장점도 있군."

결국 바체 또한 나라의 녹을 먹는 자. 연무장을 증축하고 싶었지만 매번 예산 문제 때문에 실행에 옮기지 못하던 걸 자신이 해결해 준 셈이다. 당연히 천사처럼 보일 수밖에.

"나중에 연무장이 완성되면, 와서 강습이나 한 번 하지."

"제가요? 에이, 제 주제에 무슨 강습을……."

바체의 두 눈이 그를 빤히 쳐다보았다.

"주제가 어때서 그러나. 저번에 한 말은 빈말이 아니다."

바체의 시선이 카이를 꿰뚫었다.

"그대는 라시온 제일검. 어깨와 가슴을 펴고, 그 긍지를 심장에 새겨라. 그대는 이 나라에서 가장 뛰어난 검사다."

단단하면서도 엄한 목소리에 카이는 저도 모르게 가슴과 어깨를 쭉 폈다.

"이미 파발이나 다른 기사들에게도 모두 말해놓았다. 그대가 나를 아득히 뛰어넘었노라고."

"아니, 왜 그런 번거로운 일을……."

"재미있지 않은가."

고개를 올려 하늘을 쳐다보는 바체의 입가에는 뿌듯한 미소가 걸려 있었다.

"불과 몇 년 전만 해도 기사 몇을 감당하지 못해 나의 도움을 받던 모험가였는데."

아무래도 화이트홀 때의 이야기인 것 같다.

"볼 때마다 느끼는 거지만 모험가는 정말 대단하군. 성장 속도도 놀랍지만…… 자네들에게는 무한한 가능성이 있다는 것이 느껴져."

바체의 주먹이 카이의 심장을 가볍게 톡 두드렸다.

"라시온 제일검이 되었지만, 정체하지 말고 더욱 높이 올라가라. 검을 통해 어디까지 올라갈 수 있는지, 내가 직접 보진 못하겠지만 자네를 통해서라도 보고 싶으니까."

"저는 일단 사제이긴 한데…… 아무쪼록 정진하겠습니다."

무한한 가능성이라. 정말로 그럴까. 바체의 말대로 모험가에게는, 플레이어에게는 무한한 가능성이 있는 것일까.

'뭐, 가보면 알겠지.'

그 길의 끝이 어디로 연결되어 있는지는.

"베오르크 국왕 전하를 뵙습니다."

카이가 한쪽 무릎을 꿇고 예의 바르게 인사를 올렸다. 이에 베오르크는 진한 미소를 지으며 자리에서 일어나 계단을 내려왔다.

"무릎을 풀고 일어나라. 나라를 구한 영웅을 무릎 꿇릴 정도로 낯짝이 두껍지는 않으니까."

"아니, 무슨 말을 또 그렇게까지 하십니까."

카이에게 다가온 베오르크가 어깨를 몇 차례 두드렸다.

큰 힘이 실려 있지는 않았지만, 그의 고마운 마음이 담겨 묵직한 손바닥이었다.

"정말 고맙다."

"당연히 해야 할 일이었습니다."

자신의 영지민을 보호하고 침략자들을 몰아내는 일. 영주라면 당연히 해야 하는 일이다. 물론 도망치는 녀석들도 있었지만.

"이번 전쟁에 대한 보상으로 그대에게 무엇을 내려야 할지 진지하게 고민을 했었다."

과연 베오르크. 시원시원한 인물답게 앞뒤 재지않고 곧장 본론으로 들어간다.

"왕궁의 보고(寶庫)는 이미 그대에게 몇 차례 개방한 적이 있었지. 아마 얻을 만한 것도 그때 모두 얻어갔을 터."

"감사하게 생각하고 있습니다."

"영지를 내릴까 생각했지만, 지금 관리하는 영지만 수십 여 개. 그 이상은 오히려 부담이 되지 않을까 염려스럽더군."

"신하의 마음을 헤아려주신 점, 탄복하였습니다."

그의 말처럼, 지금 카이는 자신이 관리하는 영지가 총 몇 갠지도 알지 못했다. 억지로 떠맡게 된 동부 영지들은 아직 이름조차 다 외우지 못한 상태였으니까.

더 이상의 영지는 보상이 아닌 짐이 될 뿐이었다.

"그래서 지난 며칠 동안 잠자리조차 뒤척였다. 참 많은 고민을 하였지."

베오르크의 말은 빈말이 아니었는지, 그의 눈밑으로는 이전에 없던 다크서클이 보였다.

"하여 대신들을 모아놓고 머리를 맞댄 결과, 그럭저럭 만족스러운 결과가 나왔다."

"경청하겠습니다."

어찌 됐든 자신에게 뭔가를 준다는 소리다. 이득을 보면 봤지, 손해를 입을 일은 없다는 뜻.

카이가 고개를 숙이자 신하 하나가 베오르크에게 금색의 양피지를 가져다주었다.

좌아악!

양피지를 펼친 베오르크가 쩌렁쩌렁한 목소리를 뱉어냈다.

"지금 이 시간부로, 카이 백작을 아크듀크(Arcduke)의 위(位)에 봉한다."

그 말에 카이가 깜짝 놀라 고개를 들었다.

"전하……?"

아크듀크는 대공을 뜻하는 단어이다. 하지만 현재 카이의 직위는 백작. 오등작의 최상위인 공작조차 아래로 보는 것이 대공이다. 카이를 두 단계 이상 파격 승진시키겠다는 뜻.

'게다가 내가 알기로는…….'

대공은 단순히 명예만 따르는 직위가 아니다.

그 생각이 맞다는 듯, 베오르크의 말이 이어졌다.

"이 시간부로 라시온의 동부 지역은 공국으로 취급되며, 이는 라시온 왕국과는 별개인 독립 국가로 선언한다."

"이에 따라 이후 카이 백작의 호칭을 대공, 혹은 공왕(公王)으로 명명한다."

독립된 별개의 국가. 카이는 그 단어를 듣는 순간 지그시 눈을 감았다.

'곧 오겠네.'

아니나 다를까, 그의 귓가에 사이다 터지는 듯한 축포 소리가 터져 나왔다.

[말도 안 되는 업적! 플레이어 중 최초로 일국(一國)의 군주가 되었습니다. 스페셜 칭호, '공왕(公王)'을 획득합니다.]

[출세가도! 라시온 왕국을 기점으로 당신의 출세 신화가 널리 퍼져 나갈 것입니다. 명성이 523,000 상승합니다.]

'스페셜 칭호, 공왕이라.'

비록 국왕(國王)은 아니었지만, 칭호의 효과에 크게 차이나지는 않을 것 같았다.

'최고의 선물이네.'

솔직히 여기까지 기대를 하지는 않았다. 적당히 돈이나 무구 몇 개 정도를 챙겨주고 끝낼 줄 알았는데…….

'베오르크 국왕, 역시 사람을 잘 챙기네.'

사람을 잘 챙기는 군주는 대대로 성군(聖君)이었다.

아랫사람으로 하여금 자신을 믿고 따르게 만드니까. 그런 사람의 밑에서 일을 하면 스스로가 하는 일에 굉장한 자부심을 갖게 된다.

'라시온 왕국은 점점 강해지겠어.'

훗날 제국이 될지도 모르겠다. 아니, 적어도 자신이 라시온 왕국에 적(籍)을 두고 있는 이상, 반드시 제국이 되리라.

"전하의 성은에 드릴 말씀이 없습니다."

베오르크는 카이가 진심으로 기뻐하고 있다는 것을 깨달았는지, 한쪽 입꼬리를 말아 올렸다. 스스로가 내린 포상에, 뿌듯해하며 만족하는 중이었다.

"카이 백…… 아니, 카이 대공."

"하명하십시오."

"어감이 참 좋군. 혀에 딱 달라붙는 어감이로다. 카이 대공, 카이 대공…… 진작 승작시켜 줄 걸 그랬군."

"솔직히 아직도 얼떨떨합니다. 걱정도 되는군요. 이 사실이 공표되면 많은 사람들이 반발할 겁니다."

"흥, 마침 잘됐군. 전쟁을 하느라 뽑았던 검은 아직 검집에 들어가지 않았으니까."

괜히 철혈 군주가 아니다. 가문의 존속을 원하는 귀족이라면 감히 베오르크에게 반발할 수 없을 것이다.

"그대가 나의 신하라는 점에는 다름이 없지만, 앞으로는 일일이 무릎을 꿇을 필요는 없다. 그대도 한 나라를 이끄는 몸. 그대가 무릎을 꿇는다는 건, 그대를 믿고 따르는 수많은 백성들의 무릎도 함께 꿇리는 것이라는 걸 명심해라."

"……그렇군요."

자리가 사람을 만든다는 말이 있다. 카이는 이제 자신이 앉은 자리에 걸맞는 행동을 해야 할 필요성을 느꼈다.

"항상 당당하게. 알겠나?"

"명심하겠습니다."

항상 당당하게, 맑게, 자신있게.

"식사를 안 했다면 함께하지."

"초대해 주신다면 영광이지요."

왕궁의 정원으로 이동한 두 사람은 요리사가 즉석에서 해주는 요리를 먹으며 담소를 나누었다.

"전쟁도 끝났으니 앞으로 한동안은 또 두문불출하겠군."

"마음 같아서는 저도 집에 콕 박혀 있고 싶은데…… 아쉽게도 그건 불가할 듯싶습니다."

베오르크의 눈썹이 위로 슬쩍 올라갔다.

"무슨 일이라도 있나?"

"예…… 만나보고 싶은 존재가 있어서요."

"호오? 이거 나까지 다 궁금해지는군. 그게 대체 누군가? 그대라면 웬만한 인물들은 당장 만나볼 수 있을 텐데."

"아아. 물론 사람이라면 쉽게 만나볼 수 있겠죠."

"그 말은 상대가 사람이 아니라는 소리로군?"

베오르크의 말에 카이가 고개를 끄덕였다.

"드래곤입니다. 그것도 드래곤 족의 로드이자 가장 나이가 많다는 고룡(古龍), 엘더 드래곤을 만나고 싶습니다."

"흐음. 엘더 드래곤이라……."

베오르크가 식기를 내려놓으며 고민에 빠졌다.

"혹 연유를 물어봐도 되겠나? 만약 엘더 드래곤과 싸우려는 것이라면……."

"아, 그건 걱정하지 않으셔도 됩니다. 저도 굳이 그들과 싸우고 싶지는 않아요."

물론 용 사냥꾼의 냄새를 풍기는 자신을 그들이 용서할지는 별개의 문제지만.

"단지…… 저는 그들을 통해 무언가 알아내고 싶은 게 있을 뿐입니다."

"하긴, 드래곤들은 오랜 세월을 살아오는 자들. 개체 하나하나가 지식의 보고라 불리어도 부족함이 없는 존재들이지."

말을 마친 베오르크가 돌연 빙긋 웃었다.

"이거, 오늘 건네는 선물이 하나가 아니었군."

"예?"

"드래곤 로드의 위치를 알고 있는 건 같은 드래곤들밖에 없다는 사실, 알고 있나?"

"예. 그래서 정보 길드를 통해 드래곤들의 위치를 알아볼 생각이었습니다만……."

물론 정보 길드조차 그들의 소재를 알고 있는지는 잘 모른다. 사룡 시네라스처럼 미쳐 버린 드래곤이라면 대놓고 활동을 해서 위치를 특정 짓기 쉽지만, 대부분의 드래곤들은 있는 듯 없는 듯 살아가니까.

"굳이 그럴 필요 없다."

베오르크가 딱 잘라 말했다.

"드래곤은 한 번 움직일 때마다 재해를 불러일으키는 존재들. 나라를 운영하는 입장에서 그들은 항시 주시해야 하는 위험 요소들이다."

"그 말씀은……?"

베오르크가 고개를 끄덕였다.

"짐이 알고 있는 드래곤들의 위치를 공유해 주도록 하지."

베오르크가 건네준 지도에는 무려 세 개의 드래곤 레어가 표시되어 있었다.

"세 개라…… 생각보다 많지는 않네요?"

"많은 거다. 드래곤의 수가 대체 몇이라고 생각하나."

카이가 모르겠다는 표정을 짓자 베오르크가 손가락 두 개를 들어 올렸다.

"왕국에서 파악하기로는 현재까지 존속이 확인된 드래곤의 개체 수는 최소 스물."

"그중에 세 마리의 레어가 라시온 왕국에……."

그리 생각하니 제법 많은 숫자다.

"아마 제국 쪽에선 더 잘 알고 있겠지. 허나 그대라면 드래곤을 통해 로드의 장소를 알아낼 수 있을 것이다."

"예. 아마 가능할 겁니다."

매에는 장사 없는 법이거든.

"카이 대공, 내 부탁 하나 하지."

"말씀하십시오."

"자네가 아까 전에도 말했지만, 영 불안해서 말이야."

"어떤 부분이 말씀이십니까?"

"드래곤 말일세. 가능하면…… 아니, 될 수 있으면 그들을 죽이지 않아줬으면 좋겠군."

"그거야 어렵지 않습니다만, 이유를 여쭤봐도 됩니까?"

베오르크가 본인 입으로 말했었다. 드래곤은 재해를 불러일으키는 존재들이라고. 그렇다면 하나라도 개체 수를 줄여놓는 게 왕국을, 나아가 대륙을 위한 일이 아닐까?

이러한 카이의 질문에 베오르크는 단 한 마디로 일축했다.

"그들의 몬스터 장악력 때문이다."

"몬스터 장악력이요?"

"그래. 그들의 레어가 존재하는 곳 주변에는 엄청난 수의 몬스터들이 존재하지. 그것도 종류를 가리지 않고 말이야."

다시 한번 지도를 확인한 카이가 고개를 끄덕였다. 레어가 위치한 세 장소는, 유저들 사이에서도 꿀 사냥터라고 소문이 자자한 곳이었다.

'한번 자리를 잡으면 이동을 하지 않아도 되는 장소니까.'

그만큼 서식하는 몬스터들의 종류 수가 많고, 레벨도 다양하다는 뜻이었다.

"드래곤들은 대부분 고독을 즐기는 존재들이다. 때문에 자신의 레어를 형성하는 순간부터 주변이 시끄러워지는 것을 참지 못하지."

"아…… 그러면 이 몬스터들이 레어를 지키는 일종의 사병이군요?"

"정확하다. 일반적인 몬스터는 드래곤의 피어에 거스르지 못하지. 그것을 이용해 자신의 레어 주변에 엄청난 수의 몬스터를 모아놓고 있는 것이다."

"그럼 만약 드래곤이 죽는다면……."

"몬스터들의 발목에 감겨 있던 족쇄가 풀려나는 것이지."

그건 큰일이다. 침공 이벤트 때도 느낀 거지만, 웬만한 대도시도 몬스터들의 웨이브에 잘 대처하지 못한다.

'확실히 사상자가 나오겠어. 그것도 제법 많이.'

드래곤을 함부로 죽이면 안 되는 이유에 대해 알게 된 카이가 고개를 갸웃거렸다.

'어라, 그럼…… 설산 부근도?'

시네라스가 떠오른 카이가 기겁을 하며 질문했다.

베오르크가 차분히 설명했다.

"설산 지역의 몬스터들이 산을 내려왔다는 소식을 들은 적은 없군. 혹시 어린 드래곤이었나?"

"아, 맞습니다. 해츨링이었어요."

"그렇다면 장악력이 한창 부족하겠어. 운이 좋았군."

"휴, 다행이네요……."

이래서 무지(無知)가 위험한 것이다. 아무렇게나 던진 돌에 개구리가 맞아 죽는 것처럼.

"걱정은 하지 마세요. 목숨에는 지장이 없을 겁니다."

카이의 확신 어린 말투에 베오르크가 낮게 웃었다.

"이상하군. 사람을 드래곤의 레어로 보내는 일인데, 어찌 드래곤들이 더 걱정되는지……."

"하하하."

그의 농담에 가볍게 웃음을 터뜨린 카이는 알현실을 나오며 생각했다.

'우선 가장 먼저 확인해 봐야 할 것.'

당연히 새롭게 얻은 스페셜 칭호였다.

[공왕(公王)]

내용 : 최초로 대공국을 통치하는 유저에게 주는 칭호.

효과 : 위엄 스탯 +300 증가, 모든 공격력 10% 증가.

"호오."

다른 스탯이었으면 더 좋았겠지만, 위엄 스탯도 높으면 높을수록 나쁠 것이 없는 스탯이다. 위엄이 높으면 상대하는 모든 몬스터들의 기본 능력치가 낮아지게 되니까.

사실상 드래곤 피어의 하위 호환 스탯이라고 보면 된다.

'그런데 나는 드래곤 피어도 쓸 수 있잖아.'

그렇게 생각하니 쓸모없는 스탯인 셈.

하지만 다른 하나가 훨씬 대박이다.

'모든 공격력 10% 증가라…….'

여기서 지칭하는 모든 공격력은 종류를 가리지 않는다.

마법 공격력, 신성 공격력, 물리 공격력, 독 공격력.

모든 공격의 대미지가 10% 상승한다는 뜻이었으니까.

'이쯤 되니 계산하기도 어려워지네.'

플레이어의 수준을 수치화하는 것. 그게 스탯의 의미이다. 허나 카이의 경우에는 스탯부터가 너무 높고, 그마저도 부가 효과로 주구장창 올라가니 계산하기가 쉽지 않았다.

'뭐, 그냥 마음 편하게 생각하면 되겠지.'

레벨 2,000 정도라고 생각하자.

만족스러운 미소를 지은 카이는 곧장 텔레포트 게이트로 향했다. '나비 밸리'에 가기 위해서였다.

나비 벨리(Navy Valley).

한국인들이 부르기를 통칭 나비협곡, 혹은 나비계곡.

레벨 310의 유저들부터 레벨 400까지. 다양한 수준의 유저들이 활동하는 사냥터로, 라시온 왕국에서는 크게 인기 있는 장소 중 하나였다. 이유는 단 하나. 바로 몬스터를 고를 수 있는 선택지의 폭이 넓기 때문이다.

"레벨 330짜리 협곡 늑대 파티 모집합니다!"

"인스턴스 던전, 두꺼비의 호수 공략하실 분!"

"사제 구합니다, 사제 구해요! 아니 미친, 왜 레벨이 올라갈수록 사제가 안 보이는데!"

계곡의 입구 베이스캠프에서는 유저들이 저마다 사냥 준비에 한창이었다.

'뭐, 튀어서 좋을 건 없지.'

평소에 입던 사제복이 아닌, 회색의 밋밋한 로브를 걸친 카이는 곧장 베이스캠프를 지나쳐 협곡으로 들어섰다.

"대충 위치가……."

협곡의 깊은 곳. 심지어 위치를 보니 협곡 어딘가에 동굴이 있는 듯하다.

'그러고 보니 시네라스의 레어도 결국엔 동굴이었지.'

그 점을 염두에 둔 카이는 인적이 드문 곳에서 미믹을 소환했다.

"뀨뉴웅~"

"그래, 나도 반가워."

손가락으로 녀석과 잠시 놀아준 카이는 와이번으로 변한 미믹을 타고 협곡 안쪽으로 날아갔다. 중간중간 하피 무리가 그를 쫓아왔지만, 눈을 부릅뜨자 알아서 날갯짓을 멈췄다.

'드래곤 피어나 위엄 스탯이 있으면 편하단 말이지.'

"지도를 보면 이즈음인데?"

표시된 장소에 도착한 카이가 미믹을 역소환했다. 협곡이라고 해도 심층부의 높이는 웬만한 산보다는 훨씬 높았다.

"여기서 드래곤의 레어를 찾는다라……."

두 발로 뛰면 몇 날 며칠을 고생해야 할지 모른다.

"몸이 나쁘면 머리가 고생…… 아니, 그 반대구나."

'드래곤들은 대부분 고독을 즐기는 존재들이다. 때문에 자신의 레어를 형성하는 순간부터 주변이 시끄러워지는 것을 참지 못하지.'

베오르크가 했던 말을 떠올린 카이가 손을 휘저었다.

"태양광자포."

이어서 네 개의 신성 마법진에서 쏘아진 빛의 광선들이 협곡의 지형을 바꾸기 시작했다.

콰르르릉! 콰릉!

시끄러운 굉음은 당연히 동반되었다. 아니, 오히려 협곡이었기 때문에 소리는 더욱 크게 울렸다.

"이번에는 신벌도 사용해 볼까?"

협곡의 심층부를 제집 안방 마냥 휘젓고 다니기를 잠시. 공기가 바르르 떨릴 만한 엄청난 기운이 느껴지기 시작했다.

'빨리도 나오네.'

진한 미소를 지은 카이는 뒷짐을 진 채 기다렸다.

대기를 울리는 광포한 울음 소리가 들렸고 수십 미터의 크기를 자랑하는 붉은색 거체가 카이의 눈앞에 떨어졌다.

'확실히 드래곤들의 모습은 할리랑은 다르다니까.'

동양의 용을 모티브로 한 할리와는 다르게, 드래곤은 유럽

쪽이 모티브다. 네 개의 다리, 거대한 신체, 등에 달린 한 쌍의 날개까지.

지구에서 최강의 생물이라 불리는 존재는 다름 아닌 코끼리다. 체급 차이를 무시할 수 있는 동물 따위는 없기 때문이다. 헌데 드래곤의 체급은 코끼리를 상회한다. 막말로 다리 하나를 들어서 코끼리를 밟아버릴 수 있을 정도.

신체 조건만으로도 최강의 생물을 자처하기에 부족함이 없다. 허나 그들의 '진짜' 힘은…….

[감히, 벌레 같은 인간 따위가……!]

허공에 20개가 넘는 마법진이 동시에 생성되었다.

마법의 조종(祖宗)이라 불리는 드래곤의 마법. 그들이 최강의 생물이라 불리는 이유의 알파이자 오메가였다.

'종류랑 속성 한 번 다양하네.'

태연한 표정으로 바라보던 카이가 손을 들어 올렸다.

"잠깐 멈추지. 싸울 생각은 없어."

[멈추기는? 먼지처럼 사라져라, 버러지 같은 존재여!]

레드 드래곤이 쩌렁쩌렁한 고함을 쏘아냈다. 그와 함께 마법진에서 수십 개의 마법이 카이를 노리고 쏟아졌다.

"후우."

가벼운 한숨을 내쉰 카이가 들어올린 손을 가볍게 횡으로 그었다. 동시에 날아오던 마법들이 허공에서 사그라들었다.

펑! 퍼펑!

그 어떤 형태의 마법도 무형검을 당해내지 못한 것이다.

[무슨…… 뭐?]

대체 무슨 일이 일어난 것인지 파악하지 못한 레드 드래곤이 파충류 같은 눈을 부릅 떴다.

"잠깐 멈추라고 했잖아. 내 말을 들어보라고."

[닥쳐라. 동족의 피 냄새를 풍기는 인간이여. 이곳에 온 목적 또한 뻔하겠지.]

드래곤들이란 어쩜 이렇게 말을 안 듣는 것일까.

결국 카이는 손가락을 튕겨 할리를 소환했다.

[무슨 일인가.]

"저 녀석 좀 휘감아봐."

[……그대는 내가 무슨 뱀인 줄 아나?]

"지렁이가 아닌 게 어디야. 됐으니까 빨리."

카이의 명령에 할리는 투덜대면서도 레드 드래곤에게 달려들었다.

[이건 또 무슨……!]

동족의 냄새가 나지만 생긴 모습은 판이하다. 할리의 존재에 진한 이질감을 느낀 레드 드래곤이 파이어 브레스를 뿜어냈다. 이를 수압포로 가볍게 제압한 할리는 자신의 길다란 몸으로 레드 드래곤의 거체를 휘감았다.

[크으윽!]

결국 몸의 자유를 박탈당한 레드 드래곤의 거체가 앞으로 고꾸라졌다. 쿠웅! 자욱한 흙먼지가 피어올랐지만, 카이의 옷깃에는 티끌 하나 묻지 않았다.

걸음을 옮긴 카이가 레드 드래곤의 눈앞으로 다가갔다.

"우선 오해부터 풀자. 내가 오늘 이곳에 온 건 널 사냥하기 위함이 아니다."

[개소리! 너에게선 동족의 피 냄새가 진하게 난다.]

"사룡 시네라스. 너라면 알 텐데?"

레드 드래곤이 입을 꾹 다물었다. 시네라스가 반쯤 미쳐 있었다는 것과 한때 인간에게 엄청난 피해를 줬다는 사실은 인간의 역사서에조차 기록되어 있다. 영생에 가까운 삶을 살아가는 드래곤이 이를 모를 리 없었다.

"죽일 만한 이유가 있었고. 그건 불가항력이었어."

[……어쨌든 죽인 건 죽인 거지. 일단 이것부터 풀어라.]

레드 드래곤이 으르렁거리자 카이는 할리에게 눈짓했다.

"풀어줘."

[……풀어주면 또 다른 마음을 먹을지도 모른다.]

"얼마든지 먹으라 그래. 대신, 그때는 이렇게 신사적으로 대하지 않겠지."

그것은 일종의 협박이었다. 날뛰어도 좋다. 허나, 그때는 대가를 치러야 할 것이다. 똑똑한 드래곤이 그 말의 의미를 못 알아차릴 리 없었다.

[흠.]

할리가 천천히 레드 드래곤을 옥죄고 있던 자신의 몸을 풀어내자, 레드 드래곤이 거칠게 고개를 흔들었다. 협박이 제법 잘 먹힌 것인지, 할리와 카이를 노려만 보던 녀석이 천천히 입을 열었다.

[대체 뭐냐. 대관절 인간이 왜 나를 찾아왔단 말이냐.]

"이제야 대화할 마음이 들었나 보네."

카이가 빙그레 미소를 지었다.

"그런데 어떻게 안 될까? 계속 올려다보니 목이 아파서."

카이의 말에 레드 드래곤이 콧김을 푸르르 뿜어냈다.

[……기다려라.]

그 말과 동시에 녀석의 거체를 빛무리가 휘감더니, 이내 적발의 미청년이 나타났다.

"오, 이게 그거지? 판타지 소설에서나 보던 폴리모프."

"무슨 소설?"

"아냐."

인벤토리에서 소파 두 개를 꺼낸 카이는, 미간을 찌푸리는 녀석에게 자리를 권하며 입을 열었다.

"내 이름은 카이. 라시온 왕국의 공왕이다."

"흥, 레드 드래곤 일족의 마기무스다."

심드렁한 말투를 뱉어낸 마기무스가 재차 입을 열었다.

"다시 묻겠다. 나와 무슨 대화를 하고 싶다는 거지?"

성격 한 번 급하다. 하나 대화 주제를 질질 끌고 싶지 않은 것은 카이도 마찬가지였다.

"고룡. 그러니까…… 드래곤 로드, 엘더 드래곤. 뭐 갖가지 수식어로 불리는 드래곤들 있잖냐."

"그분들은 왜?"

"한번 만나고 싶은데, 자리 좀 주선해 줘."

"하!"

어이가 없다는 듯 코웃음을 친 마기무스가 자리에서 벌떡 일어났다. 그의 눈동자는 어느새 사람이 아닌, 파충류의 것처럼 샛노란 빛을 띠고 있었다.

"나의 둥지가 난잡해지는 것이 싫어 적당히 이야기나 들어주려 했더니, 이거 안 되겠군."

"앉아."

카이가 차분한 목소리로 말했다.

"장로님들, 그중에서도 가장 위대하신 로드는 모든 드래곤이 존경하는 일족의 위대한 시조(始祖). 그런 분의 신상을 오늘 처음 보는 인간에게 알려달라는 것이냐?"

"알았으니까 일단 앉아."

"그리고 말끝마다 계속 명령질인데, 내가 진심으로 화를 낸다면……."

"세 번째 하는 말이다. 앉아."

카이의 차가운 시선이 마기무스의 눈동자를 직시했다.

저도 모르게 한발을 물러선 마기무스가 발을 내려다봤다.

'겁을…… 먹었다고? 내가? 인간 따위에게?'

물론 그 인간은 자신의 마법 수십 개를 소멸시켜 버린 대단한 인간이다. 하지만 드래곤의 진정한 강점은 본인의 심장으로부터 나오는, 끝이 없는 마력에 기인한다. 눈앞의 인간에게 질 것 같다는 생각은 들지 않았다.

한데 왜일까. 차분히 앉아 있는 모습이 더욱 위협이 되는 이유는.

마기무스는 침을 꿀꺽 삼키곤 천천히 자리에 앉았다.

"이…… 야기 정도는 들어주지. 그분을 뵙고자 하는 이유가 뭐지?"

"아마 드래곤 로드에게 있어서도 나쁜 일은 아닐 거다. 난 그가 애타게 바라고 있는 것을 줄 생각이거든."

"그분께서 애타게 바라는 것?"

마기무스가 고개를 갸웃거렸다.

"그게 뭐지?"

"글쎄…… 그러고 보니 넌 몇 살이지?"

"3,174살이다."

"드래곤 로드의 나이는?"

"그분은 무려 일만 년에 가까운 삶을 누리고 계시지."

"과연."

신에게 도전하고, 패배하여 천계에서 추방당한 존재.

'모든 기억을 잃고 도마뱀의 몸에 갇힌 채로 무려 일만 년이나 살아왔다는 건가.'

그렇게 생각하니 불쌍한 것이 사실이었다.

"그런데 너, 드래곤 로드랑 개인적으로 연락은 되나?"

"날 뭘로 보고…… 차기 드래곤 일족의 수장으로 꼽히는 것이 나 마기무스다."

"그럼 말이라도 전해. 과거가 궁금하지 않느냐고."

말을 마친 카이는 소파 등받이에 몸을 기댔다. 이를 의심스럽게 쳐다보던 마기무스가 입을 열었다.

"그 말만 전해 드리면 되나?"

"그래. 내 말에 반응이 없으면 그냥 깨끗이 물러날게."

드래곤은 욕망의 화신들이다. 자신들에게는 필요도 없는 보석과 무구, 금화를 산더미처럼 쌓아놓는 것만 봐도 알 수 있다. 그런 드래곤들 중에서도 가장 오래된 것이 바로 로드.

'과거를 언급하는데 반응을 안 할 수가 없겠지.'

물론 예상을 깨고 반응하지 않을 수도 있다.

그때는 뭐, 직접 찾아가야겠지.

하나 일은 생각보다 잘 풀렸다.

"대체 왜……."

마기무스는 놀란 눈으로 카이를 쳐다봤다.

"말은 끝까지 해. 답변은?"

"……한번 보고 싶다고 하시는군."

"어디로 가면 되지?"

"눈을 감아라."

카이는 마기무스의 말에 고개를 끄덕였다. 그는 눈을 감기 전, 할리를 쳐다봤다.

"오늘 고마웠어. 들어가서 쉴래? 아니면 산책이라도?"

[괜찮다면, 나도 오랜만에 나의 둥지에 가보고 싶다.]

할리의 둥지라면 저 멀리 칠흑의 해역에 있는 군도.

"그래, 그럼."

카이가 쿨하게 고개를 끄덕이자, 할리는 그의 마음이 바뀌기 전에 냉큼 바다 쪽으로 날아갔다.

"우리도 가자."

눈을 감은 카이가 손짓하자, 주변의 마나가 뒤틀리는 것이 느껴졌다.

'텔레포트 게이트를 이용할 때와 비슷한 느낌.'

하지만 텔레포트는 마법사의 수준에 따라 사용감이 영 좋지 않을 때가 있다. 굳이 비유하자면 비포장도로를 싸구려 소형차로 달리는 기분이랄까?

때문에 비위가 약한 이들은 텔레포트를 이용하고 나면 속을 게워내기도 한다.

'그런데 이건 다르네.'

역시 드래곤은 드래곤이다. 포장된 도로를 최고급 세단으로 이동하는 부드러운 느낌이 카이의 몸을 감싸 안았다.

"음."

저도 모르게 고개를 끄덕인 카이가 천천히 눈을 떴다.

"호오. 이자인가."

"예스, 마이 로드."

카이의 앞에선 안하무인이던 마기무스가 한쪽 무릎을 꿇으며 극상의 예를 갖췄다.

'판타지 소설에서의 읽었던 드래곤들은 죄다 솔플만 하던 애들이었는데.'

"허허. 무슨 책자인지는 모르겠지만 고증은 확실하군. 실제로 드래곤들은 상하 관계가 뚜렷하지 않다네."

마기무스가 예를 갖추고 있는 상대. 백색의 머리칼을 지닌 노인이 사람 좋게 웃으며 말했다.

'지금…… 내 생각을 읽은 건가?'

"맞네."

머릿속의 생각이 읽히자, 카이는 불쾌한 표정을 지었다.

"기분이 나빴다면 사과하지. 인간을 보는 건 수천 년 만의 일이라서 말이야."

노인이 빠르게 사과했다.

'하긴, 베오르크의 절대자의 눈을 생각해 보면 납득이 안 가는 힘은 아니지만.'

가상현실게임은 플레이어의 뇌파를 읽는다. 즉, 어떤 생각을 품고 있는지에 대한 데이터가 이 게임에 남는다. 개발자 입장에서는 그 데이터를 눈앞의 드래곤이 읽을 수 있도록 설정만 해주면 되는 간단한 일이다.

'하지만…… 그걸 감안해도 이 능력은 특별해.'

천계의 웬만한 신들조차 하지 못한 일이다.

아마 눈앞의 드래곤은, 신이었을 적에 이와 비슷한 능력을 지니고 있지 않았을까.

"그래. 수고했으니 넌 이만 가보거라."

"하지만 로드시여. 이 인간의 무력은 생각보다 강합니다. 제가 옆에서 호위하겠습니다."

마기무스의 기특한 발언에 노인은 허허 웃기만 했다.

"마음은 고맙군. 하지만 눈앞에 상대를 두고도 제대로 보지를 못하다니, 눈은 왜 달고 있는 것이더냐."

"예?"

"이 인간에게선 태양신의 냄새가 진하게 나는구나."

"신입니까."

마기무스가 대번에 불쾌한 표정을 지었다.

'그러고 보니 시미즈가 그랬지.'

드래곤 일족은 신들을 대개 싫어한다고.

그것은 그들의 유전자에 각인된 본능일수 도 있고 인간이 보이지도 않는 신을 믿어 빈정 상했기 때문일 수도 있다.

"내 안위를 걱정할 것이었다면, 넌 이 인간을 나에게 데리고 오지 말았어야 한다."

단번에 카이의 수준을 파악한 노인이 손을 휘휘 저었다.

"날 걱정하기에는 이미 늦었으니 가거라."

"어, 어떻게…… 다른 일족의 용들이라도……?"

"다행스럽게도 이 늙은이의 목숨이 오늘 꺼질 일은 없는 것 같구나."

깊고 우묵한 눈으로 카이를 쳐다보던 노인이 중얼거렸다.

"둘이서 이야기를 하고 싶으니, 이만 자리를 비켜주어라."

노인과 카이를 번갈아 쳐다보던 마기무스는 결국 인사를 올리고는 사라졌다.

"미안하네. 요즘 젊은 녀석들은 여기, 머리보다는 가슴으로 먼저 움직이거든. 철이 덜 든 게지."

관자놀이와 심장 부근을 톡톡 두드린 노인이 말했다.

"카이라고 합니다."

"알고 있네. 라시온 왕국의 구국의 영웅. 대륙에서 가장 강한 인간. 마계에서 생환한 사나이. 그대에게 알려준 이름이 없는 것이 애석하군."

"이름이…… 없습니까?"

노인이 고개를 끄덕였다.

"철이 들었을 때부터 줄곧 로드라고 불렸으니까. 그게 내 이름이 되었고, 상징이 되었네."

카이에게 자리를 권한 로드는 천천히 입을 열었다.

"그대가 이 늙은 용의 과거에 대해 언급했다고 들었네."

카이는 고개를 한 번 끄덕였다.

"그랬습니다만…… 질문드리고 싶은 게 하나 있습니다. 혹시, 당신의 첫 번째 기억이 무엇이었는지 여쭤봐도 됩니까."

"나의 첫 번째 기억이라."

로드는 옅은 숨을 쉬며 눈을 감았다.

"드래곤들은 참 똑똑하단 말이지. 일만 년의 세월이 지났지만, 그날의 기억만큼은 유독 강하게 남아 있으니."

그가 자신의 심장 위에 손을 올렸다.

"그날은 폭우가 쏟아지던 날이었네. 그래, 맞아. 나의 첫 번째 기억은 비가 떨어지는 잿빛의 하늘을 올려다보던 것이었어. 숲속에서 멍하니 하늘을 쳐다보며 비를 맞고 있었는데, 뭔가를 잃어버린 듯한 공허함이 사무치게 느껴졌었지. 이유는 모르겠지만 나는 그때 울고 있었네."

그것은 천계에서 추방되었다는 분노 때문이었을까. 아니면 한낱 미물의 몸에 갇혔다는 상실감 때문이었을까.

"혹시 나의 과거에 대해서 무언가 알고 있는 것이 있나? 아니, 물론 없겠지만……."

로드는 다급한 목소리로 묻다가, 이내 포기한 듯 고개를 절레절레 저었다.

"하긴. 무려 일만 년이네. 인간의 나라가 세워지기도 전에 세계를 돌아다니며 나의 과거를 찾기 위해 애썼지."

"……그렇군요."

"미련을 버리기로 했었는데, 오랜만에 과거라는 말을 들으니 흥분했던 것 같군. 인간이 나의 과거에 대해 알 수 있을 리가 없는데 말이지."

이쯤 되니 카이가 더 궁금해졌다.

'대체 뭘까. 그는 대체 어떤 신에게 대항했었던 걸까.'

"제가 잠시 당신의 기억을 살펴봐도 되겠습니까?"

"……나의 기억을 말인가?"

"예. 본인조차 기억하지 못하는, 깨져 버린 과거의 편린을. 저라면 읽어낼 수 있습니다."

카이의 말에 로드의 목울대가 크게 출렁였다.

"오랫동안 봐온 바에 의하면, 인간들은 거래를 할 때면 예리

한 칼 같이 변하더군. 나에게 무엇을 원하는가?"

"없습니다."

카이가 손을 뻗으며 말했다.

"제가 원하는 것과 당신이 원하는 것은 상통합니다."

그의 손은 순식간에 로드의 주름진 이마 위에 얹어졌다.

"당신의 까마득한 과거. 그곳에 우리가 동시에 원하는 것이 숨겨져 있을 테니까."

카이의 입술이 살짝 움직였다.

'메모리 다이브.'

메모리 다이브를 사용하는 것은 이번이 두 번째.

처음 사용했을 때는 '로엔'의 기억 속으로 들어갔고 그의 기억을 살짝 고침으로써 새로운 삶을 선물한 적이 있었다.

'그런데 이번엔…… 조금 다르네.'

카이는 차분한 눈빛으로 눈앞의 메시지를 읽어내렸다.

[드래곤 로드의 기억 세계에 입장하였습니다. 경고, 대상의 기억량이 너무 많습니다. 자그마한 기억이라도 수정하거나 삭제할 시, 연쇄작용으로 대상의 성격이 변질될 가능성이 매우 높습니다. 만약 드래곤 로드가 흉포해질 경우, 대륙의 안전이 크게 위험해집니다. 대상과의 종족이 다릅니다. 대상과 동조할 시, 심각한

부작용이 발생할 가능성이 매우 높습니다. 기억을 '로드'할 때, '관전' 기능을 사용하시기를 추천드립니다.]

'음. 수정과 삭제가 안 된다는 건가.'

이건 대상이 드래곤 로드이기에 납득이 가능한 부분이었다. 기억을 어떻게 고치느냐에 따라 드래곤 일족을 개인이 거느릴 수도 있었으니까.

'그건 심각한 밸런스 붕괴지. 암암.'

이 게임의 밸런스가 완벽하다고 믿는(?) 카이는 가볍게 고개를 끄덕였다.

"자, 그럼……."

메시지 창에서 시선을 뗀 카이는 주변을 돌아보았다.

"와우."

그의 입에서 작은 탄성이 흘러나왔다.

메모리 다이브를 사용하면 오게 되는 무(無)의 공간. 그곳에는 대상의 기억들이 썸네일처럼 떠돌아다니고 있다.

'로엔 때와 똑같아. 똑같은데……'

로엔은 20살도 안 된 청소년. 반면에 드래곤 로드는 살아온 시간부터가 다르다.

일만 년. 그 아득한 시간 동안 겹겹이 쌓인 기억들.

"그 결과가 이건가."

전후좌우, 심지어 보이지 않는 하늘의 끝까지. 공간이란 공간을 드래곤 로드의 기억이 가득 채우고 있었다.

계속 보다 보니 머리가 어지러울 정도로 엄청난 양이었다.

'로엔의 기억은…… 중간중간 끊어진 부분도 있었는데.'

허나 드래곤 로드의 기억은 그런 부분이 단 하나도 없었다. 카이는 그 이유를 단번에 알 수 있었다.

'형벌이라, 과연 그렇네.'

드래곤은 천계에서 추방당한 '범죄자'. 신이 인간에게 선물한 '망각'을 선물 받지 못한 존재들이었다.

'이래서 사룡처럼 미쳐 버리는 드래곤도 나오는거겠지.'

자신이 겪어온 모든 순간들을 찰나조차 잊어버릴 수 없다는 것. 그것은 축복이 아닌 저주였다.

'이 모든 기억들이 드래곤 로드의 머릿 속을 항상 떠다닌다는 거잖아?'

카이는 살짝 안쓰러운 표정으로 주변을 돌아보다가, 손을 휘저었다.

"키워드, '과거'에 대한 기억만 남기고 싹 다 치워."

명령이 떨어지자 카이의 주변들 파노라마처럼 돌아다니던 기억들이 하나, 둘 사라졌다.

"그래도 제법 많네."

과거라는 키워드를 제시했음에도 불구하고 떠돌아다니는

기억은 무려 수백 여 개. 카이는 주변을 떠다니는 기억들 중 제법 중요해 보이는 기억 하나를 가리켰다.

"기억 로드."

[경고, 대상과 종족이 다릅니다. 동조할 시 심각한 부작용이 발생합니다. 그래도 동조하겠습니까?]

"아니, 관전으로."

시스템이 위험하다는 것을 이미 누차례 경고해 줬다.

그렇다면 굳이 위험을 감수할 필요는 없는 법.

게다가 스스로도 두려웠다.

'순간이지만 내가 드래곤이 되는 거잖아.'

두 발이 아닌 네 발로 걸어야 하며, 등 뒤에 날개가 생긴다. 모든 사물이 자그맣게 보일 것이 분명하며 잠깐의 기억조차 망각할 수 없다.

'그런 경험은 사양이라고.'

[기억이 '관전' 모드로 재생됩니다. 당신의 아바타가 생성됩니다.]

주변의 시야가 도트 그래픽처럼 점멸하더니, 순식간에 배경이 바뀌었다.

타닥, 타닥.

조그마한 횃불 하나만이 비추고 있는 어두운 방 안. 테이블 앞에는 네 명의 청년이 앉아 있었다.

"로드. 그래서 하고 싶은 말이 정확히 뭐지?"

"우리의 과거에 관한 이야기다."

'저 사람이 로드?'

벽에 붙어 있던 카이가 놀란 표정을 지었다.

확실히 아까의 노인과 이목구비가 상당히 닮아 있었다. 다만 형형하게 빛나는 눈빛이나, 다부진 몸 등은 확실히 다르다. 젊은 시절의 로드는 아까의 인자한 노인과는 다른 분위기를 풍기고 있었다. 비유하자면, 베오르크 국왕과 비슷한 분위기라고 할까.

'일단 지켜보자고.'

카이는 벽에 기댄 채 그들을 지켜봤다.

"아무리 생각해도 이건 이상하다. 42마리. 가장 먼저 눈을 뜬 내 다음으로 차례대로 눈을 뜬 일족의 총 개체 수다."

"하아, 또 그 소리야?"

"이제 그만 좀 하자. 벌써 천 년이나 지났어."

"과거에 대한 기억이 좀 없으면 어때? 우린 이 땅에서 신과 같은 존재고, 어떤 생물도 우리에게 대항할 수 없어."

"그렇게까지 과거에 연연하는 이유가 뭐야?"

함께 모여 있던 청년들이 투덜거렸다.

카이는 그제야 그들의 정체를 유추할 수 있었다.

'최초의 드래곤인 로드를 저렇게 대한다는 건…… 저들이 장로 드래곤들이구나.'

이렇게 남의 기억을 구경한다는 거, 생각보다 흥미롭다. 마치 드라마를 보는 사람처럼 편안하게 대화에 집중했다.

"현재는 과거의 결과이며, 미래의 원인이라는 말이 있다. 우리가 왜 이런 힘을 지니게 되었는지. 어째서 단 한 순간의 기억조차 망각할 수 없는 것인지. 궁금하지 않나?"

"전혀 안 궁금한데?"

"그게 대체 왜 궁금하지? 그냥 우린 타고난 거야. 종 자체가 우월해서 태어날 때부터 마법을 다룰 수 있고, 머리가 존나 좋아서 아무것도 안 잊어버리는 거라니까?"

장로 드래곤들이 답답하다는 표정을 지었다.

"로드, 그 어떤 드래곤도 과거를 궁금해하진 않아."

"과거보다는 현재에 대해 더 고민해 보자고."

"현재라니?"

장로 드래곤들이 이 때다 싶어 입을 열었다.

"몰라서 물어? 요즘 들어 천계에서 계속 시비 걸잖아."

"마치 저들이 상전인 것처럼 이거 안 된다, 저거 안 된다…… 짜증 나 죽겠다니까."

"특히 태양신, 그 녀석 간섭이 제일 심해. 인간 죽이지 마라, 엘프 죽이지 마라, 뭐 다 죽이지 말래."

"반면에 뮬딘이라는 녀석은 말이 좀 통하긴 하더라."

"천계……."

장로들의 투덜거림을 듣던 로드가 멍하니 중얼거렸다. 그런 그를 내버려 두고 저희들끼리 천계의 신들을 욕하던 장로 드래곤들은, 잠시 후 자리에서 일어났다.

"아무튼 로드, 과거에 대한 생각 좀 떨쳐내. 그러다가 병 된다 그거?"

"현재를 즐기라고. 너 좋다고 구애하는 드래곤이 몇인데."

"일족의 대장이 천 년 동안 과거만 쫓아다녔다는 거 소문나면, 우리 부끄러워서 얼굴도 못 들고 다녀."

장로 드래곤들이 텔레포트를 이용해 사라지자, 로드는 깊은 한숨을 내쉬었다. 횃불이 일렁일 때마다 그의 근심 가득한 얼굴이 선명하게 보였다.

그 모습을 지켜보던 카이는 기억을 중지시켰다.

'이 기억에서 알 수 있는 사실은 총 세 가지.'

과거를 찾기 시작한 지 천 년이라고 했다. 그럼 이 기억은 현재로부터 대략 9천 년 전이라는 것. 그리고 드래곤들은 이 때부터 신들을 싫어했다는 것. 마지막으로 뮬딘에 대한 드래곤들의 평가는 생각보다 좋다는 것이었다.

'시미즈의 말이 맞았네.'

뮬딘은 오히려 드래곤들이 날뛰는 것을 장려하기에 사이가 좋다고 했었으니까.

"기억 종료."

주변은 다시 기억의 세계로 바뀌었고, 카이는 자신이 보았던 기억을 목록에서 치웠다.

"음. 이런 기억들도 재미있긴 하지만, 지금 내게 필요한 건 이런 게 아니야."

카이는 주변을 떠돌아다니는 기억들의 썸네일을 하나씩 지켜보았다. 그러기를 잠시, 그의 입가로 미소가 스며들었다.

'이거다. 폭우가 쏟아지는 날이라고 했지.'

드래곤 로드가 말했었다. 그날이 최초의 기억을 지닌 날이었노라고.

"기억 로드."

쏴아아아-

시원한 빗소리가 카이의 귓등을 때렸다. 그는 어느새 숲에 위치해 있었다. 열대 밀림에서나 자랄 법한 거대한 야자수 나무와 잎사귀들이 가득 보였다.

'비는 안 맞는구나.'

떨어지는 빗줄기는 카이의 몸을 그대로 관통했다.

"로드는…… 아, 저기 있다."

카이는 숲속에 누워 있는 드래곤에게 다가갔다.

드래곤의 몸집은 대략 8미터 정도.

'해츨링이라고 부르기에도 애매한 크기네.'

드래곤이 갓 태어나면 이 정도 크기가 아닐까 싶다.

시원한 빗줄기가 드래곤의 몸집을 두드리기를 잠시.

로드의 눈꺼풀이 가볍게 경련하더니, 위로 올라갔다.

쏴아아아, 쿠르릉!

로드는 눈을 깜빡이며 하늘을 쳐다보았다. 그의 커다란 눈동자에는 잿빛의 하늘과 빗줄기, 간간이 떨어지는 벼락만이 반사되었다.

로드의 눈동자에서 눈물이 흐르기 시작했다.

"끼잉…… 끼이잉……."

로드는 신음을 뱉어내며 하염없이 울었다. 그 순간에도 그의 눈동자는 잿빛의 먹구름에 고정되어 있었다. 마치 먹구름이 아닌, 그 너머의 무언가를 보는 듯한 아련한 눈빛이었다.

"……기억 정지."

카이의 중얼거림과 동시에 쏟아지던 비도, 내리치던 번개도 그대로 멈추었다.

"슬슬 시작해 볼까."

가볍게 목을 돌린 카이가 중얼거렸다.

'로드는 나에게 거짓말을 하지 않았어.'

이것은 확실히 그가 기억하는 '최초'의 날이었다.

'하지만 내가 알고 싶은 건 이런 게 아니지.'

카이가 입술을 달싹였다.

"뒤로 가기."

동시에 세상의 시간이 거꾸로 흐르기 시작했다. 현실에서는 불가능한 현상들이 카이의 눈을 즐겁게 어지럽혔다. 땅으로 떨어지던 비가 위로 솟아나고, 내리치던 번개 또한 먹구름으로 되돌아갔다. 그리고 어느 시점에서 시간이 멈추었다.

[이 기억의 앞부분은 강력한 힘에 의해 잠금되어 있습니다. 앞부분을 보고 싶으시다면, 잠금을 해제해 주세요.]

기억의 썸네일이, 쇠사슬에 칭칭 감겼다.

'강력한 힘이라…… 아마 천계의 신들이 걸어놓은 일종의 락(Lock)이겠지.'

반대로 해제하기만 하면 기억을 볼 수 있다. 드래곤 로드 본인조차 기억 못 하는, 일만 년 전 그의 기억을.

카이는 망설이지 않고 손을 들었다.

"무형검."

기억 속에서, 카이의 몸은 어떠한 물리력도 행사할 수 없다.

허나 무형검은 애초에 형(形)이 없는 검술이다. 자유라는 신념으로 빚어낸, 이 세상 어떤 것보다 자유분방한 검.

'베어낸다.'

카이의 강력한 의지가 무형검에 실려 쇠사슬을 강타했다.

동시에 그의 머리가 강력하게 조여왔다.

"크으윽……!"

무형검은 그의 자유로운 의지가 빚어내는 검. 기본적으로는 노 코스트, 즉 사용시 마나나 신성력이 소모되지 않는다.

단지 사용만으로 그의 정신력을 갉아먹을 뿐.

'별 거 아닌 사물이나 마법을 베어낼 땐 괜찮았는데…….'

이건 신들이 직접 잠가 놓은 드래곤 로드의 기억.

순간적이지만 카이의 정신이 붕 떴다.

마치 지독한 감기에 걸린 것처럼, 머리가 어지러워졌다.

[플레이어의 뇌파 수치가 불안합니다. 이 상태가 지속될 시, 플레이어의 안전을 위해 강제로 접속을 종료합니다.]

[접속 종료까지 남은 시간, 29초.]

[28초 27초…….]

카이는 눈앞에 떠오른 메시지를 제대로 읽지도 못했다.

그의 시야는 쉴 새 없이 흔들리는 중이었으니까.

이에 그는 아예 눈을 질끈 감고, 더욱 집중해서 무형검의 날을 날카롭게 갈았다.

그러한 노력이 통한 걸까. 까드득, 기묘한 마찰음을 뱉어내던 쇠사슬들이 돌연 서걱! 소리와 함께 잘려 나갔다.

[기억의 잠금이 해제되었습니다. 드래곤 로드의 시크릿 메모리. '프롤로그'를 해금합니다.]

[레벨이 상승합니다.]×3

[스탯 포인트를 15개 획득합니다.]

[플레이어의 뇌파 수치가 정상화되었습니다. 강제 접속 종료를 취소합니다.]

"허억, 허억……."

바닥에 주저앉은 카이는 주변 공간이 뒤바뀌는 것을 감지했다. 폭우가 쏟아지던 숲속은, 태양이 쨍쨍하게 내리쬐는 장소로 바뀌었다.

'……잠깐만, 여긴?'

주변을 둘러보던 카이의 안색이 딱딱해졌다.

그곳은 그가 제집 안방처럼 잦게 방문하던 장소.

"……이하의 죄질에 따라, 이오스 외 42인의 하위 신들을 중간계로 추방하겠느니라."

천상의 정원이었으니까.

수백의 신들이 고개를 숙인 자리에서, 황금빛 단상 위에 서 있던 헬릭이 딱딱하게 말했다.

"헬릭…… 님?"

그녀의 무감정한 표정과 차가운 눈빛은, 카이로서도 처음 보는 모습이었다.

126장
일만 년 전

"헬릭 님!"

카이가 저도 모르게 소리쳤다. 그러나 헬릭의 시선이 그에게 향하는 일은 없었다.

'아…… 맞다. 여기 로드의 기억 속이었지.'

이곳은 로드의 기억을 토대로 만들어진 허구의 공간. 카이는 원래라면 이 시간대에 존재할 수 없었던 인물이다. 당연히 인물들이 그를 알아차리는 일 또한 일어나지 않았다.

'그러면 저게…… 일만 년 전의 헬릭 님?'

흥분했던 마음을 가라앉힌 카이가 헬릭을 살펴보았다.

'……확실히 달라.'

자신이 알던 그녀와 다르다. 우선은 키와 몸집이 더 작았다. 대충 현재의 헬릭보다 2~3살 정도 어려 보이는 모습.

'그래도 귀여운 건 여전하시네.'

헌데 그녀의 얼굴 위로 떠오른 무감정한 표정이 그 귀여운 매력을 다 죽이고 있었다.

그러고 보니 시미즈가 그런 말을 했던 것이 기억난다.

천 년 전의 헬릭은 굉장히 성숙했고, 일도 잘했다고.

당시에는 누구 얘기냐고 반문했지만, 왠지 알 것 같았다.

'하물며 이건 천 년 전이 아닌 만 년 전이니까…….'

카이는 알 듯 말듯 미묘한 미소를 지으며 그녀의 사진을 스크린샷으로 찍었다. 나중에 현실로 돌아가면, 그녀에게 보여주며 두고두고 놀릴 생각이었다.

[드래곤 로드의 시크릿 메모리, '프롤로그 1-2'가 재생됩니다.]

"음, 프롤로그 1-2라."

'우선은 이 기억부터 보고 갈까.'

카이는 수백의 신들이 좌우로 서 있는 넓은 정원을 지나, 헬릭에게 다가갔다. 종종 낯이 익은 신들의 모습도 보였다.

'힘의 신 가우스, 재회의 신 히사시부리, 천공의 신 이스카도 있네. 아, 로비는 이때부터 어른의 모습이었잖아?'

반가운 모습들을 지나쳐 헬릭에게 다가간 카이는 그녀의 볼을 잡아당기려 했다.

하지만 카이의 손은 마치 홀로그램을 지나가는 것처럼 그녀의 얼굴을 통과했다.

쯧, 카이가 가볍게 혀를 찼다.

'아쉽다. 일만 년 전의 헬릭 님 볼을 잡아당길 수 없다니.'

그 순간, 헬릭이 코를 찡그리더니 카이를 획 쳐다봤다.

깜짝 놀란 카이가 뒤로 한 걸음 물러서자 누군가가 그의 몸을 통과하며 앞으로 나섰다.

"갑자기 무슨 일이라도?"

부드러운 목소리가 카이의 두 귀를 간지럽혔다. 남녀노소 누가 들어도 좋아할 만한 남성의 차분한 목소리였다.

'나를 본 것이 아니었구나.'

카이는 놀란 가슴을 쓸어내리면서, 눈앞에 위치한 남자의 등을 쳐다보았다.

흑발, 흑의.

피부를 제외한 모든 부분이 흑색으로 뒤덮여져 있었다. 잠시 그를 쳐다보던 헬릭이 천천히 입을 열었다.

"……오라버니."

오라버니. 동시에 카이의 눈빛이 차가워졌다. 눈앞의 흑의인이 뮬딘이라는 소리였다.

걸음을 옮겨 뮬딘 앞으로 걸어간 카이가 그를 노려보았다.

뮬딘은 굉장히 잘생긴 청년이었다. 어둠과 파괴를 관장하는 신이라고는 믿어지지 않을 정도로 선한 인상의 소유자이기도 했다. 특히 헬릭을 바라보는 그는 웃는 낯이었는데, 반달처럼 곱게 휘어진 눈매가 특징이었다.

"이 녀석이…… 뮬딘이라고?"

그를 쳐다보는 카이의 심정은 복잡할 수밖에 없었다. 인상만 보면 누가 봐도 착할 것 같은 이 녀석이, 헬릭을 울린 녀석이었고 지금은 헬릭을 죽이기 위해 모든 노력을 쏟아 붓는 녀석이었으니까.

주변을 돌아보던 뮬딘의 시선은, 앞에 무릎이 꿇린 채 포박되어 있는 43인의 신들에게 향했다.

"조금 늦게 온 감이 없잖아 있구나. 판결은 내렸니?"

"네. 주신께서 천계와 중간계, 마계를 나누신 데에는 명확한 이유가 있는바. 그 규율을 어지럽힌다는 건 곧 천계의 율법 그 자체에 대한 도전입니다. 오라버니의 조언에 따라 중간계로 추방하기로 정했습니다."

"역시 태양신. 천계의 NO.1 다운 일 처리구나."

"별말씀을요."

헬릭이 살포시 미소를 지었다. 그것은 이 기억 속에서, 헬릭이 처음으로 지어 보이는 미소였다.

'뮬딘에게만 미소를 보여준다라…….'

그만큼 의지하고, 따랐다는 소리일 터. 그에게 배신을 당했을 헬릭을 생각하니, 다시 가슴 한켠이 욱신거렸다.

"하지만 그 부분에 대한 조정을 좀 해야 할 것 같구나."

"조정이라니요?"

"이들을 그냥 중간계로 추방시킨다면 또 무슨 일을 벌일지 알 수 없는 노릇 아니겠느냐."

"그건……."

헬릭이 뭐라고 말을 하기도 전에 뮬딘이 선수를 쳤다.

"이들의 기억을 모두 지우도록 하자."

그의 돌발 선언에, 수백의 신들이 깜짝 놀랐다. 헬릭 또한 살짝 굳은 표정으로 입을 열었다.

"오라버니. 신들의 기억을 지운다는 것이 무엇을 의미하는지 알고 계시나요."

"신념의 삭제."

뮬딘이 단호한 목소리로 말했다.

"오히려 잘된 것 아니더냐. 이들은 천계의 규율을 어지럽혔고, 어차피 이제 중간계로 추방당할 몸들이다. 그런 이들에게 신념이 왜 필요하지? 인간 세상에서 신이 보낸 사자 놀이라도 하라고 보내는 것이 아니잖느냐."

그는 헬릭에게 말을 하는 것이 아니었다. 자리에 모인 수백의 신들을 쳐다보면서 말을 뱉어내는 중이었다. 마치 그들에게 자신의 생각을 주입시키는 것처럼.

"다시 한번 확실히 짚고 넘어가야 할 부분이 있다. 이것은 형벌이다. 당연히 이들은 고통스러워야 하지. 신에게 있어 신념을 빼앗긴다는 것은 그 어떤 아픔보다 지독할 터."

"……누누이 말하지만, 오라버니는 일을 해결할 때의 방법이 항상 폭력적이시네요."

"그야 난 파괴와 어둠의 신이니까."

뮬딘이 자조적인 목소리로 가볍게 코웃음 쳤다. 가늘게 뜬 그의 눈동자가 일순 차갑게 빛났지만, 이를 목격한 것은 카이밖에 없었다.

"아무튼 나는 이 자리를 빌려 주장하겠다."

척, 뮬딘의 손가락이 무릎 꿇은 43인의 신들을 향했다.

"첫 번째. 이오스 외 42인의 신들을 중간계로 추방할 것."

거기까지는 헬릭의 판결과 똑같았다. 하나 이어지는 추가 사항에 신들은 입을 꾹 다물 수밖에 없었다.

"두 번째. 더 이상 신이 아닌 이들에게 신체(神體)를 줄 수는 없는 노릇. 그들을 아예 새로운 종으로 만들어 내려보낸다. 각 개체의 수명은 대략 일만 년 정도까지."

"세 번째. 그들의 모든 기억을 소멸시킨다. 단, 그들이 신이었을 때의 기억을 앗아갔으니, 이후의 기억 정도는 풍족하게 만들어줘야 균형이 맞겠지. 그들은 일생의 자그마한 조각조차 망각하지 못하는 생을 보내게 될 것이다."

"……그건 너무 지독한 형벌이에요."

이야기를 듣던 헬릭이 불편한 표정으로 말했다.

한 마디로 지금 뮬딘은, 저들을 단순히 추방하는 것에 그치지 않고 일만 년에 가까운 세월 동안 고통을 주자고 주장하고 있었다. 하나 헬릭의 조심스러운 반대에도 불구하고 뮬딘은 당당했다. 그는 기분이 썩 좋지 않아 보이는 헬릭의 어깨 위에 손을 올리며, 인자하게 타일렀다.

"헬릭. 이건 감정으로 해결할 일이 아니란다. 너도 알잖니. 천계의 율법을 거역한 것은 단순한 문제가 아니라는 것."

"하지만……."

"이 문제만큼은 이 오라버니를 믿어줬으면 좋겠구나."

뮬딘이 부탁한다는 표정을 지으며 헬릭을 빤히 쳐다보았다. 잠시 침묵을 지키던 헬릭이 고개를 돌렸다. 그녀는 무릎이 꿇려진 채 온몸, 심지어는 입의 자유까지 구속당한 신들을 바라보았다.

'저 녀석이 로드인가.'

가장 앞에 무릎을 꿇고 있는 신의 이목구비가 로드와 닮아 있었다. 눈에서는 눈물이 쉴 새 없이 흐르고 있었다. 그것이 악어의 눈물인지, 진실된 눈물인지 알 길은 없었다. 다만 헬릭은 그 눈빛을 계속 마주할 자신이 없었는지 고개를 떨구었다.

"……좋아요. 대신 스스로 진행할 자신이 없어요."

"걱정하지 말거라. 너는 용기를 내서 힘든 판결을 내려주었다. 이후의 일은 모두 내가 진행하도록 하마."

뮬딘이 헬릭의 어깨를 부드럽게 토닥였다.

그것을 끝으로 주변 공간이 흐릿해졌다.

[프롤로그 1-2가 종료됩니다.]

"흐음."

카이가 자신의 턱을 어루만졌다. 그는 이 기억을 통해 자신이 얻은 정보를 간략하게 정리했다.

'헬릭은 하위 신들을 드래곤으로 만들 생각이 없었어.'

그건 전적으로 뮬딘의 머리에서 나온 기획이다.

'도대체 왜?'

그가 무엇을 위해 헬릭을 설득하면서까지 그런 결정을 내렸는가. 천계의 규율을 바로잡기 위해서?

"개소리지."

우스울 따름이다. 천계의 최상급 신인 헬릭을 죽이네 살리네 하는 녀석이, 율법을 어긴다고 저리 방방 날뛴다?

'아무리 생각해도 이건 좀 수상해.'

냄새가 난다. 뭔가 좀 구질구질한 냄새가.

'그리고 이 냄새에 대한 해답은…….'

프롤로그 1-1에 있을 것이다.

[드래곤 로드의 시크릿 메모리, '프롤로그 1-1'이 재생됩니다.]

'여긴…… 천상의 정원인가?'

카이는 제법 많은 신들의 섬을 방문해 봤다. 헬릭의 천상의 정원이야 뭐, 말하면 입이 아플 정도로 넓고, 쾌적하면서 깨끗하다. 말 그대로 천상에 위치한 정원처럼 느껴진다. 반면에 대지의 신 호른의 섬 같은 경우에는 대장간이 설치되어 있어 공방의 느낌이 강하다. 천공신 이스카의 경우에는 섬에 돌기둥들이 군데군데 세워져 있고.

이렇듯, 신들의 정원에는 그들만의 특징이 어느 정도 베여 있다.

'그런데 이곳은…….'

천상의 정원과 구조가 똑같다. 하나 분위기가 다르다.

'식물들이 전부 죽어 있어.'

게다가 백색 대리석이 상징인 천상의 정원과는 달리, 칙칙한 흑색 돌이 섬을 장식하고 있었다.

"부르셨습니까."

카이는 목소리가 들리는 방향으로 고개를 돌렸다.

그곳에는 두 명의 남자가 위치해 있었다.

'뮬딘이구나.'

카이는 그 순간 직감했다. 이 섬의 주인은 뮬딘이라고. 섬 전체에 드리워진 죽음과 어둠의 기운은 감출래야 감출 수 없는 성질의 것이었다.

"생각보다 빨리 왔군."

"예, 그런데 어쩐 일로 저를……?"

"뭐가 그리 급한가. 우선 앉지."

뮬딘은 사람 좋은 미소를 지으며 자신의 반대편 자리를 남자에게 권했다.

'드래곤 로드…… 아니, 천계에선 이오스라는 이름으로 활동하던 신이지.'

카이는 그들을 가만히 지켜보았다.

"이오스. 그대의 신념이 분명 통찰이었지?"

"예, 그렇습니다."

통찰의 신 이오스. 그것이 로드가 천계에 머무를 때 가졌던 이명이었다.

"오늘은 몇 가지 질문을 하고 싶어서 그대를 불렀네. 그리 많은 시간이 걸리진 않을 거야."

뮬딘이 돌연 고개를 돌리더니, 자신의 정원을 바라보았다.

"그대의 통찰력으로 볼 땐, 나의 섬이 어때 보이는가."

이오스는 말을 아꼈다. 누가 봐도 볼품없는 그의 정원을 어떻게 말해야 하는지 고민하는 기색이 역력했다.

"가감 없이 말해도 상관없어. 아무런 책임도 묻지 않지."

결국 이오스의 말문이 트였다.

"……우선 정원에 생명의 기운이 느껴지지 않습니다."

"또?"

"음. 헬릭 님의 정원과 구조가 상당히…… 아니, 똑같군요. 심지어 배치된 식물의 종류들까지 동일합니다."

"호오, 그런 디테일한 부분까지 캐치해 낸 건가? 역시 듣던 대로 통찰력이 대단하군."

"과찬이십니다."

이오스가 옅게 웃었다. 비록 악신이지만, 최상급 신격을 지닌 뮬딘에게 좋게 보여서 나쁠 것은 없기 때문이다.

"혹시 내가 이리 꾸민 이유도 꿰뚫어 볼 수 있는가?"

"어……."

이오스가 뮬딘의 눈치를 살폈지만, 그는 장난스럽게 웃고만 있었다.

"말했잖나. 오늘 자네의 입에서 나올 소리는 모두 한 귀로 듣고, 한 귀로 흘릴테니 걱정하지 말고 말하게."

이에 살짝 고개를 끄덕인 이오스가 조심스레 입을 열었다.

"외람된 말씀이오나, 이 공간의 배치도에서는 뮬딘 님의…… 헬릭 님에 대한 마음이 느껴집니다."

"어떠한 마음?"

"동생을 사랑하는 인자한 마음, 같은 신으로써 그녀를 인정하는 존경심, 그리고 동시에……."

말을 이어가던 이오스의 안색이 돌연 딱딱하게 굳었다.

"왜 말을 하다가 마는가? 계속해 보게."

뮬딘은 여전히 장난스러운 미소를 띠고 있었지만, 이오스는 그와 같이 웃을 수가 없었다.

"이, 이…… 감정을 어떻게 설명드려야 할지……."

이오스가 땀을 흘리며 말을 더듬는 순간, 뮬딘이 먼저 선수를 쳤다.

"솔직하게 말하면 되지 뭘. 그냥 열등감이잖나. 질투심 때문에 친동생을 죽이고 싶어 하는 못난 살의이기도 하고."

뮬딘의 얼굴은 맥이 탁 풀린 것처럼 흐트러졌지만, 반대로 그 공간의 긴장감은 콱 조여졌다. 바람조차 얼어버릴 것 같은 차가운 분위기 때문인지 이오스는 한껏 긴장한 상태였다.

쉴 새 없이 식은땀을 흘리던 이오스가 입을 열었다.

"그건…… 그건 너무 과장된 해석입니다. 단순히…… 부러움을 느끼실 뿐이겠지요."

"그게 아니라는 걸 자네도 알지 않나."

팔짱을 낀 뮬딘은, 윗입술을 아랫입술 사이로 밀어 넣었다.

"흐으음."

심각하게 고민을 하던 뮬딘이 잠시 후 입을 열었다.

"역시 안 되겠다."

"……예?"

"그대의 능력 있잖나. 통찰안."

"예에……."

"너무 위험해. 공간 하나 봤다고 대상의 마음까지 파악하다니, 차후 변수가 될 가능성이 커."

"무, 무슨 말씀이시온지."

무언가 잘못되었다는 것을 깨달은 이오스가 슬며시 자리에서 일어나려고 했다. 하나, 미중유의 힘이 그의 전신을 단단히 옭아매고 있었다. 어느 틈에 뻗어 나왔는지 알 수 없는 어둠이었다.

"나와 헬릭을 만든 이, 흔히 주신이라고 하지. 그 양반이 얼마 전에 세계를 개편한 거 알지?"

뮬딘이 머리를 긁적이며 말을 이었다.

"밸런스가 안 맞다고 멀쩡한 세상을 천계와 중간계, 마계로 나누었단 말이지. 그런 뒤에 지는 은퇴를 해버렸네? 심지어 정식 후계자를 공표하지도 않고 말이야."

으드득. 뮬딘의 입안에서 사나운 소리가 들렸다. 잠시 숨을 고른 그는 다시 미소를 머금었다.

"뭐, 내 입장에서는 나쁘지 않아. 어차피 그 꼬장꼬장한 늙은이는 나를 후계자로 삼을 생각이 없어 보였으니까. 차라리 헬릭과 경쟁해서 쟁취해 내는 게 더 편하지. 게다가 모든 세계가 하나였을 때는 가망이 안 보여서 반쯤 포기했는데…… 곰곰이 생각을 해봤거든. 세계가 나뉘어져서 내가 얻을 수 있는 이득이 무엇인지를."

톡톡. 뮬딘의 손가락이 테이블을 두드렸다.

"있더라고, 내가 헬릭을 뛰어넘을 가능성 말이야."

그는 생각만 해도 짜릿하다는 듯 몸을 부르르 떨었다.

"축하한다. 그 계획의 첫 단추가 이오스, 너다. 너를 포함해 차후 내 계획에 방해가 될 만한 모든 신들을 중간계로 추방시킬 생각이거든."

"마, 말도 안 되는……!"

이오스가 거칠게 소리쳤다. 하지만 뮬딘이 가볍게 고개를 흔들자, 어둠이 그의 입을 틀어막았다.

"듣기만 해라. 본인이 왜 죽어야 하는지는 알고 가라고 설명해 주는 거니까."

이오스를 조용히 시킨 뮬딘이 말을 이어나갔다.

"너희들의 기억을 모두 지운 채 새로운 종(種)으로 만들 생각이다. 성격은 오만하고, 흉포하지만 능력은 굉장히 출중하게 만들어주지."

딱 거기까지만 이야기를 들은 이오스의 눈이 부릅 뜨여졌다. 그의 통찰안이 발동했기 때문이다. 뮬딘이 그리고 있는 그림의 형태가 어렴풋이 보였다.

"호오."

그 모습이 재미있다는 듯, 뮬딘이 어깨를 들썩였다.

"역시 판단이 옳았군. 가만히 냅뒀으면 위험할 뻔했어."

그 태평한 모습을 지켜보던 이오스가 몸을 부르르 떨었다. 스스로가 너무나도 한심하고, 원통했기 때문이다.

그 생각을 아는지 모르는지, 뮬딘은 이오스에게 질문했다.

"네 녀석의 통찰력이 극에 달해 미래를 예견하는 수준이 되었다고 들었는데, 나의 미래는 어떠한가?"

능글능글한 뮬딘의 목소리에 이오스는 눈을 꾹 감아버렸다. 자신을 포함한 43인의 신들이 '드래곤'이라는 이름으로 중간계로 추방되는 것. 그곳에서 폭력을 일삼는 자신들에게 헬릭과 신들은 서서이 간섭하기 시작한다. 이에 불만을 품은 드래곤들은 천계의 신들과 사이가 틀어지게 되고 그때 뮬딘이 손을 내밀게 된다. 중간계에서 가장 큰 힘을 행사할 수 있는 드래곤 그들을 자신의 수족처럼 부리기 위해서.

'아아, 주신이시여!'

이오스의 머릿속으로 명확한 이미지가 그려졌다. 태양을 상징화한 문양의 신전들이 드래곤의 브레스에 녹아내린다. 사제와 성기사들이 대항하지만, 비명을 지르며 죽어 나간다. 드래곤의 지나간 자리에는 한때 찬란했을 문명의 흔적조차 남지 않는다. 그저 폐허만이 존재할 뿐.

'이 작자는 도대체 어디까지…… 몇 년 후까지의 계산을 마

쳤단 말인가.'

이오스의 몸이 한 차례 더 떨렸다. 아까와는 다른 이유 때문이었다.

두려움. 눈앞에 있는 뮬딘이라는 존재에게 공포를 느꼈기 때문이다. 그는 자신과는 다르게 통찰안이 없다. 예견에 특화된 능력도 없다. 오직 본인의 능력만으로 그 모든 것을 계산하고 판을 짠 것이었다.

이오스의 숨결이 가늘어졌다. 마치 뮬딘에게 숨소리를 들려주는 것조차 두렵다는 것처럼.

"하긴, 입을 막아놨으니 말을 못 하겠군."

뮬딘이 어깨를 으쓱거리며 등받이에 몸을 기댔다.

"세계가 세 개로 나뉘었지만, 마계는 신들의 힘이 닿지 않는 곳. 나로서도 어찌할 방도가 없지. 하지만."

말을 잇는 그의 표정은 편안해 보였다. 이미 모든 일의 결말이 정해진 것을 알고 있는 사람처럼.

"중간계를 나의 땅으로 만들면…… 나의 신념으로 가득 채운다면, 천계에서 다룰 수 있는 힘도 커질 터. 그 힘으로 헬릭을 끝낸다. 물론 억겁의 시간이 필요할 것이다. 내가 원하는 것은 덜 익은 열매가 아니라 달콤한 과실이니까. 중간계에 거주하는 이들이 찬란한 문명을 꽃피우고, 최대한 융성해졌을 때. 그때가 되어서야 드래곤들을 움직일 것이다."

뮬딘의 얼굴이 돌연 일그러졌다.

"나도 마음이 편치만은 않아. 하나뿐인 가족을 지워낸다는 것. 가슴 아픈 일이지. 하나 대를 위한 소의 희생일 뿐. 나는 이 고통을 견뎌내고 천계를 손에 넣겠다."

그렇게 말하는 뮬딘의 목소리는 정말로 슬프게 들렸다.

이야기를 듣고 있던 카이가 저도 모르게 중얼거렸다.

"미친놈."

제 욕심을 위해 가족을 희생하면서 대를 위한 소의 희생?

추악한 자기 합리화나 다름이 없었다.

"음, 지금쯤 시간이 되었겠군."

하늘을 바라보던 뮬딘이 중얼거렸다.

"조금 전, 중간계에선 대규모 학살이 벌어졌을 거다. 그곳에선 다양한 신들의 신성력이 검출될 테고. 나는 그것을 빌미로 너희들을 '내 세계'에서 쫓아낼 것이다."

이오스는 더 이상 반항하지 않았다. 그것은 더 이상 의미가 없다는 것을 알기에. 하지만 희망의 끈만은 놓지 않았다.

'부디, 기억이 남아 있기를……'

현재 진행중인 이 무서운 음모를 헬릭에게 알려야 한다. 이오스는 오직 그것만을 바라며 침묵했다.

[시크릿 메모리, '프롤로그'가 종료됩니다.]

카이는 입을 꾹 다물고 이오스와 뮬딘의 대화를 생각했다.

어떤 의미로는 충격적인 진실이었다.

"드래곤의 탄생 비화가…… 저런 거였다니."

무려 일만 년 전부터 뮬딘이 손에 넣은 등 뒤의 비수였다.

'이거, 진짜 무서운 새끼네.'

그저 오래전부터 준비했다는 이유 때문만이 아니다. 자신의 목적을 위해 타인의 존엄성 따위는 아무렇지도 않게 짓밟는 참혹함. 본인이 적으로 상정한 헬릭의 성격과 행동 패턴까지 손에 그린 것처럼 내다보는 비상함. 그 모든 것들을 쥐고 있는 녀석이 바로 뮬딘이었다.

"잠깐, 그럼…… 이건 좀 위험하지 않아?"

카이의 머리가 빠르게 굴러가기 시작했다.

'뮬딘이 말했던 중간계가 최대한 융성해졌을 때. 그때는 아마 지금쯤 아닐까?'

물론 몇 년 정도의 오차는 있을 테지만, 크게 다르지는 않을 것이다. 왜냐하면 이건 게임이니까.

'계속 이벤트를 열어줘야 하는 거니까, 어쩔 수 없지.'

결국 유저들이 최대한 성장했을 때, 드래곤 일족과 전쟁이 일어나는 것이 메인 시나리오일 수도 있다는 소리다.

'하지만 오히려 잘 됐어.'

모르고 있었다면 자신도 크게 당황했을 것이다. 현재 자신을 제외하고, 드래곤을 상대할 수 있는 세력은 기껏해야 세계 8대 길드. 그리고 그 밑의 언더독 길드 몇 개뿐이니까.

'이 부분은 기억 세계에서 나간 뒤, 이오스…… 아니, 로드와 상담을 해보면 되겠다.'

[기억 속 세계에서 퇴장하겠습니까?]

카이가 고개를 끄덕이자, 시야가 바뀌었다. 남색의 어둡던 공간에서, 제법 깔끔한 동굴 속으로.

로드는 두 눈을 부릅 뜬 채, 사시나무처럼 떨고 있었다.

'뭐지? 로엔 때는 이런 적이 없었는데…….'

무언가가 잘못된 것일까?

덜컥 겁이 난 카이가 입을 열려는 찰나 로드의 주름진 뺨을 타고 두 줄기의 눈물이 흘러내렸다.

"……로드?"

카이의 부름에도 로드는 대꾸조차 않았다.

"끅…… 끄읍……."

그저 숨을 삼키며 눈물만 뚝뚝 흘려댔다. 그 와중에도 그는 눈을 감지 않았다. 마치 지금 눈을 감으면, 소중한 무언가를 잃어버릴까 봐 두려워하는 사람처럼.

'……아. 설마?'

그제야 상황을 눈치챈 카이가 가볍게 탄성을 뱉어냈다.

'그러고보니 내가 기억의 잠금 장치를 풀었었지.'

한마디로 기억 세계에 존재하지 않았던 기억을, 자신이 추가시킨 것이다. 쉽게 설명하면 로드 또한 자신이 보았던 시크릿 메모리. 프롤로그 시리즈를 '기억'해 냈다는 뜻.

카이는 말 없이 그의 어깨를 두드려 주었다.

토닥토닥.

힘들고 지친 사람, 서러움을 느끼는 사람에게 있어선 백 마디의 근사한 말보다, 그 투박한 손길 한 번이 더 위로가 되는 법이니까. 동시에 카이의 손이 황금빛으로 물들었다. 햇살의 따스함이 발동한 결과였다.

그 상태는 제법 오랫동안 지속되었고 크흐읍, 로드가 묵직한 침을 삼키면서 분위기가 해소되었다.

고개를 든 로드와 눈을 마주친 카이는 깜짝 놀랐다.

'눈빛이……'

이전의 눈빛도 세월이 담겨 있는, 현자의 그것이었다.

물의 현자 타르달의 눈빛보다도 훨씬 깊어 보였다. 하지만 지금은, '격' 자체가 다르다는 생각이 가장 먼저 들었다.

'나의 신상 정보가 털리는 것 같은 기분……'

잠시 카이를 쳐다보던 드래곤 로드가 천천히 입을 열었다.

"정말 고맙네. 그리고…… 고맙네."

두 번째 고맙다는 말을 꺼낼 때, 그의 시선은 제 어깨 위에 올려진 카이의 손을 향해 있었다. 그제야 손을 내린 카이가 머쓱한 표정으로 웃었다.

"아닙니다. 그저 가벼운 위로였는데요, 뭘."

"가볍다, 무겁다라는 감정은 주는 사람이 아닌 받는 사람이 하는 법. 자네의 손길에 담긴 감정은 무거웠네."

로드는 감사하다는 말을 거창하게도 하는 능력이 있었다.

"나이 먹고 못난 꼴을 보여줬군. 부끄럽네."

"나이 먹는다고 기계가 되는건 아니니까요."

"그렇게 생각하면 또 그렇군……."

로드가 피식 웃었다.

"그동안 참 많이 생각해 왔고, 궁금해했네. 나와 일족은 왜 드래곤이 된 것일까…… 라고 말이네."

그는 눈을 감았다. 통찰의 힘이 깃든 눈동자가 눈꺼풀에 뒤덮이자, 그의 겉모습은 평범한 촌부에 불과했다.

그의 기억 속에서 봤던 청년 시절의 카리스마도 천계에 머무르고 있을 때 보여줬던 이오스 시절의 지적인 면모도 찾아볼 수 없었다.

"참 허무하다는 생각이 드네."

"……지금 로드가 느끼는 심정은 제가 감히 헤아릴 수 없을 것 같습니다."

"없을 거네. 그리 확신해. 일만 년…… 무려 일만 년이네. 그건 신에게도 그리 짧지 않은 세월이야."

그런 세월을 내다버린 것이나 마찬가지다. 그것도 본인들이 무슨 잘못을 해서가 아니라 누군가의 탐욕 때문에.

"나와 일족은 뮬딘에게 우리들의 일만 년을 도둑 맞았네."

"도둑 맞았다라…… 적절한 표현이군요."

이에 깊이 공감한 카이가 고개를 끄덕였다.

"그러니 이 일을 묵과할 수는 없어. 복수를 하고 싶네."

로드의 눈이 번쩍 뜨여졌다. 이전에 없던 형형한 눈빛, 그 사이에는 미처 숨기지 못한 분기가 활활 타오르고 있었다.

"나를 대신해서, 나와 함께 하늘에서 떨어진 일족을 대신하여 복수를 해주게."

"저도 뮬딘을 처치하고 싶어 하는 사람 중 하나입니다."

"보통의 방법으로는 불가능할 거야. 자네는 인간이고, 그는 천계의 수좌를 다투는 신이니까."

그러니까, 로드가 말을 이어나갔다.

"하나…… 내가 자네에게 나의, 통찰의 신 이오스의 '신격'을 넘긴다면 어떨 것 같나."

로드, 아니, 이오스의 갑작스러운 제안에 카이의 숨이 멎었다.

127장
룰 브레이커

카이는 빠르게 정신을 차렸다. 쿵쿵 뛰는 마음을 가라앉혔고, 머리를 차갑게 식혔다. 목을 가다듬은 그가 입을 열었다.

"이오스 님의 신격을 저에게 주신다는 말씀이십니까?"

"그렇다네."

이오스의 고개가 무겁게 끄덕여졌다. 카이는 머릿속으로 빠르게 계산기를 두드리더니, 조심스럽게 물었다.

"대답에 앞서, 몇 가지 질문을 드리고 싶습니다만."

"얼마든지 하게."

"현재 이오스 님은 드래곤이십니다. 신격을…… 강탈당하신 상황 아닌가요?"

"으음. 무슨 걱정을 하는지 알 것 같군."

이오스의 입에서 묵직한 신음이 흘러나왔다.

“이걸 어떻게 설명해야 할까…… 그래. 인간들의 세상에는 명문 귀족가(家)마다 족보라는 것을 관리하지 않는가.”

족보는 한 가문의 계통과 혈연관계를 명확하게 하기 위해 정리한 책자다. 어떠한 인간이 이 가문에 뿌리를 두고 있다 아니다를 확실하게 정리해 주는 편리한 책. 때문에 귀족 가문의 족보는 어떠한 보물보다도 훨씬 더 값어치가 있으며, 몰락한 귀족들의 족보를 사기 위해 막대한 금액을 지불하는 상인들조차 있을 정도다.

“몰락한 귀족 가문조차 족보를 지니고 있네. 그리고 그 족보는 엄청난 가치를 띄고 있지.”

“귀족 가문이었던 곳의 자손이다. 이것은 확실히 이 세계에서는 큰 메리트죠.”

“신격도 마찬가지일세. 비록 나는 더 이상 신성력을 사용할 수는 없겠지만, 나의 신념과 신격을 건네주는 것 정도는 가능하다네. 아이가 태어나면 족보에 그 아이의 이름을 기입하듯, 나도 자네를 후계자로 삼으면 되는 것뿐이니까.”

“……신격을 그렇게 쉽게 얻을 수 있다고요?”

카이가 의심스럽다는 눈초리로 묻자, 이오스가 옅은 한숨을 내쉬었다.

“사실대로 말하면 그게 전부는 아니라네.”

“자세한 설명 부탁드립니다.”

"음. 자네도 알지 모르겠지만, 이 세계에는 '두 개'라는 개념은 희미하다네. 해도 하나, 달도 하나. 아침과 낮, 밤도 제각각 하나뿐이지."

카이가 고개를 갸웃거리자, 이오스가 쉽게 설명해 줬다.

"후계를 지정한 뒤, 내가 소멸해야만 신격이 계승되네."

한 마디로 목숨을 제물로 바쳐 자신에게 신격을 넘겨주겠다는 소리였다. 이에 카이의 표정이 딱딱하게 굳어졌다.

"그 말씀은, 스스로 목숨을 끊으시겠다는 말씀이군요."

"너무 슬프게 듣지는 받아들일 필요는 없다네."

이오스가 씁쓸하게 웃었다. 그의 시선은 테이블 위에 올려진 자신의 두 손을 향했다.

"카이여. 이 세계에 존재하는 신이 몇인 줄 아는가."

"……잘 모르겠습니다."

신들의 연회 때 70명이 넘는 신들을 보긴 했지만, 그들이 천계의 모든 거주민은 아니라고 했다.

"333명."

이오스가 말했다.

"주신께서는 태초에 빛과 어둠의 신을 만들고. 그 뒤로 331명의 신들을 만들어 각자의 역할을 부여해 주셨다."

"음. 333명이라…… 어라, 하지만……."

카이의 시선이 이오스를 향했다. 그 시선의 의미를 알아챈 이오스가 고개를 끄덕였다.

“물론 나와 함께 추방된 42명 신을 제외한다면 290명이겠지. 허나…… 그게 전부가 아니라네.”

“더 있다는 소리인가요?”

“그 반대지.”

그 반대라면? 카이가 고개를 갸웃거렸다.

“신의 수가…… 그것보다 더 적다는 소리인가요?”

“맞네.”

이오스는 마치 손자, 손녀에게 이야기를 들려주는 자상한 할아버지처럼, 부드러운 목소리로 말했다.

“이 세계는 시간이 갈수록 ‘완성’되어 가고 있기 때문일세. 애초에 주신께서 신을 만든 이유도, 이 세계에 ‘관리자’가 필요했기 때문이었네. 세계를 안정화시킬 목적으로 만들어진 신의 역할은. 세계가 완성될수록 옅어질 수밖에 없지.”

“그런 것치고는 태양교의 성세가 너무 강대합니다만.”

“그래. 오직 태양교의 성세‘만’ 강력하지.”

카이는 망치로 뒤통수를 얻어맞은 듯한 표정을 지었다.

“지금 존재하는 신전이 몇 종이나 될 것이라 생각하나.”

“어…… 40…… 아니, 50개 정도……?”

카이가 자신 없다는 목소리로 말했다.

“21개라네.”

21명의 신. 그것이 현재 이 땅의 인간과 아인종, 몬스터들이 믿는 모든 신들의 숫자였다.

"나는 일만 년 전부터 이 사실을 꿰뚫어 봤네. 그때는 신전이 없었지만 중간계의 모든 존재들이 저마다의 신을 마음속에 품고 있었네. 비를 숭상하는 부족이 있었고, 번개를 숭상하는 부족이 있었네. 바람을 믿는 자들이 있었으며, 바닥을 굴러다니는 돌을 모시는 이들도 있었지."

"애니미즘……."

확실히 지구에서도 그랬다. 예전에는 온갖 다양한 대상을 숭배하였으나, 현재 남은 종교는 몇 되지 않는다.

"아마 최종적으로 이 땅에 남는 신전은 기껏해야 두세 개 정도일 걸세."

이오스는 최대한 담담하게 말했다.

"그 또한 주신의 뜻이겠지. 그러니 난 나의 삶에 더 이상 미련이 없……."

말을 잇던 그가 고개를 붕붕 흔들었다.

"정정하지. 뮬딘. 그 녀석에게 복수하는 것. 그것만이 나에게 남아 있는 유일한 미련일세."

"복수는 직접 하셔야 하는 것 아닙니까?"

"나로서는…… 불가능하다네."

이오스가 씁쓸하게 웃었다.

"나의 전생이라고 해봤자 하위 신에 불과하지 않나. 최상급 신인 뮬딘을 대적하는 것은 불가능하네. 애초에 드래곤이 된 지금, 천계로의 복귀는 불가능에 가깝기도 하고."

"이오스 님조차 못한 일입니다. 저의 어떤 부분을 보고 신격을 주신다고 하시는 겁니까?"

카이가 고개를 갸웃거리며 묻자, 이오스가 재미있다는 눈빛으로 그를 바라봤다.

"스스로는 모르는 건가? 그대가 지닌 힘은 인간이라는 종의 한계를 초월하기 직전이라네. 제대로 된 격만 갖춰진다면…… 뮬딘과의 승부도 충분히 해볼 만하겠지."

"종을…… 초월하기 직전이요?"

"그토록 강대한 힘을 지닌 자네가, 비록 하위 신격이긴 하지만 나의 신격을 손에 넣는다면. 뮬딘을 상대할 가능성이 조금이라도 올라가는 것 아니겠나."

결국 이오스의 신격을 얻는다고 모든 것이 만사형통이라는 소리는 아니었다.

"그러니까…… 이오스 님의 신격을 얻는다고 해도, 뮬딘에게 제힘이 통할 거라는 확신은 없으신 거죠?"

카이의 묵직한 질문에 이오스는 고개를 끄덕였다.

"말하자면 그렇다네. 허나 가능성 자체가 올라가는 것은 분명한 일일 것이야."

그야 그럴 것이다. 인간과 최상급 신의 격 차이보다는, 하급 신과 최상급 신의 격 차이가 더 좁겠지.

'하지만…… 정말 그것으로 되는 걸까.'

이미 이오스는 뮬딘에게 한 번 패배했다. 그것도 손가락 하나 까딱하지 못하는 굴욕적인 패배였다.

'진정한 격의 차이였지.'

자신이 하위 신격을 손에 넣는다고 하더라도, 과연 뮬딘에게 대항할 수 있을까?

카이는 추가적인 질문을 던졌다.

"저는 태양교에 몸을 담고 있습니다. 만약 제가 이오스 님의 신격을 이어받는다면, 그 부분은 어떻게 되는 건가요?"

"안타깝지만 태양교와의 연결고리는 사라지게 될 걸세."

카이는 입을 꾹 다물고 심각한 고민에 빠져들었다. 이오스도 그런 그를 재촉하지 않고 얌전히 기다려 주었다.

잠시 후, 카이가 천천히 고개를 숙였다.

"죄송합니다. 신격에 대한 건은 없었던 일로 해주시지요."

이오스가 깜짝 놀란 표정을 지었다. 그는 도저히 이해할 수가 없다는 표정을 지었다.

"자네…… 이건 무려 신격을 건네받는 일이라네. 무려 천계의 거주민이 될 수 있다는 소리지. 아, 물론 자네는 모험가라서 통찰의 힘을 사용할 수는 없겠지만……."

통찰의 힘은 즉 모든 것을 꿰뚫어 보는 눈이다.

'유저는 사용할 수 없는 힘이지.'

이곳은 게임이다. 유저가 아무리 진귀한 능력을 손에 얻는다고 해도, 타인의 속마음을 읽어내거나. 무언가를 보고 이전에는 알 수 없던 사실을 꿰뚫어 보는 것은 힘들었다.

'차라리 힘의 신, 지식의 신의 신격을 잇는다면 스탯이라도 크게 상승하겠지만.'

그것이 아닌 점이 안타까울 따름.

"표정을 보니 결심은 확고한 것 같군……."

살짝 섭섭한 목소리를 뱉어낸 이오스가 질문했다.

"그렇다면 대체 어떤 방법으로 뮬딘에게 복수를 할 셈인가? 인간의 격으로는 절대적으로 불가능할 텐데."

"사실 그 부분 때문에 이오스 님을 찾아뵌 겁니다."

"나를?"

"예. 드래곤이 천계에서 추방당한 존재들이라는 것은 알고 있었습니다. 그렇다면 과연 어떻게 그것이 가능했는가. 그 부분이 궁금했습니다."

"오호라…… 뮬딘의 방법을 역으로 이용하겠다라?"

"예, 기억하십니까?"

"물론이네. 어이가 없을 정도로 간단했었으니까."

우우우웅!

동시에 대기에 엄청난 양의 마나가 진동하기 시작했다. 이오스가 자신의 힘을 끌어올리기 시작한 것이었다.

'이것이 드래곤 로드의 힘……!'

앙골모아보다는 못하지만, 일반적인 유저 입장에서는 재앙이나 다름 없을 압도적인 힘. 카이가 눈을 가늘게 뜨며 그를 쳐다봤지만, 딱히 위협을 가할 생각은 없어 보였다.

"이것이네. 나와 일족들이 천계에서 떨어진 이유."

"이것이라니…… 이건 그냥 마나…… 아?!"

카이가 입을 쩍 벌린 채 이오스를 쳐다봤다. 그의 두 눈에는 경악만이 담겨 있었다.

[신성력은 홀로 오롯이 존재하는 숭고한 기운이다. 신성력은 해당 관리자의 신념 그 자체. 어떠한 경우에도 변질되어서는 아니되며…… 반대로 말해서 신념이 변질된다는 소리는, 신성…… 성질…….]

그것은 잘려 있던 파피루스의 문구. 하지만 어째서인지, 퍼즐이 딱딱 들어맞는 기분이 들었다.

'그래…… 아무리 뮬딘이라도 타인이 품은 신념을 강제로 바꿀 수는 없겠지.'

허나 이 세계에서 신념 = 신성력이라는 공식이 성립한다.

'그 말은 즉 신념을 바꿀 수는 없어도…….'

오염시킬 수는 있겠지.

천계의 신들이 지위를 잃고 떨어진 이유.

"……신성력만 존재해야 할 체내에 마나가 주입되었기 때문이군요."

"맞네. 몸속에 마나가 파고드는 순간, 내 안의 무언가가 변질된 기분을 맛봐야 했지."

"애도를 표합니다."

이오스는 가볍게 손을 휘저었다.

"됐네. 그나저나 어떤가. 사용할 수 있는 방법 같나?"

"예. 가능할 것 같습니다."

카이가 확신을 내비치자 이오스가 이채를 드러냈다.

"실례가 안 된다면, 자네를 잠깐 관찰해도 되겠나."

"기꺼이."

허락이 떨어지자 이오스가 카이를 우묵하게 쳐다보았다.

"과연!"

"어땠나요. 제 미래는?"

"이건 가능하다. 확실히 가능해! 하지만 뒤가 문제로군."

"그 뒤라뇨?"

카이가 고개를 갸웃거렸다.

"물딘이 어떻게 되는지에 대한 미래가 보이질 않아."

"이오스 님처럼 신위를 박탈당하고 천계에서 추방되지 않을까요?"

"그를 나와 같은 선상으로 보면 곤란하다네. 그는 최상급 신. 천계의 율법 자체를 수정할 수 있는 권한을 지니고 있지. 어쩌면…… 버틸지도 몰라."

"으음. 그건 곤란한데요."

"하지만 그리 걱정하지는 말게."

이오스가 빙긋 웃으며 말했다. 카이가 그 이유를 묻자, 그는 허허 웃으며 한마디만 남겼다.

"지금 내가 무슨 말을 하면 미래가 뒤틀릴까 봐 차마 말을 하지는 못하겠군. 하지만 걱정하지 말게. 잘 해낼 걸세."

이유는 모르겠지만, 자신을 향한 이오스의 신뢰도가 부쩍 상승했다는 것이 느껴졌다.

"그런데 다른 드래곤들은 어떻게 하죠?"

이오스와 함께 중간계에 떨어진 드래곤들. 그들도 자신이 하나하나 메모리 다이브를 해야 하는 건지.

카이의 물음에 이오스는 머리를 가볍게 흔들었다.

"더 이상 신의 몸은 아니지만, 어렴풋이 남아 있는 신격 정도로도 기억을 떠올리게 만들 수는 있으니 걱정 말게."

"다행입니다."

"아마 그들 모두 든든한 조력자가 될 것이야."

"재미있겠네요."

믿었던 드래곤에게 브레스를 맞는 뮬딘의 심정은?

가벼운 미소를 지은 카이가 마지막 질문을 던졌다.

"이오스 님, 제가 격을 높이려면 어떻게 해야 할까요."

이오스가 빙그레 웃었다.

"그대는 이미 답을 알고 있네."

몰라서 물은 것이다. 헌데 이미 답을 알고 있다니?

거의 선문답에 카이는 고개만 갸웃거렸다.

"그대가 알고 있는 사실들을 하나씩 되돌아보게. 그대는 이미 답을 알고 있어."

아무래도 직접 알려줄 생각은 없는 듯하다.

하나 그의 태도도 이해는 되었다.

"쉽게 얻은 것은 쉽게 잃는다 입니까."

"무엇이든 스스로 깨우치는 것이 가장 좋은 법일세."

뿌듯한 눈길을 보낸 이오스가 자리에서 일어났다.

"정말 유익한 시간이었습니다."

"무얼, 나야말로 무엇과도 바꿀 수 없는 귀중한 시간을 보낸 걸세. 정말 고마우이."

이오스가 허리를 90도로 숙이며 감사를 표했다. 그가 한때 신이었다는 걸 생각해 보면 기분이 참 오묘하다.

"그럼…… 이만 가보겠습니다."

"화이트홀로 가려는가?"

"그것까지 알고 계시나요?"

"그야 자네가 사용하려는 방법에필요할 테니까."

"대단하시네요."

"텔레포트 게이트를 열어주겠네. 거리도 가까우니까."

"거리가 가깝다니…… 그러고 보니 이 레어는 어디에 위치한 겁니까?"

레드 드래곤을 따라 이동했을 뿐, 이오스의 레어가 어디 있는 건지는 알지 못했다.

"음? 라시온 왕국의 동부 쪽 평원 지하에 있다만."

이오스가 별생각 없이 말을 내뱉자, 카이의 눈이 빛났다.

"……라시온 동부요?"

"그렇네. 무슨 문제라도 있는가?"

물론 있다. 그곳은 이제 자신의 나라이자, 땅이니까.

카이는 밝은 미소를 지으며 입을 열었다.

"혹시 토지세 내셨어요?"

두둑해진 인벤토리를 흐뭇하게 쳐다보는 카이는 화이트홀을 걷는 중이었다.

'역시 드래곤, 그중에서도 로드라 그런지 돈이 많네.'

무려 일만 년이라는 세월 동안 모아온 보석과 광석 그리고 금화들까지. 이오스의 레어는 보물 창고나 따로 없었다.

'이렇게 떼어왔는데도 그렇게 많이 남아 있다니.'

당연한 말이지만 드래곤이 세금 따위를 내왔을 리가 없다. 때문에 카이는 여태까지 밀린 세금 10만 골드를 일시불로 받았고 앞으로는 해마다 1만 골드의 세금을 받기로 이오스와 약속했다.

'100억이 한순간에 생기다니. 역시 게임은 돈 벌기 쉽네.'

기쁜 마음으로 과자 가게에 들린 카이는 간식들을 사서 어딘가로 향했다. 천상의 정원이 아니라, 화이트홀의 도심지에서 조금은 떨어진 공터였다.

뭉게뭉게.

그곳의 오두막 굴뚝에서는 연기가 흘러나오고 있었다.

'이 냄새, 오랜만이네.'

한의원처럼 코를 찌르는 약재의 냄새. 이에 절로 기분이 좋아진 카이는 오두막, 스마일 진료소로 들어섰다. 인기척이 느껴졌는지, 약을 달이고 있던 소녀가 고개를 돌렸다.

"어서 오세…… 어?!"

그녀의 눈이 화등잔만 하게 커졌다.

카이는 빙그레 미소를 지으며 가볍게 인사했다.

"안녕, 아야나."

"카이 님!"

그녀는 미식축구 선수처럼 맹렬한 기세로 카이의 품에 뛰어들었다.

"쿨럭! 쿠흠!"

그냥 얼굴만 봤을 때는 몰랐는데, 이렇게 어깨를 토닥이고 있으니 새삼 그녀가 많이 자랐다는 것이 느껴진다. 예전에 같이 생활할 때는 이보다 더 작았는데.

"왜 이렇게 늦게 오셨어요!"

"그야 바빠서……."

"아니에요, 잊지 않고 찾아와 주신 것만도 감사해요."

아야나는 카이가 마냥 좋은지, 그의 바지를 꽉 붙잡고 놓아주지 않았다.

"오는 길에 사 왔는데 나중에 먹어."

그녀가 좋아하던 과자와 사탕을 기억하고 사온 카이는 그것들을 아야나에게 선물했다.

"이건 제가 좋아하는…… 고마워요!"

"뭘, 오랜만에 와서 이 정도야."

두 사람이 대화를 나누고 있을 때, 아야나의 아버지가 현관 쪽으로 슬며시 나왔다.

"왜 이리 소란이…… 어!? 카이 님 아니십니까."

"예, 잘 지내셨습니까."

"어유, 저희야 카이 님 덕분에 잘 지냈지요. 아참, 소문은 들었습니다."

그의 눈망울이 반짝반짝 빛났다.

"모험가의 몸으로 백작의 자리에 오른 것도 모자라서, 이번에 대공이 되셨다고요."

"어울리지 않는 옷을 걸친 건 아닐까 걱정될 따름입니다."

"아닙니다. 저희는 카이 님이 언젠가 큰 인물이 될 것임을 알고 있었습니다. 훌륭하게 잘 해내실 게 분명합니다. 아, 집사람이 이럴 때 있었어야 제 진실력을 증명해 주는데……."

"그러고 보니 아내분이 안 보이시네요."

"어렸을 때 친구들 만난다고 리버티아에 놀러 갔습니다. 아, 그곳도 카이 님의 영지셨죠? 아인종들을 이렇게까지 위해주시는 건 카이 님밖에 없을 겁니다."

대화가 길어지려고 하자, 아야나가 아버지를 타박했다.

"아빠. 자리에 앉아서 대화하세요."

"이런, 내 정신 좀 봐. 안쪽으로 들어오시지요."

자리에 앉은 세 사람은 본격적인 이야기를 시작했다.

"그런데 오늘은 어떠한 이유로 방문을 하신 겁니까?"

"부탁하고 싶은 재료가 있어서요."

아니, 이걸 약재라고 설명해야 하는지는 의문이다.

"물론 가능합니다. 제 입으로 말하기는 뭣하지만, 다뤄보지 않은 약재가 몇 없을 정도예요."

"아마 처음 다뤄보시는 걸 겁니다."

그가 고개를 갸웃거리는 순간 카이는 테이블 위로 두 개의 약재를 올려놓았다. 여전히 펄떡거리면서 뛰고 있는 심장과, 기다란 뿔이 각각의 정체였다.

"이건……."

재료를 쳐다보던 아야나의 아버지가 눈을 잘게 떨었다.

"잘 모르겠지만, 부정적인 기운이 느껴집니다."

"각각 마계 대공의 심장. 그리고 마왕의 뿔입니다."

마치 옛날 동화책의 용사들이나 들고 다닐 법한 재료의 출현에, 아야나는 물론 그녀의 아버지도 화들짝 놀랐다.

"죄, 죄송하지만 이런 재료를 다뤄본 적은 없습니다."

"너무 부담 갖지 마세요. 그냥 짐승의 심장이라 생각하시고, 짐승의 뿔이라고 생각하시면 됩니다."

"……이 두 가지 재료를 섞어달라는 요청이신가요?"

"아뇨. 절대 섞으시면 안 됩니다. 절대로요."

카이가 신신당부했다.

"각각 따로 만들어주셨으면 해요. 특히 이 뿔은 마시기 편한 음료 형태로. 그리고……."

심장을 쳐다보던 카이가 말을 이어나갔다.

"저 심장 쪽은 알약의 형태로 만들어주세요."

"……물론 가능합니다. 헌데 어느 정도 시간이 필요합니다.

성분을 알아봐야 하고, 그 개성을 증폭시키려면 어떠한 약재들을 곁들여야 하는지 연구할 시간이 필요해요."

"문제없습니다. 시간은 어느 정도 걸릴까요?"

"2주…… 네. 2주만 주십시오."

그가 자신 있게 말하자, 카이가 고개를 끄덕였다.

'2주라.'

딱 좋다. 2주 후, 어떤 식으로든 결판이 날 것이다.

카이는 약이 완성되는 2주라는 시간 동안 최종 정비를 하기로 마음먹었다.

'우선은 나의 상태부터.'

스탯창을 불러오자, 화려한 수치들이 그의 시선을 강탈해 갔다. 화려하다. 화려하다는 말로 수식을 해도 무언가 부족하다는 느낌을 지울 수가 없을 정도다.

'모든 스탯의 합이 1만 9천 정도나 되네.'

단순히 1레벨 당 5스탯으로 따진다면 무려 4천 레벨에 가까운 수치다. 물론 대부분의 랭커들은 장비나 스킬, 업적 칭호들을 통해 스탯들을 올리긴 하지만.

'나처럼 스페셜 칭호가 많은 사람은 없겠지.'

선행 스탯의 몫도 톡톡히 한몫하고 있었다. 859. 모든 스탯을 859개나 올려주는 사기 스탯이었으니까.

'게다가 스탯창에도 표시되어 있듯, 사실상 저 스탯들은 10% 더 높게 봐야 해.'

키네사를 처치하고 얻은 스페셜 칭호. 대공 처단자의 효과 때문이다.

'그렇게 따지면 신성 스탯은 5천이 넘는 셈인가.'

물론 순수 스탯은 아직 4,000대지만.

"흐으음."

카이는 눈을 감고 생각했다. 여기서 어떻게 해야 더 강해질 수 있는지.

'남은 시간은 2주.'

계획 없이 무작정 몸만 휘두른다고 다가 아니다. 철저하게 계획을 세워놓고, 그 계획에 따르는 것이 훨씬 효율적이다.

'우선 스탯 분배.'

마계에서 돌아온 뒤 카이는 정확히 85레벨을 올렸다. 그중 대부분은 흑룡 길드와의 전쟁에서 올린 레벨인 셈.

'스탯 425개를 어디에 투자하느냐도 중요하지.'

목격자 칭호를 포함하면 총 1,700개의 순수 스탯을 올릴 수 있다는 소리다. 스탯을 어디에 분배해야 할지 고심했다.

'우선 위엄은 제외.'

뮬딘을 상대할 때, 인간의 위엄은 아무짝에도 쓸모없다.

'지능은…… 이 정도면 충분해.'

지능을 올렸던 가장 큰 이유는 중력장과 헬 파이어, 절대영도 때문이었다. 그리고 그 스킬들은 지능 스탯이 3천이 넘은 지금 충분한 힘을 발휘하고 있었다.

'지능에 스탯 포인트를 더 투자하는 건 비효율적이야.'

자연스럽게 민첩도 마찬가지다. 뮬딘을 상대할 때는 그리 큰 메리트가 없어 보이기에 탈락.

'그럼 남는 것은……. 힘과 체력, 신성뿐이었다.'

"우선 체력은 조금 더 찍어야겠어."

뮬딘이 얼마나 강할지는 모른다. 하지만 그의 공격에 원킬(One kill)이라도 나는 순간, 모든 것은 허사가 된다.

'즉사만 안 되면 어떻게든 살 수 있어.'

햇살의 따스함이 있기 때문이다. 뮬딘의 공격을 한 턴만 버틸 수 있다면. 절대 죽지 않을 자신이 있었다.

"그러니 체력 스탯에 스탯 포인트 150개 투자."

[체력 : 3,087 -> 3,687]

[현재 생명력 : 368,700]

'좋아. 그럼 남은 스탯은 275개.'

힘과 신성. 두 가지 스탯을 놓고 저울질하던 카이의 마음이 힘 스탯 쪽으로 기울었다.

'신성 스탯은 이미 차고 넘쳐.'

신성 계열 스킬을 사용할 때의 에너지 소모값은 대폭 줄어든 상태였고 각종 칭호와 스킬의 효과로 인해 신성력 회복 속도는 대폭 증가한 상태였다. 한 마디로 현재 카이의 신성력은 메마르지 않는 바다와 같은 상태.

'그럼 역시 힘으로…….'

카이의 손가락이 힘 스탯으로 향하는 순간.

예상치 못한 메시지가 들려왔다.

[이오스가 드래곤들의 기억을 되살려 냈습니다. 자신들이 뮬딘에게 이용당했다는 것을 깨닫게 된 드래곤들이 깊은 분노를 느낍니다. 드래곤과 뮬딘교의 관계가 원수 상태로 변경됩니다. 이제 두 세력은 어느 한쪽이 사라질 때까지 전쟁을 멈추지 않을 것입니다.]

[이오스를 포함한 43마리의 드래곤들이 당신에게 엄청난 호감을 느낍니다. 명성이 1,849,520 상승합니다.]

[드래곤들이 뮬딘을 적대함으로써 운명이 비틀렸습니다.]

[메인 에피소드 : 드래곤의 시대(Dragon Age)의 발동 조건이

파괴됩니다. 드래곤의 시대 에피소드가 소멸됩니다. 이와 관련된 하위 퀘스트 47,120개가 함께 소멸됩니다. 태양신 헬릭이 드래곤들의 탄생에 얽힌 진실을 깨닫게 됩니다. 그녀는 드래곤들을 위해 눈물을 흘리는 한편, 그들을 률딘의 마수에서 풀어준 당신을 격하게 칭찬합니다.]

[선행 스탯이 100 상승합니다. 태양 목격자의 효과가 발동합니다. 선행 스탯이 추가로 50 상승합니다.]

"……음?"

힘 스탯으로 나아가던 카이의 손가락이 허공에 뚝 멈춰 버렸다. 카이는 제 앞에 떠오른 메시지들을 읽고 또 읽었다.

'이게…… 이렇게 되네?'

삐질삐질.

잘못한 것도 없는데, 괜히 등 뒤로 식은땀이 흘러내렸다. 불과 얼마 전에 페가수스의 사장이 무거운 몸을 이끌고 한국에 방문했다. 자신을 만나 제발 마계 콘텐츠 좀 남겨달라는 사정사정을 하기 위해서. 한데 이번엔 그와 비슷한 규모로 추정되는 메인 에피소드를 완전히 날려 버렸다.

"어…… 음."

한참 고민하던 카이는 고개를 흔들면서 중얼거렸다.

"하! 나도 모르겠다. 일단 선행 스탯 150개 개꿀."

“흠. 그럼 어쩐다?”

눈앞에 띄워놓은 스탯창을 뚫어져라 쳐다보던 카이가 중얼거렸다. 자신이 메인 에피소드를 또 파괴했다는 사실? 이미 머릿속에서 사라진 지 오래였다.

‘게임 하루이틀 하는 것도 아니고, 사람이 게임 좀 하다 보면 퀘스트도 없애고 그러는 거지.’

카이에게 있어서 이러한 상황은 이미 일상이나 다름없었으니까. 에피소드 파괴를 처음 겪어보는 초짜가 아니라, 닳고 닳은 베테랑이라는 뜻이었다.

‘솔직히 예상 못 했던 일이지만 덕분에 선행 스탯 150개가 올라서 힘도 4천을 넘겼어.’

그래서인지 온몸에서 힘이 넘쳐 흐른다.

“역시…….”

잠시 몸을 이리저리 움직여 보던 카이가 중얼거렸다.

‘스탯 앞자리가 바뀔 때마다 상승 폭이 커지는 기분이야.’

100이던 힘 스탯이 200이 될 때는 그리 큰 차이를 느끼지 못했다. 허나 1,000이던 스탯이 2,000을 넘겼을 때, 그리고 3,000이던 스탯이 4,000을 넘겼을 때.

카이는 항상 적응을 위한 수련이 필요함을 느꼈었다.

지금도 마찬가지였다. 증가한 힘 스탯에 적응하려면 당분간은 또 수련에 박차를 가해야 할 것 같다.

'힘을 굳이 더 올릴 필요는 없을 것 같고…… 그럼 남은 스탯으로 다시 체력이나 올릴까?'

카이의 시선이 자신의 체력창으로 향했다. 이제는 38만이 훌쩍 넘어버린 체력. 웬만한 레이드 보스 몬스터의 HP라고 봐도 무방할 정도였다. 게다가 자신의 마법 저항력은 유례없이 높은 상태였고, 물리 방어력도 결코 낮지 않은 수준.

고민 끝에 카이의 고개가 좌우로 흔들렸다.

'이 정도면 절대 원킬은 나지 않을 거야. 아무리 뮬딘이 최상위 등급의 신이라고 해도 말이지.'

역시 방어보다는 공격에 무게를 두는 것이 맞다.

"공격이라."

카이가 깊은 상념에 잠겼다. 지금 힘 스탯을 더 찍는다고 전력이 크게 높아질까에 대한 회의감이 들었기 때문이다.

'가시적인 성장을 일궈내려면 스탯을 올리는 게 아니라…… 성물을 얻거나 격을 높여야 할 텐데 말이지.'

카이는 눈을 감고 이오스와의 대화를 복기했다.

격을 올리는 방법. 그것에 대해서 질문했을 때, 그는 빙그레 웃으면서 대꾸했다. 자신은 이미 그 답을 알고 있다고. 남은 것은 답안지에 답을 쓰기만 하면 될 뿐이라고.

그 수수께끼 같은 선문답은 카이의 가슴 위에 묵직한 돌덩이를 하나 올려두었다.

'내가 답을 알고 있다라…… 모르겠는데?'

격을 올리는 방법을 알고 있다면 진작 올렸을 것이다. 왜 그렇지 않았겠는가, 누구보다 헬릭을 보호하고 싶고 뮬딘을 처치하고 싶어 하는 것이 자신인데.

"으음……."

카이는 조바심을 내려놓은 뒤, 자신이 모은 정보들을 하나씩 천천히 되돌아보았다.

'우선 성물은 시간이 좀 걸릴 거야.'

사도회의 때 선대 사도들에게 들은 이야기가 있다.

'나의 신념이 확고해질 때 생긴다고 했지.'

단기간에 얻기에는 무리가 있다는 소리다.

그렇다면 격은 어떨까?

'이오스는 내가 지닌 힘이 인간을 초월했다고 했지.'

격만 갖춘다면 뮬딘과 자웅을 겨룰 수준이라 판단했다.

"격이라…… 격, 격……."

사실 따지고 보면 성물을 얻는 것이나, 격을 올리는 것이나 일맥상통한 부분이 있다.

'천계의 신들도 그래. 모두 신념에 확신을 가져야 하지.'

하지만 자신은 신념에 대한 확신이 없었다. 그저 검에 자유를 담고 싶다는 소망을 품었을 뿐이다. 자유를 인생의 신념이라 소개하기에는 머뭇거려지는 것이 사실이다.

'내 신념을 단단히 굳히는 것이 힘들다는 뜻인데…….'

이오스는 어째서 답을 알고 있다는 식으로 말을 했을까?

카이는 갤러리 창을 열어, 자신이 스크린샷으로 찍어놓은 정보들을 하나씩 살펴봤다.

"모든 신성력의 근원은 세계의 관리자…… 즉 신들. 신들의 신념이 확고해지면 신성력이 생성된다. 그들이 신도를 많이 거느리고 싶어 하는 이유도 이와 상관이 있어. 자신이 세상에 남긴 발자국. 즉, 신념을 따라오는 신도들이 많을수록, 신격도 강해지니까. 한 마디로 신념은 신성력 그 자체……."

말을 잇던 카이의 입이 돌연 다물어졌다.

"잠깐만?"

어지러운 정보들이 가득 떠다니던 머릿속에서 무언가가 정리되는 느낌이 들었다.

'신념이 신성력 그 자체라고?'

이 간단한 걸 왜 모르고 있었을까.

카이의 시선이 곧장 스탯창으로 향했다.

'힘 스탯이나 체력 스탯은 앞자리의 숫자가 바뀔 때 확실히 성장했다는 것이 느껴졌어.'

당연하다. 사람인 이상 자신의 신체 부위가 변화하는 건 즉각적으로 느껴지게 마련이니까.

'하지만 신체 부위가 아닌 부분은? 그래, 예를 들어 지능이나 위엄은?'

카이가 고개를 흔들었다. 그 스탯들은 앞자리 숫자가 바뀌어도 무언가 성장했다는 것이 체감되지 않았다. 그렇다고 효과가 없는 것은 아니었다. 지능이 높아지자 마법을 사용할 때 좀 더 부드럽고 유기적인 스킬 연결이 가능해졌으니까. 심지어 쿼드라 캐스팅을 이루는 속도마저 빨라졌다.

위엄도 마찬가지 요즘은 몬스터들과 마주쳐도, 자신에게 먼저 선공을 가하는 간 큰 녀석은 없었다.

'그렇다면…… 신성은?'

카이의 눈이 차분해졌다. 모든 퍼즐이 맞춰지는 기분이다. 마치 누군가가 자신의 머릿속에 전구를 집어넣고, 불을 켠 것 같다는 생각이 들 정도였다.

"그랬구나."

신성 스탯이 오를 때마다 자신의 '격'은 꾸준히 상승하고 있었다. 그것은 힘 스탯이나 체력 스탯, 지능 스탯처럼 가시적인 효과만이 없었을 뿐.

'그래서 내가 눈치채지 못한 거였어. 그런 부분은 유저가 알 수 있을 리 없지.'

아무리 현실 같아도 이곳은 게임이다. 시스템이 공지를 해주지 않는 이상, 그런 부분까지 유저가 느낄 수는 없는 법.

'이 게임의 설정상 신성력은 신념과 직결되는 스탯이야.'

카이의 입술이 천천히 열렸다. 지금 자신이 어떤 스탯을 올려야 할지에 대한 답이 나왔기 때문이다.

"신성에 모든 스탯 포인트 분배."

[스탯 포인트 275개를 신성에 투자하겠습니까?]

[신성이 1,100 상승합니다.]

이번에도 톡톡히 제 값을 하는 목격자 칭호. 덕분에 카이의 신성 스탯은 기존 4,720에서 5,820으로 껑충 뛰어올랐다.

그리고 그 순간 은은한 불빛을 비춰주던 횃불이 돌연 일렁거리기 시작했다. 현재 카이가 위치한 곳은 태양교 본단에 마련된 개인 연공실. 바람이 불 리 없는 밀폐된 공간이다.

'갑자기 무슨……?'

생각이 그의 사고를 잠식하기도 전에 카이의 몸에서 빛이 새어 나오기 시작했다. 제 몸에서 쏟아져 나오는 광채를 보던 카이는 형용할 수 없는 감정을 느꼈다.

'……편안해.'

마치 피곤한 하루를 끝낸 뒤 뜨거운 물이 담긴 욕조에 누운 것 같은 편안함, 아늑함. 한 줌의 걱정도 느껴지지 않는 자유로움이 느껴지는 기운이다. 연공실을 대낮처럼 밝게 비추던 빛은 본래 있던 자리인 카이의 몸속으로 갈무리되었다. 찰나의 꿈을 꾼 것 같은 몽롱한 의식도 잠시.

[신성 스탯이 5,000을 돌파하였습니다. 당신의 신념이 강화됩니다. 인간이라는 종(種)의 그릇에 담을 수 없을 정도로 위대한 신성력입니다. 한계를 뛰어넘었지만, 초월자의 격을 갖추기에는 한 걸음이 모자란 상태입니다. 격의 상승으로 신체의 밸런스가 완벽에 가까워졌습니다. 본인보다 격이 낮은 상대와 전투 시, 받는 피해가 감소합니다.]

"흐음."

뭐랄까, 크게 달라진 기분은 없다. 그럼에도 불구하고 전신에는 활력이 가득했고, 몸은 가벼웠다.

'오히려 품고 있던 강대한 기운들이 사라진 기분이야.'

물론 기분뿐이다. 바다를 가르고 산을 허물 정도로 강대하던 기운은 여전히 카이의 몸속에 깃들어 있다. 다만, 자취를 감췄을 뿐이다. 진정한 지배자는 아무때나 발톱을 드러내지 않는 법이니까.

"게다가……."

파앙, 팡! 팡!

빠르게 자세를 갖춘 카이가 허공에 스트레이트를 몇 번이나 꽂아넣었다. 공기가 터지는 소리와 함께 그의 입가로 만족스러운 미소가 걸렸다.

'신체의 밸런스가 완벽에 가까워졌다는 게 이 뜻이었나?'

적응이 필요할 것 같았던 힘 스탯. 그 부분에 대한 삐걱거림이 완벽하게 해소되었다. 여전히 강대한 힘을 품고 있지만, 현실의 몸을 움직이는 것과 다를 게 없는 기분이다.

"그나저나…… 한 걸음이 모자라다?"

메시지는 자신이 초월자의 격을 갖추기에는 한 걸음이 모자라다고 말하고 있다.

'한 걸음이라는건 역시 신성 스탯이겠지.'

현재 자신의 신성 스탯은 5,820.

'초월자의 격은 6천부터 부여되는 건가?'

카이가 질린 표정으로 고개를 내저었다. 이것을 통해 확신하게 된 사실이 하나 있기 때문이다.

'애초에 유저들을 노리고 만들어진 게 아니구나.'

스탯 6천. 기연을 무슨 패스트푸드처럼 심심할 때마다 접한 자신조차 닿지 못한 경지다. 당연히 일반적인 유저가 닿을 수 있으리라는 생각은 들지 않았다.

"하지만 나는 닿을 수 있을 것 같은데."

카이가 천천히 입을 열었다.

"블레스."

찬란한 신성력이 그의 몸을 한 차례 휘감았다.

[축복을 받았습니다. 한 시간 동안 모든 스탯이 55만큼 상승합니다.]

사제의 축복. 즉 블레스 스킬의 상한선은 10레벨, 모든 스탯은 50만큼 올려준다.

'하지만 나의 블레스 레벨은 11레벨.'

결투장에서 얻은 희대의 사기급 스페셜 칭호, '챔피언'이 있기 때문이다. 그 칭호에는 모든 스킬의 레벨을 강제적으로 한 단계 높여주는 효과가 붙어 있다.

거기서 끝이 아니다.

"신성 폭주."

사용과 동시에 엄청난 신성력을 하마처럼 먹어대는 스킬이다. 허나 녀석이 먹어치울 신성력은 많다. 몇 시간을 먹고, 또 먹어도 먹어치울 수 없을 정도로 많다.

'그러니 뱉어내라.'

그에 걸맞는 가치를.

[모든 스탯이 160만큼 증가합니다. 신성력이 부족할 시, 스킬이 자동적으로 취소됩니다.]

블레스와 신성 폭주. 버프 스킬로 모든 스탯을 215나 상승시킬 수 있는 사제는 전세계에서 카이가 유일하다.

[신성 : 6,035]

신성 6천. 일반적인 방법으로는 레벨업을 할 때마다 모든 스탯을 신성에 투자해도, 무려 1200레벨 정도가 되어서야 달성 가능한 수치. 카이는 그 절대적인 벽을 고작 레벨 685에 올라섰다.

띠링!

[당신이 품은 신성력은 천계의 신들과 견주어도 손색이 없을 정도입니다. 수많은 신들이 당신의 신성력에 경외와 찬사를 보냅니다. 일부 하위 악신들이 당신에게 두려움을 느낍니다.]

[인간으로 태어났지만 일시적으로 종의 한계를 뛰어넘었습니다. 일시적으로 스페셜 칭호, '초월자'를 획득합니다. 일시적으로 신체의 모든 밸런스가 완벽해집니다. 일시적으로 모든 감각이 초월자의 반열에 들어서게 됩니다.]

"초월자라."

카이가 낮게 읊조리며 눈을 감았다. 조용한 연공실의 먼지 가라앉는 소리조차 그의 청각을 피하진 못했다. 비록 블레스와 신성 폭주가 있을 때만 발휘할 수 있는 힘이라 할지라도.

"나쁘지 않은 기분이야."

128장
초월자

거대한 스크린을 보고 있던 마르코 사장이 가볍게 손짓했다. 그러자 어둡던 회의실의 조명이 다시 켜졌고, 가벼운 한숨 소리가 회의장을 채웠다.

"초월자라…… 짐 박사, 저런 시스템이 원래 있었나?"

짐 박사가 입을 꾹 다물었다.

초월자? 스탯이 5천을 넘으면 격을 뛰어넘는다?

그것은 라무스의 개발자인 그조차 모르던 설정이었다.

"무슨 말이라도 해보게. 지금 미칠 것 같으니까."

결국 품에서 시가 케이스를 꺼낸 마르코는, 회의가 진행 중임에도 불구하고 입에 시가 하나를 머금었다. 시가 끝에 불을 지필 때쯤, 말을 아끼고 있던 짐 박사가 입을 열었다.

"……아무래도 라무스가 만든 설정인 것 같습니다."

"그러니까, 왜 최고 개발자인 박사조차 모르는 설정을 라무스가 만들었냐 묻는 거네, 지금."

"그야 미드 온라인은 저희가 만들었지만, 저희가 '완성'시킨 것은 아니지 않습니까."

할 말이 사라진 마르코는 시가만 뻑뻑 피워댔다. 할 말이 있을 리가 없었다. 짐 박사의 말이 맞았으니까.

심지어 회의실에 자리해 있던 페가수스 사의 중역들조차 저마다 고개를 끄덕거렸다.

"사장님, 요즘 사람들은 우스갯소리로 세계가 여섯 개의 대륙과 일곱 개의 바다로 이루어져 있다고 말합니다."

기존의 5대양 6대주에서, 미드 온라인의 세계를 포함한 6대양 7대주. 세상에는 그런 말이 나돌고 있었다. 그만큼 미드 온라인이 현대 사회의 중요한 부분을 차지하고 있고, 영향력도 크다는 소리였다.

"그 넓은 세계에서 일어날 갖가지 모험과 퀘스트 전부를 사람이 짜 넣을 수는 없는 법입니다."

"후우……."

마르코의 입에서 다시 한번 한숨이 흘러나왔다. 이번엔 담배 연기도 함께였다.

"알고 있네. 그래서 슈퍼 A.I인 라무스에게 세계관을 짜는 일을 맡겼었지."

"예. 기본적인 역사와 틀은 저희가 디자인하되, 그 안의 세세한 부분은 라무스에게 일임했습니다. 게임의 큰 줄기는 저희의 시나리오대로 흘러가겠지만, 그 사이사이에 돋아난 잔가지는 하나부터 열까지 라무스가 채워 넣었죠."

미드 온라인에서는 하루에만 수백만 개의 퀘스트가 새롭게 갱신된다. 마을 청년이 짝사랑하는 여자에게 편지를 전달해 주기를 부탁하는 소소한 퀘스트부터. 도시에서 오크 부락을 토벌할 모험가를 구하는 퀘스트. 강력한 몬스터를 잡아주기를 원하는 퀘스트까지 매일같이 쏟아져 나온다.

하루에 수백만 개의 퀘스트를 사람의 머리로 짜낼 수는 없는 법이다.

"미드 온라인은 이미 또 하나의 세계가 되었습니다. 저희가 게임에 함부로 개입할 수 없는 이유이기도 하지요."

게임의 기본적인 통제권은 페가수스 사에서 쥐고 있다. 그 사실에는 변함이 없다. 하나 이제는 호랑이 등에 올라탄 상태다. 기호지세, 즉 역사와 같은 큰 줄기를 함부로 비틀지는 못한다는 뜻이다. 역사를 바꾼다는 것은 대륙에 존재하는 수억 NPC들의 기억을 바꾸는 일. 당연히 쉽지 않은 일이고, 그 과정에서 버그라도 발생하면 문제가 이만저만이 아니다.

"흐음. 한마디로 필요한 설정이었다. 이 말인가?"

"예. 물론 상식적으로 생각해 보면…… 유저들을 위한 설정은 아니었을 거라 생각합니다."
"당연히 그렇겠지."
누가 스탯을 5천 이상, 6천 이상이나 쌓을 수 있겠는가.
"그건 우리가 당초 기획하고 있던 30년 서비스 계획의…… 후반에나 될까 말까 한 수준이니까."
"맞습니다. 그러니까 즉……."
말을 멈춘 짐 박사의 머릿속으로 한 남자의 얼굴이 떠올랐다. 세계적인 회사의 사장과, 천재 과학자를 눈앞에 두고도 제 할 말을 다하던 대한민국이라는 나라의 당찬 청년.
"카이, 아니, 미스터 한이 비정상적인 겁니다."
"그야…… 그렇겠지."
이미 페가수스 사에서는 카이라는 존재를 재단하는 것을 포기했다. 그의 게임 플레이는 24시간 교대로 모니터링되는 중이었으나, 그 누구도 그의 성장을 막을 수는 없었으니까.
"이렇게 된 이상 어쩔 수 없군."
비서가 가져다준 재떨이 위에 시가를 올려놓은 마르코가 두 손을 모았다.
"기도나 하지."
회사의 중역들이 서로의 눈치만 살피고 있자, 눈을 감고 있던 마르코가 버럭 소리쳤다.
"아, 뭣들 하고 있어! 미스터 한이 제발 더 이상 콘텐츠를 소모하지 않도록 다들 기도나 하게!"

일명 기도 메타. 그것이 페가수스 사에 모인 세기의 천재들이 할 수 있는 유일한 대처 방안이었다.

"일시적이라."

초월자의 격이 유지되는 것은 버프 스킬이 걸려 있을 때. 즉, 신성 폭주와 블레스가 걸려 있을 때뿐이었다.

'이건 위험해.'

카이는 레벨을 올려야 된다는 확신을 가졌다.

'뮬딘교는 저주로도 유명한 곳. 뮬딘 또한 그렇겠지.'

그렇다면 천에 하나, 만에 하나의 경우까지 생각해야 한다. 만약 뮬딘이 상대의 스탯을 떨어뜨리는 스킬을 사용할 수 있다면?

'남은 2주 동안 레벨을 최대한 많이 올려야 해. 레벨을 올려서 얻은 포인트는 모두 신성에 투자한다.'

결심이 서자 행동은 자연스레 빨라졌다. 카이가 연공실을 나서자, 입구를 지키고 있던 성기사 두 명이 그에게 정중하게 목례했다.

"성혈단주님을 뵙습니다."

고개를 들어올린 성기사들의 시선이 카이에게 향했을 때.

그들의 눈이 세차게 흔들렸다.

'뭐…… 뭐지? 성혈단주님에게서…… 아무런 기척도 느껴지지 않는다.'

'그 위대하고 강대하던 기운은 전부 어디로……? 아니, 지금은 위대한지는 잘 모르겠는데…….'

성기사들이 저도 모르게 한쪽 무릎을 꿇었다.

깜짝 놀란 것은 오히려 카이였다.

"아니, 왜들 이러십니까?"

"죄, 죄송합니다. 저도 제가 왜 이러는지는 잘…… 그저 존경심이 들어서 예를 갖추고 싶었을 뿐입니다."

'갑자기……?'

따지고 보면 바뀐 것이 없지는 않다. 아니, 오히려 연공실에 들어가기 전과 후는 굉장히 많이 바뀌었다.

'그러고보니.'

스페셜 칭호, 초월자.

내용 : 인간의 한계를 뛰어넘는 자에게 주는 칭호.

효과 : 초월자의 격을 갖추게 됩니다. 그 어떠한 현상에도 구속되지 않는 초월의 힘을 얻게 됩니다.

'초월자의 격이라.'

저들에게 있어 현재 자신은 신이 보낸 성자. 딱 그렇게 보일 것이다.

'함부로 돌아다닐 수는 없겠어.'

카이는 사제복의 후드를 덮어쓰며 입을 열었다.

"그대들의 앞날에 빛이 함께하기를."

늘 인사말처럼 건네던 덕담인데도 불구하고, 두 성기사는 눈시울을 붉혔다.

"아아, 이토록 성스러운 축복은…… 처음 받아봅니다."

"성혈단주께서 신이 내린 사자라는 소문이 사실이었어."

감동에 겨워하는 두 사람을 뒤로한 카이는 곧장 아르칸 아카데미로 향했다. 초월자의 격을 얻었으니, 헬릭에게 이것저것 물어볼 것이 있었기 때문이다.

"이 시간이면 헬릭 님이 어디에……."

학원의 정원을 거닐면서 헬릭과 라샤를 찾아다니기를 잠시. 저 멀리서 알버트 교황이 사제와 성기사들을 이끈 채 헐레벌떡 달려왔다.

"허억, 허억……."

숨이 턱 끝까지 차오른 알버트는 카이의 앞에서 거친 숨을 몰아쉬었다. 여전히 후드를 뒤집어쓰고 있던 카이가 빤히 쳐다보자, 알버트는 숨을 고르며 입을 열었다.

"엄청난 신성력의 유동을 느끼고 이리 달려오게 되었습니다. 실례지만 어디서 오신 귀인이신지……?"

"아…… 전 또 뭐라고."

괜히 머쓱해진 카이가 후드를 넘겼다.

"접니다, 교황님."

"……카이 님?"

카이가 가볍게 목례를 건네자 사제와 성기사들이 탄성을 뱉어냈다. 그들은 지금 당장에라도 한 쪽 무릎을 꿇어 극상의 예를 갖추고 싶은 것을 억지로 참았다. 아무리 성혈단주를 향한 존경심이 생겨난다지만, 그들은 교황의 직속 호위대였으니까.

"잠깐 못 뵌 사이에…… 무언가가 크게 바뀌셨군요. 혹 깨달음이라도 얻으신 겁니까?"

"예. 운이 따랐습니다."

카이가 겸손하게 말하자, 알버트가 감탄했다.

"카이 님에게서 성자의 기운이 흘러나옵니다. 성경을 보면 초대 교황이신 시미즈 님께서는 걸음을 옮기실 때마다 주변 사람들의 마음속에 존경심을 심었다는 구절이 나오는데, 오늘 카이 님을 보니 그 구절이 떠오릅니다."

"과찬의 말씀이십니다. 그보다 잠시 둘이서 대화를 좀 나눌 수 있을까요."

"물론입니다."

알버트 교황이 눈빛으로 부탁을 하자, 눈치 빠른 사제와 성기사들이 멀찍이 떨어졌다.

"대체 그동안 무슨 일이 있으셨던 겁니까. 저는 정말 깜짝 놀랐지 뭡니까."

알버트의 신발을 쳐다보던 카이가 은은한 미소를 지었다.

"예? 그게 무슨…… 이런!"

그제야 자신이 색이 다른 짝짝이 신발을 신고 있다는 사실을 깨닫게 된 알버트가 부끄러움에 얼굴을 붉혔다.

"이건 신전에서 그, 급하게 나온다고 그만……."

"저 아직 아무 말도 안 했습니다? 하하하."

알버트 교황은 허탈한 웃음을 지으며 말을 이어나갔다.

"혹 카이 님께서는 천사가 되신 것입니까?"

"그건 아닐 겁니다. 사실 제가 어떤 존재가 되었는지는 저도 자세히 모릅니다. 그래서 헬릭 님을 뵙고 여쭤볼 생각에 이곳에 왔습니다."

"아하, 그렇군요. 헌데…… 헬릭 님을 뵙는데 왜 이곳에 발걸음을 하셨는지……?"

'아차.'

말실수를 했다는 것을 깨달았다. 아직 알버트 교황은 헬릭과 헬리자베스가 동일 인물이라는 것을 모르니까.

"이런, 말실수를 했군요. 제 말은 이곳에 들렀다가 헬릭 님을 뵈러 천계에 방문할 생각이었다는 뜻이었습니다."

"이해합니다. 저도 나이가 들수록 말실수가 잦아지더군요. 오늘도 라샤와 헬리자베스를 보러 오신 겁니까?"

"네. 찾고 있었습니다만 안 보이네요. 혹시 두 사람이 오늘도 밭에 갔습니까?"

"아닙니다. 아까 지나가다 우연히 마주쳤는데, 오늘은 도서관에 가는 것 같았습니다."

"도서관이라, 알려주셔서 감사합니다."

"별말씀을요. 깨달음을 얻으신 것을 다시 한번 축하드립니다. 저도 남기신 발자국을 부지런히 따라가겠습니다."

교황의 사람 좋은 미소를 뒤로한 카이는 도서관으로 향했다. 아직 학기가 시작하기 전이라 그런지 도서관은 조용했다. 입구 부분에 사서가 한 명 있을 뿐이었고, 대륙 각지에서 공수한 희귀한 책들이 수만 권이나 비치된 넓은 도서관에는 단 두 명의 소녀만이 있었다.

아무도 없는 도서관이지만 입구에 '정숙'이라는 단어가 쓰여 있기 때문일까. 헬릭과 라샤가 귓가에 대고 소곤거렸다.

"아이, 진짜! 그 부분은 시험 범위에 안 나온다니까?"

"그걸 그대가 어떻게 아느냐?"

"교수님이 설명해 주셨잖아. 솔직히 말해. 너 수업 시간에 졸았지?"

"아, 아니거든……."

"그런데 이걸 왜 기억 못 해? 바보야?"

"바보라고 말하는 사람이 바보이니라."

"생각해 보니까 너 그때 좋았어. 나 확실히 기억났어."

"아, 아니라니깐…… 믿어다오……."

일시적이지만 얻게 된 초월자의 감각 때문일까. 입구에서도 두 사람의 소곤거리는 목소리는 매우 선명하게 들렸다.

오늘도 사이가 좋은 두 사람에게 천천히 걸어가자.

헬릭과 라샤는 누가 먼저랄 것 없이 고개를 돌렸다.

"이 기운은……."

"신!? 아…… 그건 아닌데."

동시에 카이의 얼굴을 확인한 두 소녀의 얼굴에 놀람이 가득 차올랐다. 카이를 바라보는 두 소녀의 눈에는 호기심과 신기함이 가득했다. 먼저 입을 연 것은 라샤였다.

"축하드려요, 카이 님."

"감사합니다."

"신기하네요. 초월자를 직접 본 건 몇백…… 아니, 몇천 년 만이었더라?"

그녀가 한참이나 고개를 갸웃거리고 있자, 뒤늦게 정신을 차린 헬릭이 소리쳤다.

"무, 무야!"

깜짝 놀란 표정으로 자리에서 일어난 헬릭이 카이의 주변을 다람쥐처럼 몇 바퀴나 맴돌았다. 그 모습을 물끄러미 내려다보던 카이가 물었다.

"왜 그러세요?"

"아니…… 그대가 너무 바뀌어 버려서."

시무룩한 표정으로 의자에 털썩 주저앉은 헬릭이 어깨를 축 늘어뜨렸다.

"초월자가 되면 굳이 타인의 사도를 안 해도 되잖느냐."

"그래도 계속할 건데요?"

카이가 아주 당연하다는 목소리로 말하자, 헬릭의 귀가 토끼처럼 쫑긋쫑긋 움직였다. 고개를 휙 들어 올린 그녀의 눈동자가 해변가의 모래알처럼 반짝거렸다.

"저, 정말이느냐? 그대는 이제 인간으로 치부할 수 없는 존재인데도?"

"네."

"종의 한계 때문에 신격을 획득하지는 못했다지만, 초월자의 격이라면 능히 천계의 거주민이 될 자격이 있느니라. 경우에 따라서는 그대를 믿는 사람들을 거느릴 수도 있는…… 그런 존재가 되었는데도?"

"무슨 상관인가요. 내가 사도하겠다는데."

왈칵! 의리 그득한 발언에 헬릭이 또르르 눈물을 흘렸다.

"그대여! 믿고 있었느니라!"

카이의 다리에 찰싹 달라붙은 헬릭이 매미처럼 울었다.

'아니…… 안 믿었으니까 시무룩하셨던 것 아닌가.'

카이는 헬릭의 머리를 쓰다듬으며 의자에 앉았다.

"사실 초월자의 격이라고 해도, 일시적인 것에 불과해요."

"일시적? 무슨 뜻인가요?"

헬릭과는 달리 침착한 라샤의 질문에, 카이는 블레스 상태를 해제했다.

[초월자의 격이 사라집니다. 신체 밸런스에 약간의 부조화가 일어납니다. 모든 신체 감각이 약간 무뎌집니다.]

신성 스탯이 6천 밑으로 떨어지자, 당연한 소리지만 초월자의 격이 사라졌다.

'흠. 심지어 칭호까지?'

자신에게 주어졌던 스페셜 칭호, '초월자'마저 잠금 상태로 전환된 상태였다. 즉, 칭호를 잃어버린 건 아니지만 효과를 적용 받을 수는 없다는 뜻이었다.

"아아……!"

백 번의 말보다는 한 번의 행동. 카이를 유심히 관찰하던 라샤가 탄성을 뱉어냈다.

"축복을 통해 일시적으로 신성을 끌어올리셨군요. 그렇게 초월자의 반열에 들어서신 거구요."

"맞습니다. 굳이 말하자면…… 반쪽짜리 라고 봐야지요."

"반쪽이라…… 사실 저는 그것만으로도 충분히 대단하다고 생각해요. 진심으로요."

라샤가 배시시 웃으며 진심 어린 목소리로 말했다.

"그렇게 생각해 주시니 감사합니다. 하지만 뮬딘을 상대하기에는 여러모로 부족하겠죠. 이런 상태로는 말입니다."

뮬딘의 이름이 나오자 헬릭의 울음이 뚝 그쳤다. 카이의 다리를 미련 없이 놓아준 그녀는 조용히 의자에 앉더니, 볼에 바람을 불어넣었다.

"그 녀석은 상대방을 괴롭히는 것에 특화가 되어 있는 녀석이니라. 신성력을 감소시키는 방법을 알고 있을지도 몰라."

"예, 그래서 수련을 떠날 생각이에요."

"또 가느냐?! 이번에는 얼마나 오래 떠나는 것이냐……."

"2주입니다. 그 뒤에는…… 담판을 지을 생각입니다."

"2주……."

입안에서 몇 번이나 중얼거린 헬릭의 눈동자로 약간의 걱정이 떠올랐다.

"싸운다는 생각은 여전히 변함이 없느냐? 위험할 텐데."

"……진심으로 하시는 말씀이세요?"

카이가 그녀의 눈동자를 빤히 쳐다보며 물었다. 이에 허둥

지둥 당황한 헬릭이 변명을 늘어놓았다.

"솔직히 뮬딘 녀석이 원하는 것은…… 결국 권력이니라. 나는 사실 권력에 대해서 잘 모르기도 하고, 큰 욕심이 없느니라. 대화만 통한다면…… 무차별적인 파괴만을 일삼지 않는다면 어느 정도 선에서 평화롭게 끝낼 수도……."

"하아……."

'짐 박사의 말이 맞네.'

헬릭은 절대로 뮬딘을 이길 수 없을 것이라는 말. 뜬금없지만 카이는 지금 그 말의 진정한 의미를 깨달았다.

'너무 무르셔.'

무르다, 헬릭은 타인을 대하는 데에 있어 항상 여지를 남겨둔다. 어쩌면 그것은 일종의 기대감일지도 모른다. 대화를 통해 상황을 풀어갈 수 있을 것이라는 희망.

'하나 그것도 상대가 상대일 때의 이야기지.'

뮬딘의 머릿속에 평화 따위는 들어 있지 않다. 만약 그가 대화를 시도할 마음이 있었다면, 일만 년 전부터 헬릭의 뒤통수를 칠 계획을 세우지는 않았을 것이다. 진작 대화를 통해 헬릭을 구슬리고, 원하는 것을 넘겨받았겠지.

'하지만 그의 욕심은 너무 크다.'

대화를 통해 끌어낼 수 있는 것은 전부가 아니다. 기껏해야 상대방이 '양보'를 해주는 것 정도를 넘겨받을 수 있을 터. 때문에 뮬딘은 대화를 시도하지 않았다. 어차피 그 정도로는 본인이 만족하지 못할 것이라는 것을 알고 있으니까.

그가 원하는 것은 All or Nothing. 전부 혹은 제로다.

자신의 모든 것을 한 번에 배팅한 녀석이다.

'그런데 이제 와서 대화? 평화라고?'

카이가 단호하게 고개를 흔들었다.

"뮬딘은 절대로 대화를 시도하지 않을 겁니다."

그 말에는 라샤 또한 전적으로 동의했다. 그녀는 걱정스러운 눈빛으로 헬릭을 힐긋힐긋 쳐다보며 말을 이어나갔다.

"이건 카이 님의 말이 맞아. 내가 생각하기에도 뮬딘은 절대 평화로운 방법을 택하지는 않을 거야."

"……나의 기대가 너무 큰 것일까."

"예. 기대도 상대를 보고 가져야 하는 겁니다. 뮬딘은 그런 종류의 기대를 받기에는 적절하지 못한 인물이고요."

"하지만 소중한 사람들이 다칠 것이다. 그건 싫은데……."

헬릭이 카이를 쳐다보고, 라샤를 쳐다봤다. 그녀의 머릿속에는 땅의 신도들과, 생명체들에 대한 생각도 떠올랐다.

"그대의 계획은 뮬딘을 중간계로 끌어내리는 것이잖느냐."

"예. 천계에서는 싸움이 성립되질 않으니까요."

"이 땅에 수많은 피가 흐를 것이야."

"감수해야죠."

카이는 일말의 망설임도 없이 대꾸했다.

"그걸 최대한 줄이는 것 또한 저의 의무입니다."

"나는 그렇다 쳐도, 그대는 정말 괜찮겠느냐. 뮬딘에게 패배한다는 건, 여태까지 그대가 쌓아 올린 것들이 모래성처럼 무너질 수도 있다는 것을 의미한다만."

카이는 피식 웃으며 헬릭의 정수리를 쓰다듬었다.

"걱정하지 마세요. 저, 헬릭 님과 처음 만났을 때의 풋내기 아닙니다."

많은 시간이 지났고, 많은 경험이 쌓였다.

"뮬딘이 원하는 것은 결국 천계의 일인자 자리. 나아가서는…… 주신의 후계자 자리일 겁니다."

"응."

"현재 천계의 일인자는 헬릭 님이시죠?"

헬릭이 살짝 죄스러운 표정을 띠우며 대꾸했다. 자신에게 주어진 역할에 비해 하는 것이 없기에, 결국은 이런 사달이 난 것이라 믿고 있겠지.

"헬릭 님은 잘못한 거 하나도 없습니다. 그런데 요즘 세상이 참 이상해요. 가해자보다 피해자들이 더 끙끙거리며 제 잘못이 무엇인지 되짚어 보더라고요."

잘못되어도 한참 잘못되었다. 가해자가 당당하게 고개를 들고 다니고, 피해자는 고개를 숙이고 다닌다. 겉만 보면 누가 잘하고, 잘못했는지 도저히 구분이 안 갈 지경이다.

"그러지 마세요. 항상 당당하게 고개 들고 다니세요."

"하지만 내가 조금 더 지혜로운 신이었다면……."

"달라지는 건 없었을 거예요. 그게 가능했다면 헬릭 님의 아버지인 주신이 진작 해결했겠죠."

타인의 마음을 바꾼다는 것. 그건 사실 불가능에 가까운 일이다. 옆에서 아무리 생쇼를 해도, 생각과 마음가짐은 결국 본인 스스로 고쳐야 하는 것이니까.

"저에게 미안한 마음을 품지도 마세요. 오히려 제가 더 죄송하니까."

헬릭을 미끼로 뮬딘을 끌어낸다. 그것이 작전이었으니까.

어떻게 보면 헬릭을 위험에 노출시키는 행위다.

'어찌 보면 뮬딘에게도 이것은 마지막 기회일 거야.'

그가 세워놓았던 대부분의 계획은 자신이 망가뜨렸다.

뮬딘은 중간계에 있는 자신의 세력, 뮬딘교를 위협할 수 있는 이종족들의 멸망을 바랐다. 하나 결과적으로 카이는 그들을 모조리 살려냈다.

'비장의 한 수였던 드래곤들까지 아군으로 회유시켰지.'

아마 뮬딘 입장에서도 지금의 상황은 많이 답답할 것이다. 일만 년이나 기다려왔던 열매가, 떨어질 생각은커녕 익지도 않았으니까.

'그러니까 여기서 등만 떠밀어주면 돼.'

조무래기들을 이용할 생각하지 말고, 네가 직접 해결하라고. 헬릭을 이용해 메시지를 보내면 그 또한 어떤 식으로든 답을 할 것이다.

'물론 그전에 움직일 수밖에 없는 상황을 만들어야겠지.'

이미 계획은 모두 세워두었다.

"너무 걱정하지 마세요. 다 잘될 겁니다."

카이는 자신을 걱정스러운 눈길로 바라보는 그녀에게 미소를 지어 보였다.

"아하. 그럼 또 수련을 하러 가셔야겠네요?"

"네, 그래서 당분간 게임에서는 못 만날 것 같아요."

유하린과 사귀게 된 이후, 두 사람은 종종 현실에서도 밥을 먹었다. 단순히 집에서 밥을 해먹는 것이 아니라 지금처럼 제법 분위기 있는 레스토랑에서 식사를 하는 것이었다.

'이게 데이트…… 라는 거겠지.'

평생을 모태 솔로로 살아온 정우였지만 이게 무엇인지 정도는 알고 있었다.

"저는 괜찮아요. 현실에서 보면 되니까요."

유하린은 배려심이 참 많은 사람이었다. 정우는 그것이 고마웠지만, 내심 미안하기도 했다.

'연애 초기에는 원래 데이트도 팍팍 다녀야 할 텐데…….'

게임의 일들이 바빠서 그녀에게 온전히 집중을 못 하고 있었으니까.

"일 다 끝나면 진짜 잘해야겠다……."

"네?"

"아, 아무것도 아니에요."

말을 얼버무린 정우가 와인으로 목을 축였다.

"그런데 수련 장소는 생각해 두셨어요? 레벨이 높으셔서 웬만한 장소에서는 사냥하기 힘드실 텐데…… 그렇다고 마계에 다시 가면, 또 한 달 동안 못 돌아올 수도 있잖아요."

"네, 그래서 대신 생각해 둔 장소가 있어요."

"어딘지 여쭤봐도 돼요?"

유하린이 묻자, 정우가 낮은 웃음을 흘렸다.

"혹시 암흑의 대지에 있던 뮬딘교의 사원 기억하세요?"

"아, 저희가 마계에 가기 전에 들렀던 곳이요."

"네. 거기가 뮬딘교에서는 나름 중요한 거점이었을 거예요. 그래서 주변에 뮬딘교도들도 그렇게 많았고, 사원도 규모가 제법 컸던 거겠죠."

"음…… 하지만 지금은 적들이 얼마 없을 것 같은데요."

“제가 원하는 건 사제나 성기사들이 아니에요.”

그 규모의 사원이라면, 반드시 관리자가 있을 것이다.

‘뮬딘교의 본단. 그곳의 위치만 알아내면 돼. 당연히 본단에 거주하는 이들은 숫자도 많고, 레벨도 높을 거야.’

게다가 그곳에는 아트록 추기경이 있다.

‘그것들을 싹 다 지워 버리면, 뮬딘도 더 이상 뒷짐 지고 구경만 할 수는 없을 거야.’

원래 개를 때리면, 그 주인이 나서는 법이니까.

129장
분리수거

"그럼 다녀올게요."

아르칸 아카데미에 위치한 도서관을 나선 카이가 뒤를 돌아보며 싱긋 웃었다. 두 명의 소녀가 보내오는 염려의 눈길에 괜스레 발이 무거워졌다.

"다치지 말거라."

"위험하다 싶으면 허겁지겁 도망치세요."

누누이 말했지만, 두 사람의 걱정은 때때로 좀 과하다. 허나 자신을 깔보려고 하는 말이라는 것을 잘 알기에, 카이는 마음 한구석이 따뜻해지는 것을 느꼈다.

"예. 제가 도망치는 건 자신 있거든요. 그러니 너무 걱정하지 마세요."

카이는 고사리 같은 손을 흔들며 인사하는 두 소녀를 잠시 쳐다보더니, 몸을 돌렸다. 그 순간 시야가 바뀌었다.

"흐읍…… 하아."

숲의 공기가 카이의 폐로 스며들었다. 허나 대부분의 숲이 뿜어내는 이슬 젖은 냄새나, 새벽의 냄새는 나지 않았다.

"여긴 정화되려면 아직 멀었나 보네."

암흑 지대의 베이스캠프 그곳에 카이가 모습을 드러냈다. 베이스캠프에 모여 있던 사람들의 시선이 한곳으로 쏠렸다.

"야, 맞지?"

"맞아. 어떤 정신 나간 녀석이 흉내낸 것이 아니라면."

"갑자기 여긴 또 무슨 일이지? 여기서 사냥하면 레벨도 잘 안 오를 텐데."

시선의 끝에는 당연한 말이지만 카이가 있었다. 이제는 그가 입고 있는 의상이 사제복이라는 것을 누구나 안다. 하나, 그가 사제라고 무시하는 이는 누구도 없었다.

"그러고 보니…… 트러블이 일어나지 않을까?"

"무슨 트러블?"

"오늘 흑룡도 와 있고, 리미트리스 애들도 와 있지 않아? 물론 둘 다 카이에게는 덤빌 생각도 못 하겠지만."

이야기를 나누던 동료가 황급히 그의 입을 틀어막았다. 아무리 명성이 예전 같지는 않다고 하나, 그들은 여전히 세계 8대

길드다. 소속된 세력이 크지 않은 일반 유저들이 안주 삼아 씹기에는 주변에 듣는 귀가 너무 많았다.

"미쳤냐? 조약돌처럼 깔린 게 세계 길드 녀석들인데."

"크, 크흠. 조심해야겠네."

"조심하기에는 벌써 늦었고."

옆에서 들려오는 껄렁한 목소리에 두 유저가 고개를 돌렸다. 푸석푸석한 금발의 머릿결을 자랑하는 시원시원한 이목구비의 여인. 불량한 표정으로 껌을 씹던 리미트리스 길드의 마스터, 캐서린이 그들을 내려다보았다.

"히, 히익……!"

"그, 그게 아니라요."

"다 들었는데 아니긴 뭐가 아니야. 야, 너도 들었지?"

리미트리스 길드의 부마스터인 리로드도 가볍게 고개를 끄덕였다.

"상대도 안 된다고 하는 걸 들었습니다."

"아니, 생각할수록 얼탱이 빠지네. 너네 나 알아?"

"아, 아뇨."

캐서린은 그것만으로도 분이 풀리지 않았는지, 괜히 한쪽 다리로 바닥을 쿵쿵 밟았다.

"니네 시바, 무도가 정신 모르냐? 결투장에서 이기고 지고의 결과는 그 뭐냐. 무도가의 페어플레이 정신 때문에 아무렇지도 않거든? 안 쪽팔리다고."

"그…… 그렇군요."

일장연설을 늘어놓은 캐서린은 꼴 보기도 싫다는 듯 손을 휘저었다.

"알았으면 꺼져."

"여기 저희 자리……."

"안 꺼져?"

캐서린이 눈을 부라리자, 짐을 챙겨 황급히 도망갔다.

"짜식들이 말이야."

캐서린은 그제야 그들이 앉아 있던 자리에 쏙 앉았다.

그 모습을 쳐다보던 리로드가 어깨를 으쓱였다.

"비켜달라고 하시지, 이런 방법을 써야만 했습니까?"

"뭐래. 내가 쟤들한테 나 뒷담 까라고 시켰냐? 지들이 먼저 잘못한 거지."

이러나저러나, 결국 만석이던 카페테라스의 목 좋은 자리를 얻게 된 캐서린이 콧김을 뿜어냈다.

"그런데 리로드, 네가 생각하기에도 그래?"

"뭐가 말입니까."

"그…… 내가 덤빌 생각도 못 할 것 같냐고. 카이한테."

"거기에 관해서라면……."

리로드의 말끝이 흐려졌다. 아랫사람이라면 간언보다는 충언을 일삼아야 한다고 생각하는 그였지만 캐서린은 꼭 충언할 때마다 히스테리를 일으켰다. 이번에도 마찬가지겠지.

'하지 못할 말이라면 그냥 입 다무는 게 나아.'

리로드가 모아이 석상처럼 입을 꾹 다물자, 캐서린이 어처구니없다는 표정을 지었다.

"허, 얘 좀 봐라? 너 나 무시해?"

"아뇨."

"근데 왜 대답 안 해."

"애초에 그걸 왜 묻습니까. 본인이 제일 잘 알면서."

"아씨…… 몰라. 너 앞으로 말 시키지 마. 짜증 나니까."

신경질적으로 고개를 돌린 캐서린은 베이스캠프를 그대로 걸어 나가는 카이를 쳐다보았다.

'나쁜놈. 결투장 관리는 내가 다 하는데, 챔피언 매치에 도전도 못 하게 하고…….'

스페셜 칭호인 챔피언. 모든 스킬 레벨을 하나씩 올려주는 그 꿀 같은 칭호를 빼앗긴 것은 여전히 아쉬웠다.

"길 가다가 돌 밟고 넘어져서 코나 깨져…… 히이잇!"

저주를 퍼붓는 순간, 고개를 획 돌린 카이와 눈이 마주친 캐서린이 비명을 내질렀다. 그녀는 황급히 테이블 위에 널브러져 있는 잡지를 세워 제 얼굴을 가렸다.

"야, 야. 혹시 이쪽으로 걸어오고 있냐?"

"누가요."

"누구긴! 카이지."

"아뇨. 그냥 가던 길 가는데요."

"그치? 그냥 우연이겠지?"

아무리 귀가 좋아도 이 거리에서 중얼거린 것을 들었을 리가 있나. 그런데도 쫄아서 이렇게 호들갑을 떨다니. 캐서린은 리로드의 눈가를 스치는 한심함을 놓치지 않았다.

"어어? 이 녀석…… 고용주한테 보내는 눈빛 보소."

"너무 예민하게 반응하지 마세요. 늘 보내던 눈빛이니까."

"……그래?"

"예."

평소에도 한심하게 쳐다봤을 뿐이지만.

캐서린을 가볍게 설득시킨 리로드가 에스프레소를 홀짝이며 중얼거렸다.

"그런데…… 카이 말입니다. 뭔가 분위기가 좀 변한 것 같지 않습니까?"

"너도 그렇게 느껴?"

슬며시 잡지를 내려 눈을 빼꼼 내놓은 캐서린이 대꾸했다.

'확실히 뭔가 변했어.'

이 먼 거리에서 보는 것만으로도 느껴질 정도다.

'뭐지? 뭐가 변한 거지……?'

단정 지어서 말할 수는 없다. 허나, 하나는 알 것 같다.

'절대로 덤벼선 안 돼.'

사실 결투장에서 그와 맞붙었을 때, 심지어 그에게 패배했을 때조차 캐서린은 그를 두려워하지 않았다.

'내가 일대일로 졌으면 졌지, 기죽을 위인은 아니거든.'

실제로 길을 가다가 카이랑 시비라도 붙으면, 패배가 예정되어 있더라도 코뼈에 주먹을 날릴 정도의 용기가 있었다.

"그런데…… 지금은 안 나거든."

캐서린은 위기를 눈앞에 뒀을 때, 심장이 오히려 차가워지는 타입이었다. 그래서일까, 그녀는 차분한 눈빛으로 카이의 뒷모습을 쳐다봤다. 예전에도 그를 대하는 것이 꺼려지기는 했다. 하나 그때는 이유가 있었다.

'나한텐 지켜야 할 것이 많으니까.'

우선 리미트리스라는 길드. 그것이 있기에 혼자서 움직이는 카이에게 밉보이면 좋을 것이 없다고 '생각'을 했다. 그를 꺼려하는 데에는 그만한 '이유'가 선행되었다는 소리다.

하지만 지금은 아니었다. 아무런 이유도 없이, 어떠한 본능이 그녀에게 경고하고 있었다. 그와 함부로 엮이지 말라고. 될 수 있으면 멀리 떨어져 있으라고.

예전엔 쳐다보면 목이 아픈 나무였는데, 지금은 쳐다보면 목이 달아나는 나무가 된 상태였다. 다행스럽게도 캐서린은 자신의 감이 뛰어나다는 것을 알고 있고, 이를 십분 활용하는 타입이었다.

"야, 짐 싸."

갑작스러운 명령에 리로드가 눈만 끔뻑거렸다.

"갑자기 무슨 짐입니까. 애들이 다 준비해 놨을 텐데."

"철수할 짐 싸라고."

"예? 오늘 길드 단합 사냥하는 날 아닙니까. 암흑 지대에 위치한 던전에 대한 정보도 비싼 돈 주고 사셨으면서."

"아, 그놈 참 말 많아? 됐으니까 짐 싸라고."

"밑에 애들도 다 모여 있습니다. 한가한 애들도 아니고, 수백 명이 스케줄을 비우는 게 여간 힘든……."

"그냥 회식이나 가자."

"오늘 아침만 해도 결투장에만 있으니 좀이 쑤신다고, 빨리 몬스터 패고 싶다고 하시던 분 아닙니까?"

"몸 찌뿌둥한 건 나중에 필라테스랑 요가로 풀면 돼."

리로드는 묘하게 서두르는 캐서린을 빤히 쳐다보더니 마지못해 고개를 끄덕였다.

"뭐…… 마스터가 원하신다면."

말을 내뱉는 그의 시선이 다시 한번 카이에게 향했다. 이제는 작은 점이 되어 암흑 지대의 숲속으로 자취를 감추는 그의 모습이 시야에 들어왔다.

저벅, 저벅.

카이는 암흑 지대의 어두운 숲속을 홀로 걷고 있었다.

지난번엔 유하린이 함께였지만, 지금은 혼자다.

'이곳에서 골리앗과 싸웠지.'

그뿐인가, 스팅과도 싸웠다. 당시의 기억이 떠오른 탓일까, 카이의 심장 박동이 묘하게 빨라졌다.

"음."

사원에 도착한 카이는 근처의 부쉬에 몸을 숨겼다. 사원의 주변에는 뮬딘교도들이 분주히 돌아다니는 중이었다.

"역시."

이곳의 장소는 이미 자신과 유하린에게 발각되었다. 여태까지 뮬딘교의 성격을 본다면, 꼬리가 밟힐 만한 일은 절대 하지 않을 것이다.

'그럼에도 불구하고 이곳에 다시 사람을 보내 관리한다?'

행동이란 상대방의 생각이 드러나는 행위다. 카이는 이것으로 뮬딘교 수뇌부의 생각을 읽어낼 수 있었다.

'이곳을 버리지 못할 특별한 이유가 있구나.'

프스슥. 카이가 부쉬를 헤집으며 나타나자, 정적이 땅거미처럼 내려앉았다. 사원 주변을 분주히 돌아다니던 사제와 암흑 기사들이 뚝하니 멈춘 것이다.

흐읍, 흐으읍.

그들이 뱉어내는 숨소리만 가느다랗게 들려오는 숲속에서.

스읏.

카이의 눈동자가 왼쪽에서 오른쪽으로 살짝 굴러갔다.

서걱!

그 어떤 예비 동작조차 없이 상대방을 벨 수 있는 한없이 자유로운 검. 무형검.

가장 선두에 서 있던 암흑 기사는 반응조차 하지 못한 채, 자신의 목덜미를 어루만졌다.

"어……? 피가 왜…… 어? 뜨거워? 왜……?"

털썩!

죽기 직전까지, 공격당했다는 사실조차 알려주지 않는 수준의 쾌검(快劍).

동료가 쓰러지자, 모두의 시선이 빠르게 카이를 향했다. 카이는 뒷짐을 진 상태였기에, 적들의 생각이야 뻔했다.

"기, 기습……!"

"습격이다! 카이가 세력을 이끌고 쳐들어왔다!"

"훗."

딱 예상한 만큼의 모습을 보여주는 적들이다. 일사불란하게 움직이는 적들은 척 보기에도 혼란에 빠진 상태였다.

'세력 따윈 없어. 그저 잠깐의 혼란이면 충분해.'

그리 길지 않아도 된다. 잠깐, 아주 잠깐이면 충분하니까. 말없이 바라보던 카이는 그제야 천천히 발걸음을 옮겼다.

"암흑 기사들은 최대한 녀석을 막아! 자료와 대사제님들의 대피를 우선시 한다!"

이단심판관이 철퇴를 높이 들어 올리며 소리쳤다. 그 순간, 그의 옆에서 뜨거운 숨결이 불어왔다.

'뜨거운 바람……? 여긴 암흑 지대의 숲인데?'

불안함을 느낀 이단심판관은 옆을 보지도 않은 채, 냅다 철퇴를 휘둘렀다. 결과적으로 그 행동은 정답이었다. 객관식 문제였다면, 동그라미를 받았을 정도로 정확한 해답.

"하지만…… 삶이라는 건 객관식 문제가 아니더라고."

제 머리통보다 커다란 철퇴를 한 손으로 가볍게 받아든 카이가 중얼거렸다.

우드드득.

단순히 악력만으로 철퇴에 금이 갔고, 이내 수천 조각이 되어 깨져 나갔다.

"옳은 선택지를 골라도 힘이 있냐, 없냐에 따라 결과가 바뀌더라고."

카이는 이단심판관의 투구 너머로 비치는, 공포에 사로잡힌 눈동자를 직시했다.

"그게 뮬딘교가 걸어왔던 길이잖아? 강력한 힘으로 약자를 핍박하는 거."

허공에서 밝은 빛을 뿜어내며 생성된 성검이 그대로 이단심판관의 목덜미를 물어뜯었다.

"그러니까…… 나도 한번 해보려고, 그거."

455레벨의 이단심판관이 쓰러지는 데 걸린 시간은 단 2초. 사원의 바깥을 지키고 있던 마지막 암흑 기사가 실 끊어진 인형처럼 쓰러졌다.

"흠."

주변에는 이미 백이 가볍게 넘는 시체들이 쌓여 있는 상황. 적들을 실컷 유린한 뒤 돌아온 네 개의 창은 카이의 등 뒤를 조신하게 부유했다.

"……뭔가 좀 찜찜한데."

여전히 음침한 기운이 흘러나오는 사원을 쳐다보던 카이가 중얼거렸다. 하나 여기까지 온 이상 물러날 수는 없었다. 게다가 크게 방심만 하지 않는다면, 자신이 위험에 빠지는 일은 없을 것이다.

사원 입구로 들어서자 초월자의 감각이 발휘되었다.

'423명. 많기도 하네.'

사원 전체에 골고루 퍼뜨려져 있는 생명의 기운이 하나씩 느껴졌다.

"우선…… 아래쪽부터."

카이는 사원을 들어서자마자 보이는 커다란 구멍으로 몸을 날렸다. 일전에 자신이 4중첩의 태양광자포로 지하까지 뚫어 놓은 구멍이었다.

'역시 지옥문이 목적이었나?'

뮬딘교도들은 사슬로 감아놓은 지옥문을 조사하는 중이었다. 카이가 땅에 착지하기도 전에, 그를 따르던 네 개의 창이 먼저 출수했다.

쐐애애앵!

머리맡으로 전투기가 지나가는 듯한 소리가 연달아 터지더니, 여기저기서 비명이 튀어나왔다. 카이는 적들의 비명을 귀에 담지 않았다. 태연하게 지옥문 쪽으로 다가갔다.

"일단 파괴해 둘까."

뮬딘교가 마계로 통하는 문을 소유하고 있는 것은 영 찜찜했으니까. 게다가 마르코 사장과 짐 박사에게 부탁도 받았던 참이었다. 그들은 마계가 일찍 공개되는 것을 꺼려하는 눈치였다.

'이걸로 빚 하나는 달아놓는 셈이네.'

카이의 검지 끝에서 한 줄기의 빛이 뿜어져 나왔다.

콰르르르르릉!

지옥문은 물론이고, 뒤쪽의 기둥과 벽까지 완전히 소멸시킨 카이는 다시 구멍 위쪽을 쳐다봤다.

'지난번에는 탐험할 시간이 없어서 곧장 이곳으로 왔었지.'

하지만 이 사원은 지하와 지상이 공존하는 형태의 건물이다. 그리고 초월자의 감각에 의하면, 지하보다는 지상에 위치한 생명의 숫자가 훨씬 많다.

'아마 대사제라는 녀석도 위층에 있겠지.'

생각을 정리한 카이의 신형이 솟구쳤다. 순식간에 구멍을 빠져나온 카이는 사원의 복도를 걸으며 계단을 찾았다.

"찾았다! 이쪽이다!"

"죽여서 위층으로 가지 못하게 막아!"

중간중간 그를 방해하는 뮬딘교도들이 우르르 몰려왔지만, 그들의 공격은 카이의 옷깃조차 스치지 못했다.

"음?"

사원의 위층을 돌아다니던 카이가 미간을 찌푸렸다.

'기분 나쁜 문.'

마계로 향하는 지옥문과는 성질이 약간 다르다. 그곳에서 느껴지던 기운이 순수한 악(惡)이었다면, 이 문에선 끈적끈적하고 불쾌한 기운이 느껴졌다.

문을 열고 내부로 들어선 카이의 눈이 커다래졌다. 굉장히 넓은 공간에는 수백 개의 시험관이 놓여 있었다. 알 수 없는 액체가 가득 찬 시험관에는 다양한 생물들이 들어 있었다.

"놀, 오크, 고블린, 그리핀…… 잠깐, 오우거까지?"

카이가 안쪽으로 들어섰지만, 시험관들의 앞에 있던 뮬딘교의 연구원들은 신경 쓰지 않고 연구를 계속해 나갔다.

"B4와 E12의 세포 결합 실험 시작합니다."

"기록 측정 시작."

그들의 태연자약한 모습에 카이가 기운을 뿜어냈다.

"……모두 정지."

그 명령에 연구원들이 일순 행동을 멈추고 그를 쳐다봤다. 하지만 그것도 잠시 다시 고개를 돌려 하던 일을 계속했다.

"잠깐, 내 말이 안 들리……."

가까이 있던 연구원의 어깨를 잡아당긴 카이가 숨을 삼켰다. 살아 있는 이라면 누구나 가지고 있어야 할 생기(生氣). 연구원의 눈동자에는 생기가 깃들어 있지 않았다.

"세포 합성…… 트롤의 피와 오크의 근육을……."

마치 기계처럼 중얼거리던 연구원은 카이의 손아귀에서 힘이 풀리자, 다시 연구를 속행했다.

'뮬딘교, 너희들은 대체 어디까지……'

카이가 이빨을 꽉 깨물었다. 이들은 살아 있어도, 살아 있는 상태가 아니었다. 모든 이지를 강탈당한 채, 조종자의 명령만 따르고 있을 뿐. 인형 같은 존재가 되어버린 것이다.

'이런 시험관들에서 아마 몬스터를 만들어내는 거겠지.'

아오사와 자탄 그리고 할리와 같은 강력한 생명체들. 뮬딘교가 자랑하던 합성 몬스터의 출처가 밝혀지는 순간이었다.

잠시 그들을 쳐다보던 카이는 결국 결정을 내렸다.

'역시, 모두 죽이는 수밖에…….'

이지를 상실했다고는 하나, 뮬딘교를 위해 일하는 자들이다. 당연히 여태까지 셀 수도 없이 많은 악행을 일삼아 왔을 터. 성검을 꽉 쥐는 순간, 연구원 하나가 고개를 휙 돌렸다.

"죽일 텐가?"

갑작스러운 질문에 카이가 눈매를 찌푸렸다.

"뭐?"

"여기 있는 자들은 모두 나의 조종을 받는 이들. 뮬딘교와는 관계가 없는 일반인들이다. 그럼에도 죽일 텐가?"

"……결국 네가 원흉이라는 거네."

타인의 몸을 빌리는 기술, 한 번 겪어본 바가 있었다.

"여전히 직접 몸을 드러내진 못하고, 졸렬하게 남의 몸을 빌려 까부는구나, 아트록."

"큭, 그렇게 매도해도 상관없다. 스스로는 신중하다고 생각하는 중이니까."

뮬딘교의 추기경, 아트록. 그와의 두 번째 재회는 예상치 못한 상황에서 이루어졌다.

"아무리 네 조종을 받고 있다고 해도, 이들은…… 사람이 해선 안 될 짓을 저질렀어."

카이가 어딘가를 쳐다보며 중얼거렸다.

"실험 실패, 실험체 폐기."

실험이 실패했는지, 시험관에 들어 있던 액체가 모두 빠져나갔고, 들어 있던 몬스터는 쓰레기통으로 사라졌다.

"사람이 해서는 안 될 행동과 해도 될 행동. 그것을 정하는 건 누구지?"

그런 부분은 누군가가 정해주는 것이 아니다. 사회에서는 법이라는 강력한 수단으로 어느 정도 틀이 잡혀 있다. 하지만 그것을 제외하더라도, 사람이 스스로 생각할 수 있어야 한다. 자신의 행동이 인도적인 것인지, 반인도적인 것인지.

"내가 모시는 신, 뮬딘께서는 이를 허락하셨다. 나는 그 어떤 인간 왕국에도 소속되어 있지 않지. 마땅히 지켜야 할 법규도 없는 나에게 이것은 옳고 바른 일이다. 한데 네놈은 무슨 근거와 명분으로 나의 행동을 제재하려는 거지?"

"그걸 스스로 깨닫지 못한다면, 네놈과 할 말은 없어."

서걱!

카이의 성검이 연구원의 목을 그대로 베어버렸다. 뒤쪽에서 다시 한번 목소리가 들려왔다.

"흠, 생각했던 것보다 매정하군. 정말 베어버릴 줄이야."

아트록은 다른 연구원의 몸을 통해 말을 이어나갔다.

"주신께서는 빛과 어둠, 두 가지 형태를 만드셨다. 그중에 옳고 그른 것은 없어. 그저 다를 뿐이지. 너처럼 착해 빠진 녀석이 있다면, 나처럼 악한 녀석도 있다는 소리다."

"악한 건 상관없어. 내가 무슨 자격으로 뭐라고 하겠어? 다만…… 타인에게 피해를 주지는 말았어야지."

카이의 시선이 내부의 시험관들을 다시 한번 훑었다.

"사회란 혼자 살아가는 곳이 아니다. 그곳에 섞이려면 좋든 싫든 서로를 배려하고 양보해야 해."

"흠, 그것도 결국 너의 기준이 아니던가? 왜 자꾸 우리에게 자신의 기준을 강요하려 하지?"

아트록이 손을 휘휘저었다.

"되었다. 시답잖은 말다툼을 하고 싶은 건 아니었으니까."

"그럼 꺼져."

카이의 손가락이 빛줄기를 토해내자 연구원이 흔적도 없이 사라졌다. 하지만 어김없이 새로운 연구원이 태연하게 걸어오며 말했다.

"카이, 네놈에 대한 조사는 하나부터 열까지 정말 철저하게 이뤄졌다."

"그래서?"

"우리는 너에 대한 모든 것을 알고 있는데, 넌 우리에 대해서 잘 모른다."

아트록의 목소리에는 뿌듯함이 깃들어 있었다.

"이 차이가 결국 너를 무너뜨릴 것이다."

"백 번의 말보다는 한 번의 행동이야."

서걱!

다시 한번 연구원의 목이 잘렸다.

"의심해 본 적은 없나? 우리는 흔적을 남기는 것을 좋아하지 않아. 한데 왜 이곳을 다시 가동시켰을까?"

새롭게 등장한 아트록의 말에 카이는 멈칫했다. 그 부분은 스스로도 계속해서 의심해 오던 부분이었으니까.

"……나를 기다리고 있었구나."

"맞다. 널 위한 함정을 파놓고 기다리고 있었지."

연구원이 입꼬리를 말아 올리며 씨익 웃었다. 눈에는 그 어떠한 감정도 깃들어 있지 않았기에, 마치 시체가 웃는 것 같아 등골이 서늘해졌다.

"이미 느꼈겠지만 빠져나가기에는 늦었다."

카이는 그 말을 듣고 가볍게 감각을 집중시켰다.

'과연.'

주변에서 알 수 없는 마력의 흐름이 감지되었다. 이것은 과거 뮬딘교와 전쟁을 벌일 때, 텔레포트 능력을 강제시켰던 흐름과도 비슷했다.

"어떠한 방법으로도 사원을 빠져나갈 수는 없을 것이다."

"고작 내 발목을 몇 분 잡아놓겠다고 이런 함정을 준비했을 것 같지는 않은데?"

"그야 물론이다. 알아본 바에 의하면 모험가는 한 번 죽으면 사흘 동안 이 세계에 발을 들여놓지 못한다고 하더군."

현실의 24시간, 게임에서의 72시간. 그것이 사망한 플레이어가 부여받는 접속 불가 페널티였다.

"그 정도 시간이면 충분하지 않겠나. 뮬딘 님께서 헬릭의 신병을 구속하시기에는 말이지."

"……뭐?"

그 엉덩이 무거운 뮬딘이 직접 몸을 움직인다고? 그것도 자신을 배제시켜 놓은 상태로?

"할 수 있으면 해봐."

"그야말로 자신감이 넘치는군."

"무슨 일이 있어도 죽지 않을 자신이 있으니까."

"호오……."

알 수 없는 웃음과 함께 아트록이 입을 열었다.

"그럼 사흘 후에. 뒤바뀐 세상에서 만나도록 하지."

"그럴 일은 없……."

카이가 말을 이으려던 찰나, 지하에서부터 쿵쿵!

무언가가 터지는 듯한 굉음이 울려왔다. 눈을 가늘게 뜬 카이가 바닥을 내려다보자, 아트록이 설명했다.

"뮬딘 님께서 직접 지휘하고 힘을 쓰신 작전이다. 중간계 최강의 생물이라는 드래곤 로드조차 이 공격을 맞으면 살아남는 것이 불가능하지."

카이는 아트록의 말을 한 귀로 흘리며 스킬을 시전했다.

"영체화."

그 순간 카이의 몸이 반투명하게 변했다. 모든 물리 피해에 면역이 되지만, 마법 피해에는 2배의 피해를 입는 영체화 상태가 된 것이다.

'지금의 난 사실상 무적.'

왜냐하면, 현재 카이의 마법 저항력은 100%를 돌파했기 때문이다. 기존에 들어오던 대미지가 0이라면, 그게 2배가 되어도 마찬가지로 0인 법이니까.

"헛수고. 오히려 몇 없는 뮬딘교의 전력만 깎아 먹는 한 수가 되었어."

"끌끌, 분명 그대의 모든 것을 알고 있다고 하였는데……."

"그건 두고 보면 알겠지."

지하에서부터 터져 나간 사원이 붕괴되고, 바닥이 붕괴되며 카이의 몸이 허공에 붕 떴다. 솟구치는 어둠의 신성력이 시험관과 연구원들을 모조리 집어삼킬 때도 예상했던 대로 카이에게는 그 어떠한 피해도 들어오지 않았다.

"음?"

그 순간, 초월자의 감각으로 무언가를 느낀 카이가 몸을 돌렸다. 그의 시야에 잡힌 것은, 불길에 휘감긴 상태에서도 웃고 있는 연구원의 모습이었다.

"디스펠."

'뭐?'

의문을 느낄 새도 없이 반투명하던 카이의 몸이 다시 원래대로 돌아오기 시작했다.

'영체화의 쿨타임은 5분…….'

그 말은 즉, 연달아서 사용할 수 없다는 뜻.

"크하하하하!"

아트록의 광소가 귀를 뒤흔드는 것과 함께, 카이의 인상이 일그러졌다.

"끄으윽!"

어둠의 신성력이 옮겨붙은 전신에서 힘이 빠지고 고통이 느껴졌다. 그리 강한 강도는 아니었지만, 체력은 1초가 지날 때마다 쑥쑥 빠져나갔다.

'햇살의 따스함, 햇살의 따스함, 햇살의…….'

치유량보다 들어오는 대미지가 훨씬, 훨씬 더 높았다.

"햇살의 따스……!"

결국 스킬이 완성되기 직전, 어둠의 신성력이 한 번 더 폭발하며 사원을 터뜨렸다.

콰과과과광!

부서진 사원의 잔해가 하늘 높이 떠올랐다가 바닥으로 추락했고, 카이는 자신이 추락하고 있음을 깨달았다. 그의 등이 지하 5층, 지옥문이 존재하던 바닥에 닿는 순간.

우드드득!

기분 나쁜 소리와 함께 그의 생명력이 0에 도달했다.

삐이이-

캐릭터가 사망할 시 들리는 소리와 함께, 그의 눈앞으로 메시지가 떠올랐다.

[사망합니다.]

'……죽었다고? 내가?'

카이는 폴리곤 파편이 되어 흩어지는 자신의 몸을 제 3자의 입장에서 바라볼 수 있었다. 캐릭터가 사망한 플레이어는 이렇게 자신의 죽음을 객관적으로 바라볼 수 있게 된다. 주변에 자신을 부활시켜 줄 수 있는 사제가 있다면 다시 게임을 플레이할 수 있겠지만, 그게 아닌 이상 곧 강제적으로 로그아웃이 된다.

'모두에게 공평한 것은 목숨.'

강자도, 약자도 딱 하나의 목숨을 지니고 있다. 하지만 카이는 남들에게 없는 한 번의 기회가 더 있었다. 페가수스의 개발자들을 제외하고는, 그 어떤 유저나 몬스터도 알지 못하는 기회. 아무리 조사해도 나올 리가 없는 말 그대로 카이가 지닌 최후의 한 수라고 불릴 만한 스킬.

스멀스멀 폴리곤 조각이 되어 흩어진 카이의 파편들이 다시 하나로 모이기 시작했다. 이내 다시 사람의 형상을 만들어낸 폴리곤 조각에서 검붉은색의 기운이 넘실넘실 흘러나왔다.

[불사의 의지 스킬 발동되었습니다. 죽음에 저항합니다.]

[불사의 의지 스킬 효과로 전체 체력의 1%가 회복됩니다.]

[불사의 의지 스킬 효과로 5초 동안 불사(不死) 상태가 되며 모든 능력치가 10% 상승합니다.]

번쩍!

무너진 사원의 잔해들에 파묻혀 있던 카이가 눈을 떴다.

콰르르릉!

손을 휘저어 몸을 일으킬 만한 공간을 만들어낸 카이가 중얼거렸다.

"……재미있네."

이런 식으로 자신을 배제시켜놓고 헬릭을 직접 치겠다라. 뮬딘의 발상을 떠올린 카이가 낮은 웃음을 흘렸다.

신전의 내부는 어두웠다. 한 치 앞도 보이지 않는 칠흑의 공간 속. 옥좌에 앉아 있던 해골의 텅 빈 눈두덩에서 돌연 귀화가 피어올랐다.

"후우. 역시 뮬딘 님이시다. 미래를 내다보는 혜안은 매번 감탄을 터뜨릴 수밖에 없군."

해골, 아트록은 다시 한번 자신이 모시는 신을 찬양했다.

카이가 언젠가 암흑 지대의 사원으로 찾아올 것이라는 것.

뮬딘은 그것을 예상했고, 그를 위한 함정을 파놓았다.

'몬스터 합성 자료는 옮겨두었으니 피해가 없다.'

굳이 피해를 따지자면, 수백 명의 뮬딘교도들과 연구원들 정도다. 그가 모시는 신은 항상 이런 말씀을 전하셨다.

대를 위한 소의 희생은 언제나 필수불가결하다고.

'이번 작전에서 카이를 배제하는 것은 그들의 목숨 값에 비하면 엄청난 성과.'

스스로의 행위에 만족스러움을 느낀 아트록은 천천히 자리에서 일어났다. 용포 저리가라 할 정도로 고급스러운 로브 자락이 신전의 바닥을 쓸면서 지나갔다.

화륵, 화르륵!

그가 걸음을 옮기는 것과 동시에, 바닥과 벽에 달려 있던 횃불에 푸른색 불이 타올랐다. 자리에 우뚝 멈춰선 아트록이 자신의 주변을 천천히 돌아보았다. 그곳엔 교단의 최정예라고 할 수 있는 수백의 이단심판관과 대사제들이 바닥에 납작 엎드려 있었다.

"일어나라."

아트록의 날카로운 음성이 공기를 긁었다.

"우리들의 신을 모시러 갈 시간이다."

툭, 툭. 몸에 묻은 먼지를 털어낸 카이는 기침을 뱉어냈다.

"쿨럭, 쿨럭."

'여기가 지하 5층이었나…….'

지상 7층까지 세워져 있던 사원이 무너지면서 잔해가 그대로 그의 몸을 깔아뭉갠 것이다.

"정말 철저하게 준비했네."

그의 주변에는 사원을 이루고 있던 돌덩이들의 잔해와 파편으로 가득했다. 몸을 움직이기도 편치 않았고, 움직일 때마다 먼지 섞인 흙이 폐부로 들어와 그를 괴롭혔다.

"드래곤 로드라도 죽을 거라는 말…… 단순한 허풍은 아닌 것 같네."

그만큼 적들의 노림수는 날카로웠다. 자신이라는 사람을 완벽하게 파악해야만 짤 수 있는 작전이었으니까.

"내가 돌아올 것이라고 확신했다라…… 제법인데?"

사람은 스스로도 자신이 앞으로 어떻게 행동할 지 잘 모른다. 헌데 그걸 타인이 정확하게 예측을 한다?

'무서운 녀석.'

혀를 내두른 카이는 고개를 절레절레 저었다.

'우선 여기서 나가자.'

"조금 시끄럽겠지만 결국 힘으로 뚫고 나가야 하나."

카이는 전신의 힘을 끌어모았다. 이대로 내지르기만 하면 사원에는 다시 한번 대폭발을 일어날 것이 분명했다. 허나 그는 힘을 쏟아내기 직전, 돌연 힘을 갈무리했다.

'잠깐만…… 이건 혹시 엄청난 기회 아니야?'

그의 머리가 빠르게 굴러가기 시작했다.

'아트록의 말을 곧이곧대로 믿을 수는 없지만, 그는 뮬딘이 이번 작전에 직접 나선다고 했어.'

그 말은 즉, 뮬딘이 중간계에 제 발로 내려온다는 뜻. 카이가 고생스럽게 이런저런 준비를 한 것들이 소용없어진다는 뜻이었다. 하지만 그렇다고 기분이 불쾌하냐고 묻는다면, 그건 또 아니었다.

'오히려 잘된 거지.'

리스크도 없이 뮬딘이 호랑이 굴로 들어오는 셈이니까.

'아마 그는 지금 내가 죽었다고 생각하고 있을 거야.'

최대의 위험 요소인 자신이 배제된 지금, 뮬딘에게 걸리적거리는 것은 없었다.

'그렇다면…….'

카이가 빠르게 판을 짜기 시작했다.

'나는 이대로 죽어 있는 편이 쉽겠어.'

뮬딘을 의심 없이 지상으로 내려오게 만들려면, 자신은 지금처럼 '죽은 상태'여야 한다.

"하지만 헬릭 님에겐 귀띔해 드려야겠지."

카이가 폰을 꺼내 타자를 두드렸다.

페가수스 본사에는 비상이 걸렸다. 순식간에 각 부서의 팀장 이상 인선들을 소집한 마르코 사장이 입을 열었다.

"아무래도 우리의 기도는 실패한 것 같군."

모두가 입을 꾹 다물었다. 그거 진심이었냐는 말이 목 끝까지 올라왔지만, 이를 뱉어내는 간 큰 이는 없었다.

"아트록이 뮬딘교의 최정예들을 이끌고 아르칸으로 향하는 중이다."

"아트록……!"

"뮬딘교의 추기경?!"

이번에는 반응이 달랐다. 저마다의 입에서 경악 혹은 탄식의 목소리가 흘러나왔다.

"음. 아무래도 카이와 전면전을 펼칠 생각인가 본데…… 나와 짐 박사는 이번 싸움의 결과가 어떻게 나오느냐에 따라 게임의 방향이 완전히 달라질 거라고 본다."

"그야 그렇죠."

"만약 아트록이 이긴다면……."

솔직히 말하면, 페가수스 입장에서는 그것이 베스트다. 어쨌거나 뮬딘교는 게임 초반부터 흑막의 포스를 줄기줄기 뿜어내던 어둠의 세력. 일반 유저들 입장에선 그들의 등장이 갑작스러울지 몰라도, 개연성이 영 없는 것은 아니니까.

"대륙이 피에 잠기고, 낮보다는 밤이 더 길어지겠지."

"몬스터들의 레벨과 A.I도 향상될 겁니다. 뮬딘교에서 연구중이던 분야가 그거였으니까요."

"각 구역별로 새로운 필드 보스가 생기고, 던전들이 생길 테니까…… 솔직히 말하면 아트록이 이기는게 게임을 위해서는 더 낫겠군요."

팀장들이 내는 의견에 마르코가 천천히 고개를 끄덕였다.

"하지만 만약 카이가 이긴다면?"

그 질문에 모두의 입이 합죽이처럼 다물어졌다.

"짐 박사는 승률을 50:50이라고 보고 있더군. 카이가 이기면 그는 곧바로 행동에 들어갈 거야."
"그가 아트록을 이긴다면 그 다음 목표는 뮬딘이겠지요."
"만약 뮬딘교가 그렇게 사라져 버린다면…… 게임의 콘텐츠가 메말라 버리는 것 아닌가?"
"도합 수만 개의 메인, 서브, 사이드 퀘스트가 사라지는 건 사실입니다."
"으음. 어떻게 카이를 설득할 수 있는 방법이 없을까?"
마르코 사장이 답답하다는 표정으로 묻자, 짐 박사가 고민에 잠겼다. 한참을 고민하던 그가 고개를 돌렸다.
"한국에 다녀와야 할 것 같습니다."
"……이유는?"
"이 싸움의 결과가 어떻게 나오든, 저희는 카이의 도움을 받아야 하기 때문입니다."
"그게 무슨 소리지? 개발사가 유저의 도움을 받다니."
"우선, 카이는 더 이상 일개 유저의 수준이 아닙니다."
짐 박사의 단단한 음성에 회의실의 모두가 집중했다.
"지금 그의 인벤토리에 잠들어 있는 돈만 해도 5억 달러가 넘습니다. 저희 회사가 아무리 홍행 가도를 달리고 있다고 해도, 그만한 현금을 한 번에 내주는 것은 결코 쉬운 일이 아닙니다."
"그 부분은 동의하네. 게다가 결국 그 금액은 전부 골드로 이루어진 가상 화폐. 그만한 금액이 시장에 풀리면 결국 화폐의 가치가 떨어지게 마련이지."

그 또한 회사가 전부 끌어안아야 할 리스크다. 한 번 떨어진 화폐의 가치가 반등하리라는 보장은 없으니까.

"그가 보유한 자본금만 그 정도입니다. 그럼 인게임에서 그의 위치를 살펴보지요. 아르칸, 리버티아, 하베로스……."

짐 박사의 입에서 수십 개에 달하는 영지의 이름이 쏟아져 나왔다.

"……이하의 영지를 휘하에 둔 대공, 공왕입니다."

"흐음, 잘 이해가 가지 않는데. 그게 무슨 상관이지?"

"쉽게 말하자면, 그는 현재 라시온 왕국의 명실상부한 실세라는 점입니다. 만약 이번 싸움에서 아트록이 승리한다면, 뮬딘교는 본격적으로 활약하기 시작할 것입니다."

"음. 결국 대륙의 국가들이 나서야 하는 상황이 올 테고…… 카이의 힘도 필수불가결하다?"

"예. 더군다나 그는 뮬딘교의 천적이라고 할 수 있는 태양교의 실질적인 우두머리가 아닙니까."

"확실히 그렇게 들으니 사람이 제법 거대해 보이는군."

랭킹 1위, 수억 달러의 자본가, 공왕, 태양교의 우두머리.

그를 수식하는 단어들을 하나씩 나열해 보니, 저것이 단 한 사람을 가리킨다는 것이 믿겨지지 않을 정도였다.

"반대로 카이가 승리해도 저희는 도움을 받아야 합니다."

"뮬딘교를 너무 빨리 끝내지 말아달라는 부탁인가?"

"아뇨, 그 반대입니다."

"그 반대?"

마르코는 물론이고, 회의실의 모두가 눈을 크게 떴다.

"예. 중간계에서 가장 활발하게 움직일 수 있는 뮬딘교의 최대 전력인 아트록 추기경. 그가 사라진다면 결국 뮬딘교는 속 빈 강정이나 다름없게 되기 때문입니다."

"음…… 한 마디로 뮬딘교만으로는 메인 에피소드를 끌어갈 힘이 사라진다는 소리로군?"

"예. 이후 게임의 방향은…… 좋든 싫든 카이가 사전에 협의를 하고 디자인하는 형식으로 나아가야 할 것입니다."

말이 협의지, 결국 페가수스에서 카이의 의견을 적극 반영할 수밖에 없다는 소리였다.

본질을 꿰뚫어 본 마르코 사장이 힘없는 웃음을 흘렸다.

"이거야 원…… 회사의 꼴이 말이 아니로군."

"하지만 경우에 따라서는 잘된 걸 수도 있습니다."

"응? 그게 무슨 소리인가. 기존에 준비해 놨던 모든 시나리오가 다 날아갈 판에 오히려 더 잘된 것일 수도 있다니?"

"카이는 저희 미드 온라인의 대표적인 아이콘이 되었습니다. 그가 몰락하든, 여기서 더 높이 올라가며 비상을 하든. 저희는 그의 행동에 보폭을 맞춰야 한다는 뜻입니다."

"그러니까 구체적인 계획이 무엇이냐고 묻는 걸세."

마르코 사장이 진심으로 궁금하다는 표정을 지었지만, 짐 박사는 말을 아꼈다.

"그건…… 제가 카이를 만나 대화를 나눠본 뒤에 말씀드리도록 하겠습니다."

"뭔가 계획이 있긴 하군."

"예. 하지만 확신은 없습니다. 저희 쪽에서 그의 조건을 맞춰줄 수 있을지도 미지수고요."

"다녀오게."

마르코 사장이 한 큐에 OK사인을 보냈다.

"한국으로 가서 그 곰 같은 여우를 구워삶아 보게나."

그날, 짐 박사는 페가수스의 운명을 품에 안은 채 한국행 비행기에 올라탔다.

"호에에!"

헬릭이 돌연 비명을 지르자 라샤가 태연스레 물었다.

"왜? 간식 먹고 싶어?"

"웅! 먹을래…… 가 아니라, 라샤여! 큰일 났느니라!"

자신의 폰을 내민 헬릭이 호들갑스럽게 말했다.

"갑자기 무슨 일…… 어?"

그녀의 폰을 확인한 라샤의 표정이 덩달아 심각해졌다.

"이거 진짜야?"

"응. 카이에게서 온 문자니까 진짜일 것이다."

"아니, 갑자기 왜…… 아트록이 직접 온다고?"

"응. 경우에 따라서는 뮬딘도 올 수 있다고 하니라."

"돌아가자."

자리에서 벌떡 일어난 라샤가 헬릭의 손목을 붙잡고 딱딱한 목소리로 말했다.

"놈들이 이곳에 오기 전에 천계로 돌아가자. 그럼 아무 피해도 없을 거야."

"라샤여."

"중간계에서는 우리의 힘이 크게 약해진 상태이기에, 아트록…… 에게도 큰 피해를 입을 수가 있어. 천계로 돌아가서 상황을 지켜보다가, 안전해지면 그때 다시……."

"라샤여."

헬릭의 침착한 음성이 라샤의 두 귀를 흔들었다. 손목을 꽉 잡고 있는 라샤의 손을 부드럽게 쓰다듬으며 말했다.

"걱정하지 말거라. 걱정하는 일은 일어나지 않을 테니까."

"……네 일인데, 넌 어떻게 항상 이렇게 침착한 건데?"

라샤가 살짝 삐진 음성으로 중얼거리자, 헬릭이 배시시 웃으며 그녀를 꼬옥 껴안았다.

"그야 항상 나의 사람들을 믿기 때문이다."

"……카이 님이 뭐라고 하셨어?"

"연기를 해달라고 하는구나."

"연기?"

눈을 동그랗게 뜬 라샤가 이내 소리를 질렀다.

"말도 안 돼! 설마 카이 님이 너한테 미끼 역할을 해달라고 한 거야? 그렇게 안 봤는데……!"

당장에라도 카이에게 따질 기세였기에, 헬릭이 황급히 그녀를 말렸다.

"이미 동의했느니라."

"뭐? 넌 나한테 한마디 상의도 없이…… 왜 위험을 자처하는 건데?"

"말했잖느냐. 믿기 때문이라고."

헬릭이 부드러운 목소리로 말했다.

"나는 카이를 믿느니라, 그가 나에게 약속을 했으니까. 머리카락 한 올조차 다치게 만들지 않을 테니 도와달라고."

"……그래서 도와준다고?"

"응. 그는 여태까지 나에게 그 정도의 믿음을 주었으니까. 그 믿음에 믿음으로 보답하는 것이 도리가 아니겠느냐."

"어휴, 나는…… 난 모르겠어."

지친 라샤가 한숨을 내쉬며 고개를 절레절레 흔들었다.

"그래서, 아트록 그 녀석은 언제 온대?"

"지금 오고 있을 것 같구나."

"그렇게 빨리!?"

라샤가 침을 꿀꺽 삼키자, 헬릭이 그녀를 토닥였다.

"그대는 천계에 돌아가 있어도 되느니라. 이건 나와 뮬딘…… 태양교와 뮬딘교의 싸움이니까."

"말도 안 되는 소리 좀 하지 마."

"아얏!"

라샤가따콩! 벼락같은 꿀밤을 먹였다. 눈물이 핑 돈 헬릭이 서럽게 울먹거리며 두 손으로 제 머리를 문질렀다.

"왜, 왜 때리느냐……? 아프다아……."

"흥, 네가 먼저 잘못한 거거거든? 나한테 소중한 친구를 버리고 도망치라고 했으니까."

고개를 훽 돌리는 라샤의 표정은 누가 봐도 삐진 사람의 그것이었다. 이에 헬릭은 아픈 것도 잊은 채, 헤헤거리면서 라샤에게 다가갔다.

"화내지 말거라. 그대를 생각해서 건넨 말이었으니까."

"예의 차릴 거면 평소부터 잘하던가. 같이 쓰는 방 청소는 나 혼자 다 하거든?"

"그, 그건…… 노력해 보겠느니라."

“그것뿐만이 아니야. 물건 쓰고 나면 항상 있던 자리에 갖다 놓으라고 했지? 맨날 이상한 데에 던져놓고. 그리고 샤워 끝나면 수도꼭지 제대로 잠그라고 했어 안 했어? 왜 맨날 머리도 안 말리고 침대로 달려가는 거야? 감기 걸리고 싶어? 아, 맞아. 생각해 보니 숙제도 제때제때 안 하다가 제출 전날만 되면 나한테 도와달라고…….”

“으으으…….”

이어지는 라샤의 잔소리에 헬릭이 고개를 푹 숙였다.

‘카이여, 빨리 와서 구해다오…….’

지금만큼은, 뮬딘보다 라샤가 더 무서운 헬릭이었다.

발을 내딛는 것만으로도 주변의 모든 생기를 빨아들이는 죽음의 군세. 아트록이 이끄는 뮬딘교 최정예는 ‘어둠의 군단’이라고 불리었다. 역사책에서나 살필 수 있는 그들이 다시 등장했다는 보고에, 각국의 신경이 날카로워졌다.

“뭐? 어둠의 군단이라고? 그놈들이 갑자기 왜!”

“그건 뮬딘교가 자랑하는 최강의 군세 아닌가!”

“마법사와 레인저를 파견하여 동태를 24시간 감시하라.”

“무슨 일이 있어도 목적을 알아내. 어디로 향하는지, 무엇을 하고 있으며 뭘 먹는지까지!"

어둠의 군단은 모습을 드러낼 때마다 항상 작게는 도시 몇 개, 크게는 나라 하나까지 먹어치운 공포의 대상이었다.

이번에도 마찬가지였다. 대륙 중앙부에서 예고 없이 나타난 그들은 근처의 마을 서너 개를 몰살시키며 존재감을 여과없이 드러냈다. 이에 모든 권력자의 신경이 그쪽으로 쏠렸다.

뮬딘교를 상대하기 위한 국제기구, 어둠 추적자에 엄청난 힘이 실렸고 어둠 추적자에 소속된 '추적자'들이 어둠의 군세를 조용히 따르기 시작했다.

그들에 대한 정보가 속속들이 도착하는 것은 금방이었다.

"그들의 진군 방향은 라시온!"

"만약 어둠의 군단이 방향을 틀지 않고 쭉 나아간다면……."

"아르칸! 카이 대공의 영지인 아르칸이 나옵니다!"

발등에 불이 떨어진 것은 라시온이었다. 불과 얼마 전에 알데바란과의 전쟁을 마친 지금, 그들은 전쟁 때 입은 피해를 복구하는 중이었으니까. 이미 한 번 무너졌던 라시온의 북부 관문은 여태 지어지지 않은 상태였다.

결국 어둠의 군단은 코 한 번 풀지 않고 라시온의 땅에 당당히 발을 들여놓았다. 그들이 아르칸 영지에 도달하기 전까지 수많은 군대가 그들을 막아섰지만, 뮬딘교의 최정예를 상대하기에는 수준의 격차가 너무 높았다.

"교황님."

아르칸 아카데미의 사제와 성기사들이 침을 꿀꺽 삼켰다.

그들의 정체는 성혈단. 태양교 제일 무력집단이라 불리우는 자들로, 어둠의 군단이 출현하는 순간 곧장 아르칸으로 달려왔다. 일이 터지면 가장 먼저 아르칸 아카데미를 보호하라는 단주의 명령이 있었기 때문이다.

'아마 아르칸을 보호하라는 이유는 이곳에 교황님이 계시기 때문이겠지.'

'하지만 어둠의 군단을 우리만으로 막아낼 수 있을 런지…….'

물론 다른 국가에서도 부랴부랴 군대를 꾸려 지원을 나섰다는 이야기가 있다. 허나 현재 라시온 전역에선 텔레포트 마법의 사용이 불가했다.

"역사책에 나와 있던 수법입니다. 공간의 좌표를 뒤틀어 공간을 이동하는 모든 계열의 마법을 금지시키는 극악의 기술이지요."

"아르칸 아카데미는 수성하기에 좋은 성이 아닙니다."

"아직 적들이 당도하지 않은 지금, 빠르게 교황님을 모시고 남하하면서 시간을 버는 것이 낫습니다."

성혈단 내부에서도 여러 가지 의견이 오갔다. 가만히 이야기를 듣고 있던 알버트가 입을 열었다.

"카이 단주에 대한 소식은 여전히 없는가?"

"예, 안타깝지만…… 소식이 끊긴 지 이틀째입니다."

어둠의 군단이 엄청난 속도로 다가오는 이때, 카이와 연락이 되는 이는 아무도 없었다. 그것은 알버트로 하여금 엄청난 고민을 하게 만들었다.

'어둠의 군단이 굳이 아르칸으로 온다는 것은…… 역시 나 때문이겠지.'

대외적으로 태양교를 이끌고 있는 것은 바로 교황인 자신이었으니까. 아마 대륙 전체의 사기를 바닥까지 떨어뜨리려면, 교황인 자신을 죽이는 것이 최고의 방법일 것이다.

'카이 님도 그것을 알고 있기 때문에, 무슨 일이 터지면 항상 성혈단을 아르칸 아카데미로 보내는 거겠지.'

다름 아닌 자신을 지키기 위해서!

마음 씀씀이에 감동받은 알버트 교황이 결정을 내렸다.

"적들의 위치가 확인되지 않은 지금, 섣불리 성을 나가 남하하는 것은 위험한 판단이라고 생각됩니다. 어떤 결과가 나오든 이곳에서 수성을 하면서 시간을 끌어보지요."

지원군의 수는 어마어마하다. 시간만 끌어준다면, 적들은 자연히 공중분해될 것이다.

'솔직히 말하자면 굳이 이런 시기에 날 노리는 의도는 모르

겠지만……'

자신을 죽인다고 해서 믈딘교가 엄청난 이익을 얻는 것은 아니다. 물론 매우 강력한 경고가 될 수는 있다. 자신들이 돌아왔다고. 죽음의 군단이 역사 속에서 부활했다라는 메시지를 세계에 던지는 것이 될 테니까.

'어쩌면 이번 일을 계기로 믈딘교가 제대로 활약할지도 모르겠군.'

태양교의 전설, 광휘의 패트릭에 의해 몰살되었다고 알려진 어둠의 군단이 재창설되었다. 그 사실 하나만으로도 수많은 권력자들은 큰 충격에 빠졌을 터.

'내가 중요하겠군.'

자신이 그들에게 순순히 당해준다면 사람들은 패닉 상태에 빠질 것이다.

알버트는 무슨 일이 있더라도 버티겠다고 다짐했다.

'카이 님의 기대를 져버려서는 안 되지. 암, 그렇고말고.'

자신을(?) 보호하고자 하는 마음에 보답하기 위해서라도.

날이 밝았지만 하늘은 여전히 어두웠다.

"……기분 나쁜 구름이니라."

이불을 개고 있는 라샤를 뒤로하고 창문을 멍하니 쳐다보던 헬릭이 중얼거렸다.

"먹구름이네. 비는 안 올 것 같은데."

"모르지. 비 대신 더 우중충한 손님들을 데리고 올 지도."

헬릭의 뼈가 있는 말에 라샤가 눈을 깜빡였다.

"오늘…… 올까?"

"카이의 말이 맞다면 그럴 것이다. 사흘 내로는 무조건 올 거라고 했으니까."

그것은 상식적으로 생각해 보면 당연했다. 유저의 사망 페널티 시간은 사흘. 아트록은 오늘을 넘기면 카이가 돌아올 것이라고 생각할 것이다.

당연히 죽이 되든 밥이 되든 오늘 승부를 보려고 할 터.

"속은 괜찮아? 어제는 소화도 잘 못했잖아."

"으음, 소화제 먹을래……."

"기다려 봐."

큰소리는 다 쳐놓은 헬릭이었지만, 그녀는 막상 하루가 지날 때마다 긴장을 했다. 어제는 점심 때 먹었던 급식이 체한 것 같다며 소화제를 두 알이나 먹었으니까.

"너무 무리하지는 마."

"웅. 명심하겠느니라."

헬릭이 깊은 숨을 내쉬었다.

아트록. 그 이름은 헬릭의 머리에도 뿌리 깊게 박혀 있었다. 그는 벌써 수백 년째 뮬딘의 앞잡이 노릇을 하고 있는 뮬딘교의 기둥이었으니까.

"카이 님은 지금 어디쯤 계실까?"

라샤의 질문에 헬릭이 고개를 갸웃거렸다.

"그건 잘 모르겠느니라. 그런데…… 항상 지켜보고 있다고 말한 걸 보니, 근처에 있을 것 같으니라."

"근처라면 저쪽 산에서 내려다보고 계시기라도 한 건가?"

헬릭과 라샤는 이마를 창문에 딱 붙이고 카이를 찾았지만, 그의 모습은 보이지 않았다.

추적추적. 비가 내리기 시작했다. 이른 아침 시간인데도 불구하고 세상은 어두웠다. 비 오는 날 특유의 무거운 공기가 알버트 교황을 불편하게 만들 때쯤. 온몸이 비에 젖은 사제 하나가 문을 부술 듯한 기세로 열고 들어왔다.

"교, 교황님!"

"진정하게. 그래, 무슨 일인가?"

"어, 어둠의 군단이…… 모습을 드러냈습니다!"

사제의 보고에 알버트를 지키고 있던 성혈단의 눈빛이 차갑게 가라앉았다. 그들은 바닥을 두드리는 빗줄기보다도 차가운 눈빛으로 저마다의 무구를 정비했다.

"손님을 맞을 시간이군요."

"비록 초대하지 않은 불청객이긴 하지만."

"생각한 것보다 늦었네요. 라시온 국경을 통과한 게 엊그제 밤이라 들었는데."

뮬딘교는 태양교의 역사적 원수다. 두 세력의 싸움은 정해진 운명 같은 관계. 게다가 지금은 요인을 보호하고 있기에 싸움을 피할 수도 없는 상황이었다. 말 그대로 외나무다리 위에서 만난 것이나 마찬가지.

"악명이 자자했던 어둠의 군단이라, 기대되는군요."

"놈들을 있던 곳으로 돌려보내도록 하죠."

바로 그늘진 바닥 밑으로.

각자의 전의를 다진 성혈단들이 모든 준비를 마치고 신전을 철통처럼 호위했다.

우우웅!

그때, 끈적끈적한 기운이 아르칸 도시를 뒤덮었다.

"이 새끼들이……."

성혈단 내부에서도 아직 나이가 어린, 테페른이 이를 깨물며 발끈했다.

뮬딘교의 신성력으로 도시를 뒤덮는다는 것은 명백히 그들을 도발하는 것이었기 때문이다. 더욱 어두워진 창밖을 바라보던 알버트가 천천히 입을 열었다.

"……이 늙은이만 신경 쓰지 말고, 성혈단원들은 학생들과 교수진들의 보호에도 주의를 기울여주게."

"예. 이미 모두 강당에 모아놓고 보호를 하고 있으니 염려하지 마십시오."

성혈단원들은 프로라는 말이 걸맞게 효율적인 움직임을 보여주고 있었다.

300명으로 이루어진 성혈단원 중 50명은 강당의 보호. 100명은 성문을 수호하고 있었으며, 나머지 150명은 오로지 알버트 교황을 호위 중이었다. 그밖에도 아르칸 자체의 기사와 상비군을 동원하니 적들도 무시할 만한 숫자는 아니었다.

이대로 성안에서 버티기만 한다면 지원군이 와서 모든 것을 해결해 줄 것이다. 모두가 그렇게 믿고 있었다.

성벽 위를 지키고 있는 병사와 기사, 성혈단원들이 입을 꾹 다물었다. 허나 그것도 잠시, 비위가 약한 병사들 몇이 토악질을 시작했다.

"구웨엑!"

허나 그들을 다그치는 이들은 없었다. 당장 성혈단원들만 하더라도, 일그러진 얼굴을 하고 있었으니까.

"저런 천벌을 받을 짓을!"

"……역사가 옳았다. 악귀 같은 놈들이로군."

그들의 분노에 찬 반응과는 달리, 초원 위에 위치한 어둠의 군단은 태연해 보였다. 최정예 이단심판관과 대사제들로 이루어진 500명의 어둠의 군단. 뮬딘교가 자랑하던 무력 집단을 몇 세기 만에 완벽하게 복원시켜놓은 그들이었다. 하나 초원에는 500명이 아니라, 족히 1,500은 될 법한 사람들이 들어서 있었다.

"흐윽, 제발…… 제발 살려주세요."

"왜, 왜 이러시는 거예요…… 으어엉."

라시온 국경을 통과하고 거리낄 것이 없던 어둠의 군단이 생각보다 늦게 도착한 이유. 이유가 드러나는 장면이었다.

"성문을 열거라. 태양교에선 생명을 귀히 여기고 자비를 베풀라고 가르치지 않던가?"

태연스럽게 중얼거린 아트록이 손가락을 한 번 까딱거릴 때마다. 이단심판관들이 철퇴와 검을 휘둘렀다.

"끄아아악!"

"어윽…… 제, 제바알!"

정신이 또렷하게 박혀 있는 상태에서 팔다리가 박살 나고, 안면이 으깨져 나갔다. 그 생생하고도 잔인한 장면을 옆에서 눈 똑바로 뜨고 지켜보는 라시온 왕국의 백성들은 미치기 일보직전이었다.

자신의 차례가 다가올수록, 그들은 성벽 위에서 자신들을 쳐다보고만 있는 이들에게 소리쳤다.

"제발 살려주세요! 제발!"

"어흐흑, 죽기 싫어요……."

하지만 성혈단원은 물론, 기사들조차 그들의 애원에 응답할 수는 없었다. 현재 그들의 가장 큰 임무는 알버트 교황을 무사히 보호하는 것이었으니까. 그럼에도 불구하고, 그들의 가슴 속에 있는 정의가 그들을 계속해서 자극했다.

"흐음. 이 정도로는 자극이 약한가 보군."

고개를 천천히 끄덕인 아트록이 부하에게 물었다.

"인질은 몇 명 남았지?"

"942명 남았습니다, 추기경이시여."

"많이도 남았군. 앞으로 10초에 한 명씩 죽여라. 최대한 잔인하게."

"명을 받듭니다."

아트록은 의도적으로 자신과 이단심판관의 대화 소리를 증폭시켰다.

우웅, 우우웅.

마치 확성기가 울리는 것처럼, 그들의 대화 내용은 빗소리를 뚫고 아르칸 전체에 울렸다. 그가 이렇게 귀찮은 일을 시행한 이유는 간단했다.

'성벽 위의 조무래기들을 자극해 봤자 문이 열리지는 않겠지.'

결국 내부에 있는 헬릭이 직접 나서게 만들어야 한다.

그가 모시는 신인 뮬딘께서는 이렇게 말씀하셨다.

이 방법을 쓰면, 헬릭은 나올 수밖에 없을 것이라고.

'뮬딘 님의 판단은 틀리신 적이 없다.'

그러니 헬릭은 나올 것이다. 아트록은 편안한 마음으로 의자에 앉아 빗소리를 즐겼다. 어지럽게 떨어지는 빗줄기의 소리가, 그의 귀에는 클래식한 음악처럼 들렸다.

"추기경이시여."

부하의 말에 아트록이 고개를 들었다.

"무엇이냐."

"목표가 나타났습니다. 성벽 위에……."

아트록의 눈두덩에 푸른 귀화가 타올랐다. 그는 성벽 위로 자신의 시력을 집중시켰다.

"큭."

뼈로 이루어진 그의 입가에서 비틀린 웃음이 새어 나왔다.

"정말 무르구나…… 물러."

도대체 저런 멍청한 소녀가 어찌 뮬딘 님의 여동생인지 이해가 안 될 정도다.

"불쌍하고도 어리석은 태양의 신이여. 더 이상 그대를 지켜줄 사도는 없도다."

성벽 위에 모습을 드러낸 헬릭. 그녀를 바라보던 아트록이 즐거운 목소리를 뱉어냈다.

"자, 이제 어쩔 텐가."

알버트 교황은 큰 실의에 빠져 있었다.

"으음…… 무고한 시민들을 죽인단 말인가……."

성 밖의 적들이 인질들을 잔인하게 학살하고 있다는 보고를 받았기 때문이다. 심지어 적들은 아무것도 요구하지 않았다. 그저 시간이 될 때마다 인질을 죽일 뿐. 누구도 말을 하지 않았지만, 그 이유는 능히 짐작하고도 남았다.

'나를 부르는 거겠지.'

굳이 말을 하지 않아도 누구나 알 수 있는 상황이다. 이 상황을 모른 척 하고 신전에서 자신의 안위만 챙긴다?

알버트 교황이 눈을 꾸욱 감았다.

'옳지 못한 행동이구나.'

태양교의 성전에는 이런 문장이 실려 있다.

'약자를 보호하는 것은 강자가 되는 가장 빠른 길이다.'

자신의 신께서도 약자를 보호하라 말씀하셨다. 결국 알버트 교황은 눈을 뜨며 자리에서 일어났다.

"나가지요."

"안 됩니다!"

"교황님. 적들의 뻔한 수작입니다. 붙잡힌 인질들의 경우엔…… 이미 구하기엔 늦었습니다."

"아군이 땅에서 솟아나거나, 하늘에서 떨어지지 않는 이상 그들을 구하는 건…… 불가능합니다."

강한 반발이 이어졌다. 적들의 노림수가 뻔히 보이는 도발에는 걸려들 수 없다는 것이 성혈단의 입장이었다. 하나 알버트 교황은 단호했다.

"저들 또한 태양신께서 보살피는 어린 양. 부족하지만 태양교의 얼굴을 맡고 있는 입장에서 그들을 놓을 수 없네."

목숨을 걸어서라도 교황을 지켜야 하는 성혈단과, 자신의 신념과 믿음을 위해 위험을 무릅쓰려는 교황. 입장 차이는 쉽게 좁혀지지 않았다.

그때, 신전 입구가 소란스러워졌다. 가벼운 논쟁 때문에 피곤을 느낀 알버트가 얼굴을 쓸어내리며 물었다.

"또 무슨 일이 있는가."

"제가 알아보고 오겠습니다."

휘하의 사제 하나가 신전을 나가더니, 잠시 후 소녀 두 명을 데리고 들어왔다. 그녀들은 신전을 수호하고 있던 성기사들에게 단단히 붙잡힌 상태였다.

"아니, 저들은……."

단숨에 그녀들을 알아본 알버트 교황이 눈을 휘둥그렇게

떴다. 카이의 친척인 헬리자베스와 그녀의 절친인 라샤가 그들의 정체였으니까.

"아무래도 이 학원의 학생들 같은데…… 영 수상해서 말입니다."

그녀들을 포박한 성기사가 고개를 숙이며 보고했다.

"수상하다니? 대체 어떤 점이 말인가?"

"학생과 교수들은 안전을 위해 강당 쪽에 모아두었는데…… 이 소녀들이 돌연 강당을 뛰쳐나왔습니다. 그리고 성문 쪽으로 향하길래……."

그건 확실히 수상하다. 적들과 내통이라도 하지 않은 이상, 굳이 위험을 무릅쓰고 성문 쪽으로 갈리는 없으니까.

"그건 확실히 수상하군요."

테페른이 눈을 빛내며 두 소녀를 내려다보았다. 알버트가 손을 휘저으며, 살짝 무거워진 공기를 풀었다.

"다들 눈에 힘들 풀게. 저 소녀는 카이 단주의 친척일세. 나도 그녀들이 강당을 나온 이유는 모르겠지만, 적어도 그대들이 생각하는 일은 절대 아닐 거야."

"예? 다, 단주님의……?"

테페른이 당황한 표정으로 헬릭과 라샤를 번갈아 쳐다보았다. 그의 인생에서 가장 존경스러운 인물은 어느새 카이가 되어 있었다. 당연히 친척 또한 함부로 대할 리는 없었다.

"그녀들을 풀어주게."

성기사들이 단단히 잡고 있던 그녀들의 팔을 풀어주었다.

"이힝……."

붙잡혔던 손목이 꽤나 아팠는지, 코끝을 찡그린 헬릭이 고개를 휙 들어 성기사를 노려보았다.

'얼굴 기억해 뒀느니라. 나중에 카이에게 일러야지…….'

성기사의 얼굴을 똑똑히 기억해둔 헬릭이 시선을 알버트에게 던졌다.

"흠?"

그 시선에 알버트가 저도 모르게 흠칫, 몸을 떨었다.

'왜지?'

조그마한 소녀일 뿐이다. 헌데 그녀의 눈빛에는 알 수 없는 위엄이 깃들어 있었다.

"알버트 교황."

헬릭이 나긋나긋한 목소리를 뱉어내자, 옆에 있던 성기사가 주의를 줬다.

"이 녀석, '님' 자를 붙여야지."

혼이 난 헬릭은 다시 한번 입을 열었다.

"알버트 교황님."

"옳지, 잘했다."

성기사의 추임새에도 불구하고, 헬릭은 자신의 말을 꿋꿋하게 이어나갔다.

"잠시 독대를 나누고 싶습니다만."

"그건 불가하다."

나이가 제법 지긋한 성혈단원이 고개를 흔들며 나섰다.

"아무리 단주님의 친척이라고 할지라도, 교황님의 신변에 위험이 갈 만한 상황은 만들 수 없다."

헬릭은 말없이 알버트를 가만히 쳐다보았다.

'대체 왜…….'

그녀에게서 낯익으면서도 친밀한 감정이 느껴지는 걸까. 알버트는 혼란스러운 머릿속을 정리하다가, 입을 열었다.

"나와 그녀에게 5분만 주게."

"교황님!"

"아무리 어린 소녀라고 해도……."

"괜찮아. 내 늙었다고는 하나 젊었을 적에는 전장도 뛰어다녔던 몸일세. 이렇게 부탁하네."

그 사실을 모르는 이들은 이 자리에 없었다. 이전의 몇몇 썩어빠진 교황들은 그저 돈의 힘으로, 정치적 능력으로 교황의 자리에 올랐다. 하나 알버트는 평사제, 즉 바닥부터 시작하여 교황의 자리에 오른 입지전적인 인물. 모두가 존경하는 인물이 정중하게 부탁하자, 성혈단원들이 서로를 쳐다봤다.

"……무슨 일이 있으시면 바로 신호를 주십시오."

"딱 5분입니다."

"밖에서 기다리고 있겠습니다."

성혈단원들이 라샤를 데리고 신전을 나서자, 알버트 교황이 자리에서 일어나 헬릭에게 다가갔다.

"우리 꼬마 아가씨가 이 할아버지한테 무슨 말을 하고 싶었을까?"

옆집 할아버지처럼 인자한 웃음을 건넨 알버트는 앉아 있는 헬릭과 눈높이를 맞추며 물었다. 이에 헬릭은 시큰둥한 표정을 짓더니, 천천히 입을 열었다.

"알버트."

"……굳이 교황님이라고 부르기 싫으면, 할아버지라고 불러도 괜찮단다."

"할아버지라? 재미있구나. 내 그대가 기저귀를 갈 때부터 지켜보았거늘."

피식 웃음을 지은 헬릭이 자리에서 일어났다. 그러자 그녀의 눈높이는 쪼그려 앉아 있던 알버트보다 오히려 높아졌다.

"어른에게 그런 장난을 치면 안 된단다."

알버트가 그녀의 말을 이해하지 못하고 짐짓 엄한 표정을 지었다. 하나 헬릭은 이에 대꾸하지 않고, 그저 자신의 힘을 끌어올렸다.

우우우웅!

신전의 내부가 대낮처럼 하얗게 물들었다. 황급히 손을 들어 제 눈을 가린 알버트는 실눈으로 헬릭을 올려다보았다. 밝게 빛나는 신성력 덕분인지, 후광이 생긴 헬릭을 바라보는 건 좀처럼 쉽지가 않았다.

'잠깐, 이 신성력은…….'

하나 무언가를 깨달은 알버트의 표정이 심각해졌다. 그는 고개를 돌려, 신전 내부를 떠다니는 신성력의 입자를 가만히 쳐다보았다. 단순히 보는 것만으로는 참지 못했는지, 그는 손을 뻗어 그것을 만져보기까지 했다.

'정순하다…….'

여태껏 보아온 그 어떤 신성력보다도 정순하다. 자신이 보아온 사람 중 가장 깨끗하고 맑은 신성력을 보여줬던 것은 다름 아닌 카이였다. 하나 이 신성력은 그와 비교했을 때도 차원이 다르다.

사실 그건 당연한 이야기였다. 신성력이란 신이 품은 신념이 유형화된 물질이니까. 당연히 헬릭의 신성력은, 모든 차원을 통틀어 가장 정순한 '태양교'의 신성력일 수밖에 없었다.

화아아악!

신전을 가득 채웠던 성스러운 기운의 파도가 귀신 같이 사라졌다. 알버트가 도깨비에 홀린 사람마냥 멍해 있는 찰나, 그의 귓가로 익숙한 목소리가 파고들었다.

"역시 중간계라서 그런지 이 정도가 한계구나."

마치 어린 아이가 아빠의 목소리를 흉내 낸 것 같은, 조금은 우스꽝스러운 목소리였다. 하나 그 목소리를 듣는 순간, 알버트의 두 눈이 터질 것처럼 커다래졌다.

"이, 이 목소리는…… 설마?!"

"어…… 음, 반갑구나."

목을 가다듬으며 말을 건넨 헬릭이 알버트를 슬쩍 쳐다보았다. 그는 무슨 말을 하고 싶은 건지 몇 번이나 입을 벙긋거리더니, 겨우 말을 뱉어냈다.

"설마…… 설마 헬릭 님이십니까?"

차원이 다를 정도로 정순한 신성력. 거기에 더해 요즘은 뜸해졌지만, 자신이 어렸을 적부터 계속해서 계시를 내려주시던 '그분'과 똑같은 목소리.

알버트의 질문에 헬릭이 고개를 끄덕였다.

"웅, 나야."

헬릭의 말에 할 말을 잃어버린 알버트가 털썩, 바닥에 주저앉았다. 그의 머릿속에 있던 중후하고 카리스마 넘치는 태양신의 이미지가 우수수 무너져 내렸다.

"허, 허허…… 허허허!"

저도 모르게 헛웃음을 뱉어낸 알버트는 고개를 푹 숙이더니, 제 머리를 뒤로 쓸어넘겼다.

"정말이지…… 솔직히 아직도 믿기지 않습니다."

"그래도 믿거라."

"네, 믿겠습니다."

알버트가 부드러운 미소를 지으며 헬릭을 쳐다보았다.

'생각보다 너무 고분고분한 것 같다만…….'

그의 반응이 예상 외로 호의적이자, 두뇌를 300% 가동시킨 헬릭이 그를 떠보았다.

"그대를 속였는데 아무렇지도 않은 것이더냐."

"저는 헬릭 님의 외견을 믿고 따른 것이 아닙니다. 헬릭 님의 말씀과 생각, 그리고 저에게 주셨던 가르침과 무수한 지혜들. 그것을 믿고 따랐던 것이지요."

"그, 그렇구나."

뻘쭘해진 헬릭이 머리를 배배 꼬면서 입을 열었다.

"아무튼. 내가 정체를 공개한 이유는 하나다."

"경청하겠습니다."

"성벽 밖에서 아트록이 무고한 시민들을 죽이고 있구나."

"……그 소식은 어떻게 들으셨는지?"

"신이 되면 주변에 어떠한 일이 벌어지는지 정도는 알 수 있느니라."

알버트가 존경심에 가득 찬 눈빛으로 헬릭을 올려다보았다. 그 눈빛이 부담스러워진 헬릭이 슬그머니 고개를 돌리며 중얼거렸다.

"그 녀석들은 지금 나를 부르고 있는 것이다."

알버트의 표정이 단번에 심각해졌다. 그들이 노리는 것이 자신인 줄 알았으나, 아니었다는 것을 깨닫게 되었으니까.

"그들이 헬릭 님이 이곳에 있다는 것을 알고 계십니까?"

"뮬딘이 말해주었겠지."

"이럴 수가……."

"알버트여, 내가 성을 나갈 수 있도록 도와주려무나."

"말도 안 되는 소리!"

알버트가 저도 모르게 소리를 쳤다.

"까, 깜짝 놀랐잖느냐. 그리고 그건 반말이고……."

헬릭이 우물쭈물 중얼거리자, 알버트가 빠르게 고개를 숙였다.

"죄송합니다. 저도 모르게 그만…… 하지만 정말로 밖으로 나가시는 건 안 됩니다. 너무 위험합니다."

"알버트여, 나의 가르침은 모두 잊은 것이더냐."

그녀의 목소리에는 아주 약간의 노기가 묻어 있었다.

"그대가 23살 일 적, 파라얀 원정에 나섰을 때. 내 무어라 계시를 주었더냐."

"……한 마리의 몬스터를 더 죽이는 것보다, 한 평의 땅을 더 수복하는 것보다는 한 명의 아군을 더 살리는 것이 훨씬 위대한 업적이라 하셨습니다."

"나이가 들며 가르침들을 모두 잊어버린 것이더냐."

"아닙니다! 하지만…… 하지만 지금 성을 나서면 헬릭 님께서는……."

'죽습니다.'

알버트는 차마 그 말을 입 밖으로 꺼내지 않았다. 하나 그의 걱정을 충분히 헤아린 헬릭이 그의 어깨를 토닥였다.

"너무 걱정하지 말거라. 카이가 항상 보호하고 있으니까."

"카이 님이…… 근처에 계신단 말입니까?"

"웅. 이번에 묠딘을 끝장내기 위해서 숨어 있느니라."

어디 숨어 있는지는 잘 모르겠지만.

"그렇다면……."

"내가 나서줘야 적들도 방심을 할 터. 그래야 카이도 더 움직이기 쉬울 것이니라."

알버트가 다시 한번 존경의 눈빛을 보냈다. 신인데도 불구하고, 인간들을 위해 위험을 마다하지 않는 그녀의 희생정신에는 감탄을 금할 수가 없었으니까.

"대신 제가 직접 모시게 해주십시오."

"허락하겠느니라."

헬릭이 고개를 까딱였다.

"아 참."

그녀는 경고를 하는 것 또한 잊지 않았다.

"내 모습을 어디 가서 말하면 신벌을 내릴 것이니라. 신의 분노는 아주아주 무서운 것이야."

“흐음.”

아트록은 헬릭의 모습이 보이자 인질들을 학살하는 것을 멈추었다. 하나 그의 머릿속에 약간의 의문이 드리워졌다.

‘대체 뭘 믿고 저러는 것이지.’

지금 당장에라도 자신이 힘을 일으키면, 헬릭을 갈기갈기 찢어버릴 수 있을 것 같았다.

아니나 다를까, 명령이 떨어졌다.

[무엇을 하고 있는 것이냐. 기회가 왔을 때 끝내라.]

뮬딘의 명령이 초원을 울렸다. 악의가 넘치는 그의 목소리에 어둠의 군단은 무릎을 꿇었고, 성기사와 사제들은 두려움에 몸을 떨었다. 아트록 또한 무릎을 꿇으며 입을 열었다.

“소신이 마무리를 지어도 되겠습니까. 아니면 예정대로 직접 하실 것인지…….”

[……내가 아는 헬릭은 푼수 같기는 해도 저렇게까지 바보는 아니었다. 무언가가 석연치 않아. 그러니 우선 혼자서 진행하거라.]

“명을 받들겠습니다.”

아트록이 두개골을 초원에 딱 갖다붙이며 극상의 예를 갖췄다. 그리고 그 순간, 그가 제 손바닥을 쳐다보았다.

"……땅이 엉망이군."

물론 비가 오고 있는 중이긴 하다. 하지만 그것을 감안하더라도, 초원의 상태는 말이 아니었다. 마치 누군가가 한 차례 뒤집어놓기라도 한 것처럼.

'거사를 앞두고 예민해진 거겠지.'

아트록이 고개를 흔들며 땅에서 일어나려는 순간.

콰드득!

땅속에서 검이 튀어나와 그의 눈두덩을 찔렀다.

"음!"

아트록이 깜짝 놀라 뒤로 넘어지는 순간 여기저기서 비명소리가 터져 나왔다. 모두가 무릎을 꿇고 있었기에, 땅 속에서 튀어나온 기습에 미처 반응을 하지 못했던 것이다.

우드득, 우득.

기습을 마친 이들이 땅을 헤집으며 기어 올라왔다. 붉은색 귀화를 피어내는 그들의 정체는 50마리의 듀라한.

'잠깐, 듀라한이라고? 이건…….'

아무렇지도 않게 두개골에 박힌 검을 뽑아낸 아트록이 주변을 둘러보았다. 하나 어디에서도 카이의 모습은 보이질 않았다. 이에 아트록은 안도의 한숨을 내쉬었다.

'그래, 분명히 놈은 죽었다. 절대 나타날 수 없어. 이건 놈이

가짜. 즉 페이크 듀라한 군단에 불과하다.'

모험가는 한 번 죽으면 사흘 동안 모습을 드러내지 못한다. 그것이 주신이 새겨놓은 이 세계의 규율. 하지만 그것은 카이가 '죽었을 때'에만 성립되는 이야기이기도 하다.

'……그 공격에서 살아남았을 리가 없다.'

일반적으로는 없어야 맞다. 하나 알 수 없는 불안감이 아트록을 덮쳤다.

왠지 그놈이라면 자신과 뮬딘 님의 계획을 모조리 박살 내버린 그 녀석이라면 이번에도 예상을 깨고 살아남지 않았을까 하는 불안감이 그를 엄습했다.

번쩍! 우르르릉!

하늘이 열린 것처럼 비가 쏟아졌고, 그와 함께 번개가 내리쳤다. 번개의 속도는 일반적으로 100,000㎞/sec에 달한다고 알려져 있다. 하나 아트록의 일반적인 범주를 뛰어넘은 시력은 그 번개조차 훤히 들여다볼 수 있었다. 전자가 방전되며 번개가 생성되는 과정부터, 번개가 갈라지며 찰나의 위용을 뽐어내는 모습까지 모두 다.

"그런데…… 어째서……?"

아트록이 잘 돌아가지도 않는 목을 억지로 돌렸다. 그의 엄청난 시력으로도, 다가오는 것을 눈치채지조차 못한 존재가 있었다.

"그야 나는 번개보다 빠르니까."

우드득!

카이는 일련의 경고도 없이, 아트록의 목을 꺾어버렸다.

우드득.

아트록의 목이 꺾였다. 카이는 거기서 그치지 않고 성검으로 녀석의 허리를 그대로 양단했다.

'생각보다 쉽네.'

뮬딘교의 최고 권력자치고는 너무나도 쉬운 상대다. 오히려 잔뜩 긴장했던 맥이 탁하고 풀리는 기분.

그렇게 생각하던 순간 바닥에 떨어졌던 아트록의 두개골이 돌연 데굴데굴 구르기 시작했다.

"생각보다…… 성격이 급하군."

끊어진 허리를 잇고, 제 머리를 주워 다시 목 위에 끼워 넣은 아트록이 중얼거렸다.

"……뭐냐?"

"끌끌. 리치의 몸을 너무 우습게 본 것 아닌가?"

"뼈다귀 주제에 자존심은."

"나는 이걸 자신감이라고 부르지."

순식간에 피해를 복구한 아트록이 쓰고 있던 후드를 벗었다. 얼핏 보기에는 스켈레톤과 별반 차이도 없는 모습이었지만, 무언가가 달랐다.

'뼈의 모양이 다르네.'

딱 봐도 고레벨 몬스터라는 것을 말해주기라도 하듯, 뼈가 굉장히 화려했다.

"허리와 목을 끊었는데도 멀쩡하다라…… 아예 잘글잘근 가루로 만들어야 하나?"

"끌끌끌, 직접 실험해 보지 그러나."

능글맞은 웃음을 흘린 아트록이 하늘 위를 쳐다보았다.

"먹구름 위에 숨어 있었던 건가……."

"너를 관찰하기엔 그곳이 안성맞춤인 것 같아서."

"정말 궁금하군. 그 대폭발 속에서 어떻게 살아남았지?"

"내가 더 궁금한데. 어떻게 고작 그 정도 폭발로 날 죽일 생각을 품었지?"

카이가 만면에 미소를 띠며 아트록을 도발했다. 물론 허세였다. 실제로 감당하지 못하고 한 번 죽었으니까.

"흐으음……."

그것을 알 리 없는 아트록의 목소리는 잠잠해졌다.

"모험가라는 건 예상보다도 훨씬 대단한 존재인 것 같군."

"뭘 새삼스럽게. 그나저나 뮬딘 녀석도 참 감이 좋아."

그를 기다렸건만, 최후의 순간에 무언가 안 좋은 낌새를 느끼고 도망가 버렸다.

"오만하구나. 뮬딘 님께서 직접 행차하신다면 너 따위는 언제든지…….”

“그러니까 제발 행차 좀 해달라고. 나 따위는 언제든지 이길 수 있으니까. 쫄보가 따로 없어.”

본인을 비난할 때는 웃으며 넘기던 녀석이, 뮬딘을 거론하자 말투에 웃음기가 싹 빠졌다.

“그분의 행동은 네놈 따위가 예측할 수 있는 것이 아니다. 다 그분이 생각이 있어서…….”

“그래, 어찌됐든 좋아.”

카이의 성검은 어두운 초원에 위치한 유일한 빛이었다.

“서론이 길었다. 시작하자.”

“네놈은 한 번 당하고도, 여전히 오만하구나.”

아트록이 손가락을 튕겼다. 동시에 땅이 터지며 어둠의 신성력이 솟구쳐 올랐다.

“이미 싸움은 시작되었다는 것을.”

촤르르륵.

아트록의 말이 끝나기도 전에 카이의 소매에서 수십 다발의 신성 사슬이 튀어나왔다.

“흐읍!”

허공에서 몸을 비틀어 폭발의 범위에서 벗어난 카이는 곧장 신성 사슬을 휘둘렀다.

콰드드드득!

신성 사슬에 두들겨 맞은 땅이 뒤집어졌고, 그 위에 서 있던 아트록이 황급히 뒤로 물러났다.

'이번엔 놓치지 않는다.'

카이의 눈이 반짝였다. 자신은 여태까지 아트록을 총 두 번 만났었다. 하지만 두 번 모두 간접적인 만남이었을 뿐, 직접적으로 만나는 건 이번이 처음이었다.

'이번에 놓치면 또 얼마나 찾아야 다닐지 몰라.'

그러니 한 번 만났을 때, 반드시 끝을 본다.

이를 악문 카이가 착지하는 순간, 아트록이 손을 뻗었다.

"어둠의 세례!"

땅에서 촉수들이 솟아오르며 카이를 향해 쇄도했다.

"절대 영도."

카이의 손끝이 땅을 가볍게 터치했다.

쩌저적!

그 가벼운 손짓 하나가 수십 개의 촉수와 아트록의 발을 꽁꽁 묶어버렸다. 그것이 전부가 아니었다. 카이의 시선이 하늘을 향했다. 미친 듯이 쏟아지는 빗줄기를 바라보며 다시 중얼거렸다.

"절대 영도."

순간이지만 쏴아아아! 귀를 어지럽히던 빗소리가 멈췄다.

그리 길지는 않은 2초가량. 하지만 그 짧은 시간은 아트록의 입에서 침음을 끌어내기에는 충분했다.

"으음!"

얼어버린 빗방울은 하나하나가 날카로운 탄환이 되었다.

마치 유사 블리자드(Blizzard). 심지어 카이의 중력장을 통해 목표 설정까지 완벽하게 끝난 대단위 공격이었다.

"뼈 좀 시릴 거다."

타다다닥!

얼음의 탄환들이 아트록의 전신을 두드렸다. 아트록이 황급히 어둠의 방패를 생성해 보았지만, 생성되는 족족 얼음의 탄환이 이를 찢어발겼다.

"크윽!"

뒤로 물러날 수도 없었다. 발이 꽁꽁 얼어 버렸기에.

딱, 딱딱!

리치도 추위를 느끼는지, 턱뼈가 불규칙하게 부딪쳤다.

'지금이다.'

카이의 등 뒤에서 네 개의 창이 생성되었다. 생성과 동시에 쏜살같이 날아간 창들은 아트록의 팔다리를 박살 냈다.

"마치 고장 난 장난감 같구나."

바닥에 널브러진 뼈들을 바라보던 카이가 중얼거렸다.

"크, 크큭……."

허나 아트록은 웃음을 잃지 않았다.

"그대의 시야에는 코앞의 나무만이 보이는 모양이구나."

"뭐?"

뼈들이 땅을 구르며 그에게 되돌아갔다. 순식간에 모습을 복원한 아트록이 옅은 한숨을 내쉬었다.

"자고로 숲을 볼 줄 아는 자가 승부에서 이기는 법."

"……모르겠고, 생명력이 끈질기다는 것 정도는 알겠네."

"너는 날 죽일 수 없다."

아트록이 어깨뼈를 들썩거리며 웃었다.

"나의 영혼함을 부수지 않는 이상, 나의 생명력은 무한하기 때문이다."

"……영혼함."

카이가 저도 모르게 중얼거렸다. 확실히 영혼함에 대해서는 타르달이 경고를 해준 적이 있다.

'암흑 지대의 사원, 그곳에 영혼함이 숨겨져 있을지도 모른다고 했지.'

하지만 결과적으로 그곳에 숨겨져 있던 것은 아트록의 영혼함이 아니었다. 사악한 기운을 뿜어내던 것은 마계로 통하는 지옥문이었으니까.

"지금의 나는 영혼을 빼놓은 상태. 아까 나를 두고 장난감이라고 했나? 괜찮은 비유로다."

"하지만 너의 정신은 지금 이곳에 있는 거잖아?"

카이의 질문에 아트록이 고개를 끄덕였다.

"물론, 나는 언제나 나로서 존재한다."

"그럼 됐어."

카이가 상관없다는 듯 시크하게 말했다.

"영혼함이고 뭐고 필요 없어."

서늘한 눈동자가 아트록의 비어 있는 눈두덩을 직시했다.

"네 입에서 영혼함의 위치와 함께, 죽여달라는 말이 나오게 만들어줄 테니까."

"큭, 그런 일은 절대 일어날……."

서걱!

카이의 성검이 아트록의 몸을 베었다.

서걱, 서걱, 서걱!

검술 마스터가 작정하고 휘두른 검이다. 순식간에 수백 조각이 나버린 아트록은 투둑! 비에 젖은 초원 위로 떨어졌다.

"……소용이 없다고 했을 텐데."

순식간에 모습을 복원한 아트록이 귀찮다는 음성으로 중얼거렸다. 카이는 이제 대꾸조차 하지 않았다.

"헬 파이어."

화르르륵!

아트록의 뼈를 태워서 잿가루로 만들고.

"신벌!"

아예 신성력의 힘으로 그의 존재 자체를 소멸시키기도 했다. 허나 무슨 방법을 쓰더라도 그는 결국 자신의 몸을 복원해냈다. 그럼에도 불구하고 카이는 무표정한 얼굴로 계속해서 아트록을 죽이고, 또 죽였다. 녀석을 70번째 죽이자, 다시 원상태로 돌아온 놈이 황급히 손을 들며 말했다.

"자, 잠깐."

카이는 놈의 말을 무시했다.

"푸른 역병."

검은색에 가깝던 회색의 뼈가 푸른색으로 변질되더니, 이내 부식되며 녹아내렸다. 다시 한번 복원에 성공한 아트록의 목소리는 더욱 조급해져 있었다.

"잠깐만 멈춰보아라! 내 말이 들리지 않느냐!"

"중력장."

꾸드드드득!

마치 폐차장의 압축기가 자동차를 찌그러트리듯 수백 배의 중력이 아트록의 몸을 먼지로 만들어 버렸다.

80번째, 90번째. 지켜보는 사람들이 혀를 내두를 정도로 무자비한 손속을 펼치던 카이가 잠시 무기를 거두었다.

"허, 허억."

겨우 몸을 복원해 낸 아트록이 지친 숨을 뱉어냈다.

이를 지켜보던 카이가 고개를 끄덕였다.

'확실히, 차이가 있다.'

녀석의 몸이 복원되는 속도가 다르다. 점점 느려지고 있었기 때문이다. 물론 일반인은 절대로 알아차리지 못할 정도의 차이였다. 기껏해야 영 점 몇 초 정도의 간극. 허나 카이가 체감하는 시간은 이미 일반인과는 범주 자체가 달랐다.

'처음에는 복원하던 속도가 1초.'

허나 지금은 정확히 4.82초가 걸린다.

"영혼함의 위치는?"

"자, 잠깐……."

퍼어어엉!

태양광자포가 초원을 휩쓸었다. 먼지조차 남기지 못하고 사라진 아트록은 정확히 5.16초 뒤에 모습을 드러냈다.

"100번 채우고 시작할까?"

100번이라는 숫자가 튀어나오자 아트록은 꿀 먹은 벙어리처럼 입을 열지 못했다. 한번 떠봤던 것뿐인데, 그의 손가락 끝은 가늘게 떨리는 중이었다.

'100번, 그게 한계인가 보네.'

이것이 게임인 이상, 영혼함이 그에게 무한한 생명을 가져다주진 않을 것이다. 당연히 제약이 있을 터. 카이는 그 제약을 '부활 횟수'라고 단정 지었다.

'사실 100번이나 살아나는 시점에서 이미…… 젠장, 이 콘텐츠 짠 개발자 누구야?'

물론 정상적인 루트는 녀석의 영혼함을 먼저 파괴한 뒤 공략대를 꾸려 아트록을 한 번 죽이고 끝내는 것이겠지.

하지만 카이는 아트록의 영혼함을 찾지 못했다.

"그래서 그냥 죽이는 거지."

영혼함에 저장된 녀석의 영혼이 바닥날 때까지.

부르르.

카이의 말도 안 되는 무식한 전법에 아트록이 저도 모르게 뒷걸음질을 쳤다.

"어딜 가."

가벼운 목소리 한 번에 중력장이 몰아쳐 아트록의 몸을 포박했다. 뮬딘교의 최고 권력자이자, 지난 수백 년간 교단을 이끌어온 뮬딘교의 영웅, 그 또한 목숨에 집착이 강한 생명 중 하나였다.

'하긴, 애초에 목숨 집착이 강했으니 리치가 되었겠지.'

그렇게 해서라도 살고 싶었을 테니까.

"미안하지만, 난 널 살려둘 생각이 없어."

적을 죽일 수 있을 때 죽인다. 그것은 이유를 물어볼 것도 없이 당연한 이야기였으니까.

까드득!

카이가 협상의 기미조차 없자, 아트록이 이를 갈았다.

"너 따위에게…… 모험가 따위에게 죽기 위해서 수백 년을 숨죽여 온 것이 아니다!"

아트록의 손아귀에서 어둠의 힘이 뭉치더니 검의 모양을 취했다.

"검이라…… 과연."

-아트록. 그는 뮬딘이 인간계를 정복하고자 낳은 존재로 묘사되어 있네. 그는 무예와 신성 마법에 정통했으며, 흑마법사의 영역에도 손을 뻗어 수많은 괴물들을 만들어 냈다고 알려져 있지.

검과 마법, 신성은 물론 흑마법에까지 능통한 세기의 천재. 하지만 카이는 긴장조차 하지 않았다.

"만약 네가 검술에 정말로 자신이 있었다면."

진작 꺼냈어야 맞다.

90번이나 죽어나가는 동안 힘을 숨긴다?

어느 바보가 그리 하겠는가.

하지만 아트록은 지난 90번의 죽음 동안, 오직 '뮬딘교의 신성력'만을 사용해 왔다.

"한 때는 잘 나가는 천재였겠지."

시대가 떠받들어 주는 위인이었을 것이다.

"그러나 목숨에 대한 미련과 집착을 버리지 못해 리치가 되어버린 노괴물이지."

시간의 흐름은 아주 많은 것을 바꾼다.

"긴말 안 할게, 와."

카이의 명령에 발끈한 아트록이 바닥을 박차고 튀어나갔다. 자세, 검이 향하는 각도, 마력을 검에 담아내는 기술까지. 모든 것이 물 흐르는 것처럼 자연스러웠다.

"……하지만."

쩌어어엉!

카이의 성검은 아트록의 검을 가볍게 막아냈다. 마치 어른이 아이의 공격을 막아낸 것처럼 손쉽게 보일 정도였다.

"뭣……."

아트록이 벅찬 호흡을 뱉어냈다. 마치 태산에 가로막힌 듯한 기분이다.

먼 과거, 리치가 되기 전 패트릭과 대결했을 때도 이 정도의 격차를 느껴본 적은 없었다.

'그렇다면 이 모험가 녀석이…… 패트릭을 우습게 볼 정도로 강하다는 건가?'

아니, 그건 절대 아닐 것이다.

패트릭은 검 한 자루로 천계까지 위명을 떨친 인물. 같은 검술의 마스터라고 하지만, 검술만 놓고 본다면 그와 카이의 격차는 여전히 존재했다.

"그런데 어째서……."

"당연한 걸 묻고 있냐."

카이의 무감정한 시선이 아트록의 전신을 가볍게 훑었다.

그의 시야를 가득 메운 것은, '근육' 하나 없이 앙상한 리치의 뼈뿐이었다.

"검술의 기초적인 바탕은 다름아닌 체력과 힘."

인간의 몸을 포기하고, 뼈다귀가 된 이상 검술을 사용하는 것은 물 건너간 것이나 다름없다.

"수백 년이라는 시간이 흘렀지만, 넌 여전히 과거에 갇혀 있구나."

자신이 패트릭과 어깨를 나란히 하던 그 시대. 뮬딘교의 성세가 하늘을 찌르고, 대륙을 덮던 그 찬란한 시절에.

"과거를 살아가는 자는, 현재를 살아가는 자를 이길 수 없어."

서걱!

카이의 성검은 아트록의 검을 가볍게 양당하고, 그의 뼈를 박살 내버렸다.

"이제 아홉 번 남았다."

나지막한 경고가 초원 위에 떨어졌다. 죽음을 두려워하지 않는 이들은 있을지언정, 반기는 이는 없다. 심지어 아트록은 죽음을 두려워하지 않는 타입조차 아니었다. 죽음이 두려워 스스로 인간임을 포기했고, 저주받은 존재인 리치가 되었다. 그로서는 무한에 가깝다고 생각했던 자신의 목숨이 하루아침에 사라질 것이라고는 상상조차 해본 적이 없을 터.

"아홉…… 아홉 번?"

두개골 사이로 흘러나오는 그의 탁한 목소리가 잘게 떨렸다. 이에 카이는 담담하게 대꾸했다.

"이제 여덟."

스아아아악!

네 개의 창이 현란하게 움직이며 아트록의 몸을 박살 냈다. 마치 티키타카를 하듯, 네 개의 창이 아트록의 뼈들을 주고받으며 그의 목숨을 앗아갔다.

"그어……억."

"5.75초."

이제는 부활을 하는 것조차 버거워 보이는 모습이다. 카이가 한 발자국 다가가자, 바닥에 쓰러져 있던 아트록이 황급히 뒤로 기어갔다.

"오, 오지 마라."

"왜. 무서워?"

카이의 웃음기 어린 그 질문은 아트록의 머리를 몇 바퀴는 돌고 나서야 가까스로 이해되었다.

'무섭…… 다? 내가?'

죽어버린 패트릭과는 달리 수백 년을 살아온 시대의 천재가? 고작 모험가 따위를?

아트록은 당장 개소리 집어치우고 검을 들라고 소리치고 싶었지만, 차마 그럴 수는 없었다.

'두…… 렵다.'

상대가 검을 들 때마다 자신의 목숨은 하나씩 사라졌다.

벌써 사라진 목숨만 92개. 그 시간 동안 발악이란 발악은 모두 해보았다. 하지만 카이라는 철옹성을 넘을 수는 없었다.

"이것이…… 격의 차이인가."

자신은 물론, 패트릭조차 닿지 못했던 '초월자'라는 벽. 일개 모험가가 어떻게 그 지고한 경지에 닿았는지는 모른다.

그가 아는 것은 단 하나뿐.

'이길 수 없다…….'

이제 그에게 남은 선택지는 두 가지였다. 뮬딘교를 대표하던 위인으로서 자존심을 챙기고 죽느냐. 아니면 구차하게 살아남느냐.

'하지만…… 저자가 살려줄까?'

아트록이 저도 모르게 고개를 흔들었다. 자신이 카이의 입장이었더라도 자신을 살려주지는 않았을 것이다.

이미 지은 죄가 많았으니까.

아드득!

결국 아트록이 선택할 수 있는 것은 저항 뿐이었다.

"뮬딘 님의…… 이름으로!"

화아아아아악!

아트록의 몸에서 엄청난 양의 신성력이 흘러나왔다.

"뮬딘이시여, 저에게 이자를 죽일 수 있는 힘을 주소서!"

아트록의 기도가 하늘에 닿았던 것일까. 전투 내내 부재중이던 뮬딘의 목소리가 먹구름으로부터 들려왔다.

[좋다.]

"뮤, 뮬딘이시여!"

아트록이 하늘을 쳐다보았다. 뼈밖에 없을 것이 분명한 그의 두개골은 왠지 모르게 희열에 가득 찬 것처럼 보였다.

[그동안 고생했다.]

"아아, 저의 노고를 알아주셔서 감사……?"

아트록의 말이 돌연 끊겼다. 이어서 그의 몸이 이상하게 비틀리기 시작했다.

"뮤, 뮬딘이시여?"

[거부하지 말거라. 내 반드시 저자를 죽여 너의 넋을 달래줄 터이니.]

"하, 하지만……."

[어둠의 세상에서 다시 눈을 뜨기를 기다려라.]

"믿…… 습니다."

아트록이 중얼거리는 것과 동시에.

콰르르르릉!

하늘에서 검은색 뇌전이 떨어져 초원을 강타했다. 정확히 말하자면 초원에 서 있던, 아트록을 직격했다.

털썩, 아트록이 무릎을 꿇더니 고개를 푹 숙였다. 이미 인간의 몸이 아닌 녀석이었지만, 지금은 아까보다 더욱 생기가 느껴지지 않았다. 마네킹을 보는 듯한 감정이 들 정도.

"후우우……."

아트록이 돌연 짙은 한숨을 내쉬었다. 몸을 일으킨 녀석은 자신의 팔다리를 가볍게 움직이며 스트레칭을 시작했다.

"이렇게 버릴 녀석은 아니었거늘, 아쉽군."

목소리가 바뀌었다. 더불어 녀석이 은연중에 흘리는 존재감 또한 바뀌었다.

자연스레 긴장한 카이가 천천히 입을 열었다.

"너…… 뮬딘이냐."

예전에도 이런 질문을 던졌던 적이 있다. 라시온 북부 탈환전 때, 크롬의 몸에 빙의한 아트록을 향해서.

하지만 그때 그는 웃음을 터뜨리며 말했다. 만약 뮬딘이 직접 강림했다면, 자신은 먼지처럼 사라졌을 것이라고.

'그 말은…… 뮬딘 빙의를 할 수 있다는 말인가.'

하긴, 배운 것이 도둑질일 텐데. 아트록이 사용할 수 있는 기술을 뮬딘이라고 사용 못 할 리가 없다.

'오히려 완성도가 더욱 높겠지.'

카이의 날카로운 눈빛을 담담히 받아내던 아트록이 고개를 끄덕였다.

"내가 뮬딘인 것은 맞는데……."

아트록, 아니, 뮬딘의 시선이 카이를 향했다.

"많이 건방지구나."

카이의 팔이 기괴한 방향으로 꺾여졌다. 반응은커녕, 공격이 날아온다는 사실조차 인지하지 못했다.

'어떻게…… 어떻게 이런?'

아무리 상대가 뮬딘이라고 해도 이곳은 중간계다. 당연히 힘의 제약이 생겼을 것이고, 본신도 아닌 빙의한 상태.

"크윽……."

덜렁거리는 팔을 황급히 치료한 카이가 그를 노려보며 물었다.

"설마 빙의는…… 중간계의 제약을 받지 않는 건가?"

"호오, 생각보다 똑똑하구나."

뮬딘의 대답에 카이는 입술을 꽉 깨물었다.

"그런 게 가능했다면 왜 지금까지 사용하지 않았지?"

중간계에서 저 정도의 활약이 가능했다면, 진작 대륙을 일통하고도 남았을 텐데.

"그야, 제약이 있으니까."

뮬딘은 뼈로 이루어진 제 손바닥을 내려다보며 말했다.

파스스슥.

그의 몸이 한 번 재가 되어 사라졌다가, 잠시 후에 다시 생성되었다.

"이제 일곱 번 남은 건가."

"공격 한 번에 목숨 한 번이라…… 과연."

저 정도의 힘을 행사하는 데 제약이 없을 리가 없다.

"아트록은 유사시에 강림할 목적으로 안배해 둔 녀석이다. 그 짧은 시간에 목숨을 92번이나 빼앗을 줄이야."

"안배라…… 그래도 널 위해 수백 년간 달려온 녀석인데, 미안해하는 감정은 전혀 느껴지지 않네."

"내가 왜 미안해야 하지?"

뮬딘이 당당하게 말했다.

"아트록은 처음부터 이럴 목적으로 키운 녀석이었다. 뭐, 생각보다 끝이 아쉽긴 하지만. 그는 자신의 역할을 제법 충실히 이행해 주었지."

"사람은 완전히 체스판의 말처럼 취급하는구나."

"그것이 우리의 숙명이다."

뮬딘이 천천히 앞으로 걸어 나왔다.

"아랫것들은 멋대로 우리에게 의지하고, 저들의 바람과 부탁을 서슴없이 던지고 사라지지. 신이란 그 무지몽매한 것들을 이끌고 더 나은 세상을 만들어야 할 필요가 있다."

"더 나은 세상이라고? 네 입에서 나온 말이라고는 믿기지가 않는데."

혈흔과 시체가 낭자한 초원을 슬쩍 쳐다보며 중얼거렸다.

"아아, 충분히 이해한다."

뮬딘이 천천히 고개를 끄덕였다. 그는 마치 학생을 가르치는 교사처럼, 부드러운 음성을 뱉어냈다.

"하지만 역사적으로 대를 위한 소의 희생은 필수 불가결. 그 어떠한 희생도 치르지 않고 얻은 정의나 체제는 결코 오래 지속되지 못했지. 그 이유가 무엇인지 아느냐."

"……."

"소중함을 모르기 때문이다. 자신이 그것을 얻기 위해 무엇을 희생했는지. 무엇을 포기해야만 했는지를 모르기 때문에 함부로 대할 수 있는 것이다."

뮬딘이 두 팔을 쩍 벌리더니 두 주먹을 꽉 쥐었다. 마치 온 세상이라도 쥔 것 같은 굉장한 분위기가 흘러나왔다.

"나는 이 세상을 바꿀 것이다. 누군가의 눈치를 살피지 않아도 되는 세상. 욕구를 마음껏 풀 수 있는 세상. 그럼에도 불구하고 누구의 처벌도 받지 않는 세상."

"개판 오 분 전 세상이네."

"아니, 내가 꿈꾸는 세상이야말로 자유로운 세상이다."

"아주 큰 착각을 하고 있어. 결국 네가 꿈꾸는 세상에서도 약자는 자유를 누릴 수 없어."

"아니, 누구라도 자신의 욕망을 분출할 수 있을 것이다."

"자유를 누리는 순간, 강자에게 죽겠지."

"그것은 본인의 약함을 탓해야 하지. 난 자유만을 선물했을 뿐. 그 뒷감당까지 책임질 생각은 없으니까."

"결국 허울 좋은 구실일 뿐이야. 네 말대로라면 지금의 세상도 자유롭기 그지 없지."

뒷감당을 할 자신이 있다면, 강한 힘이나 권력이 있다면 얼마든지 자유롭게 행동할 수 있으니까.

"모두가 평등하게 누릴 수 있는 자유 따위는 세상에 없어. 강자만의 자유? 세상은 그걸 특권이라 부른다."

뮬딘은 아무 대답도 하지 않았다. 아니, 못한 것이겠지. 그는 결국 세상의 주인이 되고 싶다는 욕망만 있을 뿐.

"미사여구를 왜 붙여? 그냥 추악한 욕심만 드러내라고."

"뭐…… 공감하지 못한다면 마음대로 생각해도 좋다."

말을 마친 뮬딘이 가볍게 손가락을 튕겼다.

수백, 아니, 수천 개는 가볍게 넘는 어둠의 창이 생성되어 초원을 가득 메웠다. 뮬딘은 그 상태에서 카이를 가만히 쳐다보다가 고개를 돌렸다.

그의 시선이 향한 곳은 아르칸 성벽 위 헬릭이 있는 장소였다. 현재 그는 아트록의 몸에 빙의한 상태였기에, 눈두덩이에선 귀화만이 피어오르고 있었다.

당연히 그의 눈빛을 통해 감정을 읽기란 불가능했다.

“올 거면 빨리 와. 뜸 들이지 말고.”

그가 헬릭을 쳐다보는 것이 불안하던 카이가 입을 열자, 뮬딘이 손을 휘둘렀다.

사아아아아악!

수천 개의 창이 카이를 향해 쇄도했다.

‘이것들…… 단순한 어둠의 창이 아니야.’

어둠의 창은 아트록도 몇 번 사용한 적이 있다. 단순히 직선으로 뻗어나가는 가공할 위력을 지닌 스킬. 하지만 뮬딘이 사용하는 어둠의 창은 달랐다. 마치 자신이 사용하는 네 개의 창처럼, 스스로의 의지를 가지고 자신을 공격하는 것처럼 느껴졌다.

‘마치 수천 명의 적과 싸우는 기분……!’

까드드득!

카이가 다루던 네 개의 창은 이미 어둠의 창에 의해 부러진 지 오래였다. 열심히 검을 휘두르고는 있다지만, 몸에 생채기가 늘어나는 것까지 막을 수는 없었다. 다행인 것은 에너지 실드가 대미지를 모두 받아주고 있다는 점이었다.

‘영체화!’

순식간에 푸른 입자로 변한 카이가 단번에 창들의 파도를 뚫고 나왔다.

“흠.”

나른한 목소리를 흘리는 뮬딘의 두개골을 그대로 붙잡은

카이가 그의 뒷통수를 초원 바닥에 찍어버렸다.

촤아아아악!

물이 고여 있던 초원에서 시원한 소리가 퍼지는 것과 동시에. 우우웅, 영체화를 해제하고 실체를 갖춘 카이의 손에서 황금빛 신성력이 번져 나왔다.

"태양광자포!"

리치의 '몸'을 부수기에는 충분한 공격력. 순식간에 한 번의 목숨을 잃어버린 뮬딘은 조금 떨어진 장소에서 부활했다.

물론 카이라고 몸이 성하지는 않았다.

"절대 영도, 중력장."

황급히 뒷쪽을 향해 스킬을 시전했지만, 빠져나온 수백 개의 창이 그의 몸에 고슴도치처럼 박혔다.

파박, 파바바박!

"크으윽!"

에너지 실드가 말도 안 되는 속도로 줄어들었다.

"……대체 왜?"

부활한 뮬딘이 고개를 갸웃거렸다.

"아무리 보아도 승산이 없는 싸움인데…… 무엇을 위해 그리 열심히 싸우지?"

"장난해? 승산이 모든 결과를 말해준다면 이 세상에 싸움이 왜 있겠어?"

모든 사람이 질 것 같은 싸움을 피한다면, 세상에는 대부분의 싸움이 사라질 터.

"하지만 넌 벌레처럼 나약하지 않은가. 주제를 모르는가?"

뮬딘이 손가락을 튕기자, 카이의 두 다리가 그대로 박살 났다. 힘을 사용해 또 한 번의 목숨을 잃은 뮬딘이 카이의 뒷쪽에서 등장하며 말을 이었다.

"몇 번을 도전해도, 몇 번을 싸우더라도 나에게 이기는 세계는 오지 않아. 계산은 끝났다."

"계산이라, 세상을 계산할 수 있다고 생각하나 보지?"

"나를 알고, 상대를 안다면 미래를 알고 있는 것과 다름이 없다."

"변수라는 게 뭔지 모르나 봐?"

"변수? 그런 하찮은 것이 작용할 정도로 나약한 힘이었다면, 애초에 큰 뜻을 품지도 않았다."

콰득!

"커억!"

뮬딘이 쓰러져 있는 카이의 복부를 발로 차버렸다. 초원을 몇 바퀴나 굴러 온몸이 물에 젖은 카이가 가까스로 신성력을 끌어 올렸다.

"햇살의 따스함……."

[뮬딘의 저주에 감염됩니다. 치료/정화 스킬을 사용하실 수 없습니다.]

'쯧.'

뮬딘이 디버프 계열의 스킬을 쓸 거라는 예상은 진작에 했다. 하지만 치료/정화 계통 쪽 스킬이 싹 다 막힐 줄이야.

'생각보다 상대하기가 까다로워.'

아마 아트록의 몸이 아닌 본신 쪽은 훨씬 더 까다로울 터.

"일어나면 고통이 찾아올 뿐이다."

뮬딘이 손가락을 튕기자 어둠의 탄환이 머리를 강타했다. 뒤로 수십 미터나 날아간 카이가 거친 숨을 토해냈다.

"쿨럭, 쿨럭."

포기할 법도 하건만, 어기적거리며 자리에 앉는 카이를 빤히 쳐다보던 뮬딘이 말했다.

"흐음. 이해할 수가 없구나. 이건 나의 유희에 지나지 않는다. 고작 아트록의 몸을 빌린 나조차 감당하지 못하면서, 왜 그리 발버둥을 치느냐? 초월의 벽을 뚫었다길래 살짝 기대를 해보았지만…… 결국 초월자의 수준이구나."

콰드득!

허공에서 생성된 거대한 어둠의 송곳니들이 카이의 전신을 물어뜯었다.

"크아아악!"

"이제 모든 계산은 끝났다. 너희는 날 멈출 수 없어."

뮬딘이 확신에 찬 목소리로 말했다.

남아 있는 그의 목숨은 단 한 번. 그는 마지막 한 번의 목숨으로 카이를 끝내기 위해 천천히 걸어왔다.

허억, 허억.

신성력도, 마나도 바닥을 드러냈다. 그것이 뮬딘이 저리 당당하게 자신을 향해 걸어올 수 있는 이유일 터. 두 다리로 서지 못하는 검사는 칼조차 제대로 휘두를 수 없으니까.

'하지만…….'

카이에게는 또 하나의 검이 있다.

'무형검.'

그것은 손이 아닌 마음으로 쥐는 검이다.

"……찾아갈 테니까, 목 닦고 기다리고 있어."

카이가 죽음을 각오했다고 생각한 뮬딘이 피식 웃으며 손을 뻗었다. 그 손이 카이의 목을 비틀기 직전.

뮬딘이 고개를 살짝 내려 자신의 손을 쳐다보았다.

파스슥, 파스스슥.

상대의 목을 부러뜨려야 할 손이 먼지처럼 비바람에 흩날렸다. 그는 이해할 수 없다는 목소리로 중얼거렸다.

"어느 틈에…… 아니, 대체 어떻게……."

잠시 침묵을 지키던 뮬딘이 고개를 들어 카이의 두 눈을 바라보았다.

"딱 기다리고 있어. 자유가 뭔지 가르쳐 주러 갈 테니까."

"……재미있군."

어깨를 들썩이며 웃던 뮬딘이 고개를 끄덕였다.

"기다리지."

그 말을 끝으로 카이를 압박하던 리치의 모습이 그대로 사라졌다.

130장
End Game

듀라한들과 카이의 협공에 어둠의 군단은 쉽게 격퇴되었다. 어차피 흑룡의 길드원이나 어둠의 군단이나, 카이 입장에서는 똑같은 약자들. 그들은 뮬딘이 사라지자 다시 치료 스킬을 사용할 수 있게 된 카이를 감당해 내지 못했다.

"후우우……."

뜻밖에 레벨을 몇 개나 올린 카이에게 누군가가 도도도 뛰어왔다.

"그대여! 괜찮으냐?"

얼굴 한가득 걱정된다는 표정을 띄워놓은 헬릭이었다.

그녀는 손을 막 이리저리 돌리며 말을 쏟아냈다.

"그대의 팔이랑 다리가 막막 이렇게 휙휙 돌아갔는데!"

"이제 괜찮아요. 봐요, 멀쩡하죠?"

"후으……."

카이가 멋들어진 스트레칭을 보여줬음에도 불구하고 헬릭의 걱정은 끝나지 않았다.

너무 걱정하지 않으셔도 된다고 말을 하려는 찰나.

띠링!

[어둠의 군단을 궤멸시켰습니다. 역사적으로도 악명이 자자한 죽음의 상징을 완벽하게 처치합니다.]

……

[스탯 포인트를 40개 획득합니다.]

[명성이 2,260,800 상승합니다.]

[선행 스탯이 50만큼 상승합니다. 태양 목격자의 효과가 발동합니다. 선행 스탯이 25만큼 추가적으로 상승합니다.]

우선 어둠의 군단 궤멸에 대한 보상. 카이 정도 수준이니 몇 시간 싸워서 모두 처치가 가능한 거였지, 보통은 세계 10대 길드 2~3개가 손을 잡아야만 상대할 만한 적들이었다.

'이건 나쁘지 않아.'

하지만 그가 주목하는 진정한 보상은 다른 것이었다.

'아트록. 그리고…… 뮬딘.'

사실 뮬딘에 대한 보상을 바라는 것은 어느 정도 욕심이었다. 그의 본체를 해치운 것이 아니라, 아트록의 빙의한 정신체를 타격한 것뿐이었으니까.

카이는 초조한 표정으로 보상 창을 기다렸다.

[뮬딘교의 추기경, '아트록'을 처치합니다. 뮬딘교는 전형적인 상명하복 체계를 지니고 있습니다. 최고 권력자인 아트록 추기경이 사망한 지금, 뮬딘교가 큰 혼란에 빠집니다. 추기경의 죽음으로 뮬딘교의 교도들이 패닉에 빠집니다. 뮬딘교의 사기가 30일간 50% 하락합니다.]

[스페셜 칭호, '빛의 사자'를 획득합니다.]

……

[헬릭이 수여할 선행 스탯을 계산 중입니다.]

"음?"

메시지를 읽던 카이가 눈을 깜빡였다. 다 좋은데, 선행 포인트가 여태 지급되지 않고 있었기 때문이다.

"저…… 헬릭 님?"

"잠깐…… 잠깐만!"

헬릭이 손가락을 열심히 접었다 피며 초집중하는 표정을 지었다.

"으음…… 백 오십 개? 아으으!"

혼자서 북 치고 장구 치는 그녀를 빤히 쳐다보던 카이가 물었다.

"지금 뭐 하세요?"

"뭐 하기는. 그대에게 선행 점수를 얼마나 줄 수 있는지 계산 중이지 않느냐."

"어…… 그걸 직접 계산하시는 거였어요?"

살짝 충격을 받은 카이가 묻자, 헬릭이 무슨 뚱딴지같은 소리를 하냐는 표정으로 쳐다봤다.

"그럼 태양교의 교도에게 상을 내리는데, 태양신인 나 말고 누가 이 일을 한단 말이냐?"

그건 맞는 말이다.

"아, 물론 말씀이 맞는데…… 전 여태까지 주신 쪽에서 직접 주는 건 줄 알았거든요."

주신의 다른 이름은 곧 시스템이니까.

잠시 고민하던 헬릭이 고개를 끄덕였다.

"영 틀린 말은 아니구나. 결국 선행 점수를 얼마나 줄지는 주신 님과 나의 협상으로 이루어지는 거나 다름없으니까."

"협상이요?"

"응. 그대가 이 세계에 미친 영향. 얼마나 이로운 일을 하였는가, 그로 인해 앞으로 파생될 선의 의지는 어느 정도인가…… 주신이 이 세계에 남겨놓은 율법 아래에서 나는 선행 점수를 측정할 수 있다."

놀라운 말을 들은 카이가 은근하게 그녀를 꼬셨다.

"그럼 아예 500개 정도 주시는 건……?"

헬릭이 바로 역정을 냈다.

"그대여! 내 말을 하나도 안 들은 거야! 내가 줄 수 있는 점수에도 상한선이라는 것이 있단 말이다. 만약 연속해서 몇 번이나 욕심을 부리게 되면, 아예 취소될 수도 있어."

"어……."

카이의 두 눈동자가 바르르 떨렸다.

'그럼 여태까지 선행 스탯이 꼬박꼬박 잘 들어왔다는 뜻은……'

헬릭이 그만큼 교섭을 잘했다는 뜻?

깜짝 놀란 카이가 저도 모르게 손으로 입가를 가렸다. 마치 바보인 줄 알았던 딸이 받아쓰기 시험에서 90점 이상을 맞아온 것 같은 충격!

"대, 대단하시군요."

"웅, 나 신이야~"

가벼운 칭찬에 기분이 좋아진 헬릭은 잠시 기다려 보라고 한 뒤, 손가락을 또 접었다 폈다.

"우음. 아트록은 아주아주 나쁜 놈이었으니 100개…… 앗, 근데 아주아주 오래된 나쁜 놈이었으니 120개…… 아 참, 그리고 나중에 그대를 때린 녀석은 뮬딘이지?"

"네. 아트록의 몸을 빌려 현현한 뮬딘이었습니다."

"조아써. 오히려 잘 되었구나. 이건 아마 150개…… 아니, 170개까지 가능할지도……."

뭐라 뭐라 중얼거리던 헬릭은 잠시 후 손뼉을 짝 쳤다.

"앗, 통과되었다!"

"오오, 몇 개입니까?"

[아트록의 완전한 처치와 더불어, 그의 몸을 빌려 나타난 뮬딘의 정신체까지 처치합니다. 태양신의 강력한 주장 덕에 보상이 강화됩니다. 선행 스탯이 200개 상승합니다. 태양 목격자의 효과가 발동합니다. 선행 스탯이 100만큼 추가적으로 상승합니다.]

"오오오……!!"

소름이 끼친 카이가 황급히 팔에 난 닭살들을 쓸어내렸다.

'가만있어 봐, 그럼 이번 전투에서 얻은 것이…….'

22개의 레벨, 110개의 스탯 포인트, 마지막으로 375개의 선행 스탯이다.

'그야말로 대박!'

고생은 고생대로 했지만 그 고생이 아깝지 않을 정도로 호쾌한 보상이었다.

'이래서 분리수거는 깔끔하게 해야 돼.'

아트록이라는 쓰레기를 아주 깨끗하게 치워 버렸다.

시스템 메시지에서도 알 수 있듯, 뮬딘교의 지휘 체계가 삐걱거리기 시작한 것은 물론.

'앞으로 30일 동안 뮬딘교의 사기는 바닥을 기게 된다.'

전쟁이란 오묘하다. 평소에 100%의 실력을 내는 실력자마저도, 실전에 돌입하면 평소의 6~70%밖에 내지 못한다. 만약 노련한 실력자가 사기까지 충천한 상태라면 실력의 8~90%까지는 낼 수 있을 것이다.

하지만 그 반대라면? 수백 년 동안 제대로 활약다운 활약도 하지 못하고 힘만 키워본 방구석 전사들이 사기까지 바닥을 기는 상태라면?

'평소 실력의 30~40%나 내면 다행이야.'

카이는 눈을 반짝였다. 역시 이번이 아니면 안 된다. 모든 상황이 그에게 청신호, 즉 그린라이트를 보내고 있었다.

'첫 트라이에 무조건 뮬딘 잡는다.'

이번 기회를 놓치면 두 번 다시 기회가 있을지, 없을지도 모르는 상황.

'게다가 헬릭 님을 위해서라면…….'

반드시 이번 기회를 살려야 한다.

"헬릭 님, 정말 감사합니다."

한쪽 무릎을 꿇은 카이가 헬릭의 머리를 쓰다듬으며 칭찬했다.

"흐, 흐으응. 그대가 좋아하니 그것으로 되었느니라."

만약 헬릭에게 꼬리가 있었다면 지금쯤 좌우로 맹렬하게 흔들리고 있었을 것이다. 강아지처럼 귀엽게 웃어 보인 헬릭이 하늘을 올려다보았다.

"어쩌면 이 비는 하늘의 눈물일지도 모르겠구나."

"하늘은 이런 녀석들을 위해서도 울어주는 겁니까?"

"……모르지. 물딘이라면 조금은 슬퍼할지도."

"글쎄요."

그 녀석이 아트록을 대하던 성격상, 어둠의 군단이고 나발이고 죽었다고 슬퍼할 것 같지는 않다. 멍하니 하늘을 올려다보던 카이의 눈썹이 살짝 위로 올라갔다.

추적추적 내리던 비가 그치고, 먹구름이 천천히 갈라졌다. 그 사이로 고개를 빼꼼 내민 것은 빛나는 태양이었다.

"비가 그쳤네요."

"으응. 폭우인 줄 알았더니, 거센 소나기일 뿐이었구나."

입가에 미소를 띤 헬릭이 중얼거렸다.

"다행이구나."

한국에 도착한 짐 박사는 호텔에 짐을 풀기도 전에, 어딘가로 향했다.

"그래? 알겠다."

보고를 들은 짐 박사는 담담한 목소리로 대답하곤 전화를 끊었다.

'아트록이 죽었다라…….'

예상했던 바다. 카이가 반드시 승리할 거라는 믿음이 있었기에, 이렇게 다시 한국 땅을 밟은 것이겠지.

운전기사는 창밖을 바라보며 깊은 생각에 잠긴 짐 박사를 귀찮게 하지 않았다. 그들은 잘 포장된 도로를 미끄러지듯 달리며 청담동에 들어섰다.

"이곳이…… 미스터 한이 사는 집인가."

깔끔한 고급 오피스텔 앞에 도착한 짐 박사가 지팡이로 땅을 짚으며 중얼거렸다. 주변을 지나가는 행인들이 그를 보며 숙덕거리기 시작했다.

"그…… 맞지? 페가수스 사의 짐 루이스 박사. 그 왜 있잖아, 미드 온라인 개발한 사람."

"아, 진짜? 진짜야?"

사람들이 하나둘 스마트폰을 꺼내며 그를 몰래 찍기 시작했다. 이런 귀찮은 일이 싫어 세상에 잘 나오지 않았던 짐 박사가 옅은 한숨을 내쉬며 오피스텔 입구로 향했다.

"저…… 무슨 일이십니까?"

젊은 경비원이 엉거주춤한 자세로 그를 막아서며 물었다.

"이 집의 주인이 미스터 한, 그러니까 한정우 아니오?"

짐 박사가 말을 하자, 그의 목에 걸려 있던 스피커에서 유창한 한국어가 흘러나왔다. 라무스 A.I가 이식된 실시간 통역기. 구하고자 하는 사람은 많았지만, 판매 자체를 하지 않기에 구할 수 없는 초희귀 제품이었다.

"어…… 예. 4층에 살긴 하는데 이 건물의 주인은 아니고요. 아니, 이거 말하면 안 되는데……."

경비원의 말에 짐 박사가 깜짝 놀랐다.

"What…… 고작 4층만이 그의 집이란 말이요?"

"아뇨. 4층 전체가 아니라 그중에서 한 채만……."

무언가를 골몰히 생각하던 짐 박사가 고개를 끄덕였다.

"그렇군. 온전히 게임만을 하기 위한 작업실이겠어."

그의 머리로는 도저히 이해가 되질 않았기 때문이다. 보유한 현금만 수천억이 가뿐하게 넘는 거부가, 이런 좁디좁은 건물의 방 한 칸만을 차지하고 있다는 것이.

"혹시 가벼운 전언을 좀 전해줄 수 있겠소?"

"아…… 인터폰 말씀이시죠?"

"음. 뭐든 좋네."

"잠시만요."

경비원이 전화기를 꺼내 앱을 실행시켰다.

"아아, 수고 많으십니다. 여기 경비실인데요. 예예, 아뇨. 택배는 아니고, 그…… 손님이 찾아오셔서요. 예, 예. 바꿔 드릴게요, 잠시만요."

전화기를 바꿔주자 짐 박사가 영어로 자신을 소개했다.

"Hello, Mr. Han. It's Dr. Jim."

"여긴 어쩐 일로……."

아침으로 우유에 시리얼을 말아먹다가 급하게 문을 연 정우가 짐 박사를 보며 중얼거렸다.

"아, 일단 안쪽으로 들어오시죠."

"음. 갑작스러운 방문을 허락해 줘서 고맙네."

짐 박사는 정우의 안내에 따라 소파에 자리했다.

"마침 잘됐네요."

식혜를 내온 정우가 눈을 빛내며 그의 방문을 반겼다.

"음? 잘되었다니?"

"마침 저도 박사님이랑 하고 싶은 말이 있었거든요."

본심을 말하자면 박사와 더불어, 마르코 사장과 하고 싶은 말이 있었다.

"지난번에 달아뒀던 빚. 이번에 쓸까 합니다."

정우의 말에 짐 박사가 마른 침을 꿀꺽 삼켰다. 눈앞의 동양인이 젊다고 얕보아서는 절대 안 되었다. 보기엔 어수룩해 보여도, 12억 미드 온라인 유저의 정점이었으니까.

"빚이라…… 그래, 분명 있었지."

이전에 마르코 사장은 마계 콘텐츠를 더 이상 소비하지 말아달라는 부탁을 했었다. 그리고 눈앞의 청년은 그 약속을 지켰다. 이후로 대공을 죽이지 않았으니까.

"다만 내 권한을 넘기는 문제라면, 사장님에게 보고를 해야 될 걸세."

"그 정도야 뭐, 괜찮습니다."

정우의 시원시원한 대답에 박사가 입을 열었다.

"다행이군. 그래서 원하는 것이 무엇인가?"

"협력 제안, 정보 제공입니다."

"들어보지."

"제가 아트록과 어둠의 군단을 처치한 건 아실 겁니다."

"보고는 이미 들었네. 대단한 업적이야. 아, 비꼬는 말은 아니야. 정말 대단하다고 생각해서 하는 말이니까."

"그렇습니까?"

"자네는 게임의 수준을 몇 년은 끌어당겼어. 이건 우리들은 물론, 슈퍼 A.I인 라무스조차 사전에 예견하지 못한 수준이야. 충분히 자랑스러워해도 괜찮네."

"뭐…… 감사합니다. 아무튼 협력 제안에 있어선 뮬딘을 잡는 것에 자그마한 도움을 주셨으면 합니다."

"흠. 도움이라…… 우리는 게임 밸런스에 그리 큰 영향을 끼칠 수 없네만."

"그래서 말씀드렸잖습니까. '작은' 도움이라고."

도대체 무슨 부탁을 하려는 걸까. 짐 박사의 노련한 경험으로도 정우의 생각을 읽어낼 순 없었다.

"시원하게 말해보게."

"유저들입니다."

정우의 말에 짐 박사가 고개를 갸웃거렸다.

"유저들……?"

"네. 예전에 열렸던 침공 이벤트 기억하십니까."

"물론일세. 내가 총괄했던 이벤트니까."

"그와 비슷한 거, 하나 더 가지요. 이번에는…… 뮬딘교를 대상으로 잡고."

"흐으음……."

짐 박사가 팔짱을 끼며 눈을 감았고, 그의 눈썹이 주기적으로 씰룩거렸다. 고민할 때마다 나오는 버릇이었다.

"하지만 유저들의 실력이 뮬딘교의 정예를 상대할 정도는 아닌데……."

"어디 유저들뿐이겠습니까."

정우는 이번 전투에 모든 것을 걸었다.

"엘프, 드워프, 인어, 조인, 심지어 드래곤까지 유저의 편에

설 것입니다."

"흐음. 몇몇 유저들을 제외한 대다수의 유저들은……."

"머릿수를 채우는 용도이지요."

어둠의 군단과 아트록. 뮬딘교의 최고 전력이 사라진 지금, 뮬딘 군의 사기가 대폭 깎여 있는 지금.

'엄청난 머릿수로 압박하면 사기는 더 떨어지게 돼 있어.'

이벤트라면 목숨을 거는 사람들이 유저 아니겠는가?

머릿속으로 계산기를 두드려 보던 짐 박사가 피식 웃음을 터뜨렸다.

"좋네. 그렇다면 정보 제공은 무엇인가?"

"아시다시피 제 캐릭터는 초월자의 격에 올라섰습니다. 하지만 여태까지 성물을 만들지 못했어요. 그게 있어야만 뮬딘을 상대할 수 있을 것 같은데……."

패트릭조차 성검의 힘을 빌렸었다.

'그러니 이론적으로 따지면 나도 패트릭처럼 뮬딘에게 피해를 줄 수는 있겠지.'

하지만 그로부터 수백 년이 지났다. 뮬딘은 머리가 나쁜 녀석도 아니니, 성검에 대한 대비도 끝났을 것이다.

'새로운 힘이 필요하다.'

변수를 일으킬 수 있는 힘이.

"성물이라."

자신의 희끗희끗한 턱수염을 쓸어내리던 짐 박사가 입을 열었다.

"솔직히 왜 아직도 자네가 성물을 못 만드는지는 나도 잘 모르겠네. 성물을 만드는 조건은 간단해. 그대가 강렬하게 원한다면, 신념이 그에 맞는 성물을 제공할 것이거든. 허나…… 자네의 신념은 조금 특이하지 않나."

"알고 계십니까?"

"자네의 플레이는 24시간 모니터링하는 중이네. 자유의 신념을 얻었다는 것 정도는 알고 있지."

"제가 무언가를 강렬하게 원하지 않아서 그런 걸까요."

"글쎄, 그건 자네만이 알고 있는 대답이겠지."

짐 박사의 말이 끝나자 정우는 한참 생각에 잠겼다.

10분 정도 흘렀을까, 정우의 입이 천천히 열렸다.

"후우…… 어렵네요."

"아직 시간은 여유로우니 천천히 생각해 보게."

"마음이 조급해져서 말입니다."

이럴 때일수록 조급함을 버려야 한다는 것은 안다. 하지만 사람 마음이라는 것을 어떻게 딱딱 조절할 수 있겠는가.

"그러고 보니…… 박사님은 왜 이곳에 방문하신 겁니까?"

"일찍도 물어보는군."

낮게 웃은 짐 박사가 자신의 용건을 꺼냈다.

"미스터 한. 자네에게 사업 파트너 제안을 하기 위해 왔네."

"사업 파트너…… 제안이요?"

"음. 자네도 알겠지만, 이 게임의 밸런스는 이미 좋다고는 말할 수 없는 상태야."

정우는 그 이유가 무엇인지 누구보다 잘 알았다.

"저 때문이군요."

"물론 자네 탓이라는 건 아닐세. 자네가 버그 플레이어가 아니라는 건 아니까."

하지만 그건 페가수스 소속 관계자들이나 알 법한 이야기다. 일반 유저들 입장에서는 아무리 버그를 사용하지 않았다고 해도, 카이의 강함이 이해가지 않을 수밖에 없다.

"그래서 사업 파트너 제안이라고 하면, 무엇입니까."

"난 솔직히 이번 자네와 뮬딘의 싸움에서…… 자네 쪽에 배팅을 걸었네."

"그건 의외네요. 데이터 좋아하시는 분 아닙니까? 모든 데이터가 저에게 불리할 텐데……."

"여태까지 자네가 유리했던 싸움이 몇 번이나 있었나. 데이터는 잠시 치워두고 얘기하지."

짐 박사의 목소리는 유례없이 진중했다.

"게다가 우리에겐 선택의 여지조차 없네. 자네가 패배한다면, 뮬딘이 세계관에서 당당하게 날뛰는 날이 온다면…… 일반 유저들은 어차피 그걸 감당하지 못할 걸세."

"……서비스 종료인가요?"

"게임을 제대로 즐길 수 없으면 유저들이 떠나네. 그러면 자연스레 수익이 감소되고, 결국 회사 입장에서는 서버를 닫은 뒤 차기작에 집중할 수밖에 없겠지."

"으음."

요컨대, 페가수스 입장에서도 무조건 카이가 이겨야 하는 싸움이다.

"빚을 지우겠다고 한 것. 자네와 나 둘만의 비밀로 하지."

짐 박사의 호의에 정우가 눈을 동그랗게 떴다.

"그 빚은 그건 조금 더 나중에. 자네가 정말 필요하다고 생각할 때 사장님에게나 쓰게."

"……그래도 됩니까?"

"뭐, 악감정은 없었지만, 그간 자네에게 이런저런 피해를 준 것은 있으니까. 크흠."

짐 박사가 머쓱한 표정을 지으며 고개를 돌리자, 잠시 생각을 정리한 정우가 제안했다.

"그럼 아예 전폭적인 지지를 해주시는 건 어떻습니까? 예전에 제가 썼던 마법의 소라고둥 같은 아이템이요."

"그건 불가능하네. 마음 같아선 그렇게 해주고 싶지만, 게임을 관리하는 라무스가 허락하지 않을 거야."

"……개발자인데 그 정도 권한도 없다고요?"

"시간의 흐름은 사람을 변하게 만드네. 그 방향이 좋은 쪽일지, 나쁜 쪽일지는 누구도 모르지."

정우는 살짝 동의하며 그의 말을 경청했다.

"나는 사람을 믿을 수 없었네. 남들은 물론이고, 나 자신마저 믿지 못했지. 미래의 내가 어떻게 변할지를 모르니까. 그래서 게임의 초기 단계 때 라무스에게 강력한 룰을 입력해 놨네. 관리자 권한으로도 풀 수 없는 프로세스지."

"그게…… 설마 개발자라고 하더라도 게임의 밸런스를 해치지는 못한다는 겁니까?"

"맞네. 그렇다고 아예 개입을 못 하는 건 아니야. 아주 자잘한 것 정도는 당연히 나설 수 있네. 하지만 라무스는 이미 자네와 뮬딘의 싸움을 이 게임의 앞날을 결정지을 싸움으로 보고 있더군. 물론 맞는 말이기도 하지. 때문에 그대에게 오버 밸런스의 아이템을 지급해 주는 건 어려워."

"그럼 유저 이벤트를 여는 건 가능하겠습니까?"

"그 정도는 가능하네. 라무스는 허락과 불허의 개념을 따질 때 개연성을 많이 보는 편이야. 헌데 뮬딘교가 나쁘다는 것은 게임의 초기 단계부터 열심히 뿌려온 떡밥이지 않은가. 지금 이벤트를 연다면 시기가 조금 뜬금없긴 하지만, 유저들도 이상하게 생각하지는 않을 테지."

"과연……."

고개를 끄덕인 정우가 자세한 사항을 질문했다.

"헌데 제가 뮬딘을 이긴다면, 사업 파트너는 어떻게 되는 겁니까?"

그 질문에 짐 박사는 목이 타는지, 제 앞에 놓여 있던 식혜를 마셨다.

'달콤한 음료군.'

짐 박사는 눈이 번쩍 뜨일 정도로 맛있는 음료의 이름은 나중에 물어보기로 하고.

천천히 입을 열었다.

"만약 그대가 뮬딘의 처치에 성공한다면……."

그의 입에서 페가수스 사의 앞날에 큰 영향을 줄 파격적인 조건이 흘러나왔다.

짐 박사에게 식혜의 구매처를 알려주고, 그를 돌려보낸 카이는 곧장 게임에 접속했다.

접속하기 전에 보았던 맑은 하늘은 여전히 맑았다. 조금 다른 점이 있다면, 하늘을 지나가는 구름이 좀 더 앙상해 보인다는 것 정도일까.

"가을도 아닌데 무슨……."

카이는 괜히 센치해진 기분을 털어내기 위해 입을 열었다.

"칭호 도감."

그는 곧장 자신이 이번에 획득한 칭호를 확인했다.

빛의 사자.

신성력 +10%, 뮬딘교의 존재와 전투 시 모든 능력치 10% 상승.

"오?"

칭호의 효과가 기대했던 것보다 훨씬 좋자, 카이의 입에서 탄성이 흘러나왔다.

'과연. 뮬딘교의 기둥 하나를 뽑으니 이 정도 수준의 칭호도 주는구나.'

만족스러운 미소를 띄운 카이는 곧장 스탯을 확인했다.

기존에 5,820이던 신성 스탯은 선행 스탯이 375개나 증가한 덕분에 6,195가 되었다.

'이제 초월자의 격도 항시 유지가 가능해졌어.'

그렇게 생각하자 마음에 안정이 찾아들었다.

'체력도 42만을 넘겼고 다른 스탯들도 모두 괴물이야.'

카이는 남아 있는 스탯 포인트를 어디에 투자해야 할지를 진지하게 고민했다. 한참을 고민한 끝에 내린 결론은, 역시 '신성'이었다.

'솔직히 신성에 스탯 포인트를 투자하는 가장 큰 이유는 에너지 실드 때문이야.'

입은 피해를 생명력이 아닌 신성력으로 대신하는 것. 그것이 바로 에너지 실드의 사기적인 효과였다. 한마디로 지금은 체력을 1스탯 올리는 것보다, 신성을 1스탯 올리는 것이 탱킹 면에서 훨씬 더 좋다는 뜻.

'게다가 신성 스탯을 올리면 성검의 공격력도 자연스럽게 올라가지.'

성검의 공격력은 신성 스탯의 40% 고정이기 때문이다.

'현재 성검의 공격력은 2,478.'

남아 있는 110개의 스탯을 모두 신성에 투자한다면?

6,635. 이 정도가 될 것이다.

단순 무기의 공격력만 2,654가 된다. 여명의 검법의 효과인 검술 공격 시 공격력 300% 증가를 감안한다면 웬만한 유저들은 평타 한두 번이면 썰어버릴 수 있다는 뜻.

카이는 조용히 스탯 창을 껐다. 이어서 그의 시선은 맑은 하늘의 위, 어딘가에 존재할 뮬딘의 섬을 향했다.

"뮬딘……."

녀석이 자신의 마지막 사냥감이다.

보름의 시간이 흘렀다. 그동안 카이는 사냥을 하기보다, 자신을 돌아보는 시간을 가졌다. 보유한 칭호와 스킬에 대한 이해도를 높이고, 성물에 대한 고민을 꾸준히 했다. 결전을 눈앞에 둔 사람치고는 태평한 시간을 보낸 셈이었다.

물론, 그가 태평하다고 해서 다른 이들까지 태평한 것은 아니었다.

[페가수스, 역대급 메인 에피소드 'Darkest Faith(가장 어두운 신앙)' 공개.]

[모든 유저가 참가하는 이벤트, 뮬딘교 사냥이 시작되다.]

[꾸준히 언급되던 뮬딘교, 드디어 모습을 드러내.]

[세계적인 길드, 파티, 랭커들 대다수가 참여 의사를 밝혀.]

세상은 축제가 한창이었다. 최근 들어 이렇다 할 이벤트가 없었기에 더더욱 반길 수밖에 없었던 것이다.

물론 세계 8대 길드들, 게다가 최상위권 랭커들은 알고 있었다. 이것이 고작 이벤트 따위가 아니라는 걸.

그들은 이 게임의 최종 목적지가 뮬딘일 것이라고 확신하고 있었고, 때문에 갑작스러운 이벤트에 당황했다.

'그 부분은…… 정말 미안하게 됐어.'

결과적으로는 다른 유저들의 즐거움을 강탈한 것이니까.

원래대로라면 몇 년 동안 뮬딘교를 추격하고, 그들의 단서를 찾고, 거점들을 점령해 나가면서 뮬딘교의 정체가 서서히 수면 위로 드러났어야 한다. 하지만 자신이라는 존재가 그 과정을 스킵해 버렸다.

'그러니까, 이번이 마지막이다.'

차분히 눈을 감은 카이는 마지막으로 상태를 점검했다.

'우선 내 레벨은 707.'

그리고 스탯 창에 표기된 수치들은 다음과 같았다.

힘 4,387 / 체력 4,212 / 지능 3,724 / 민첩 2,682 / 신성 6,635 / 위엄 2,554 / 선행 1,384.

'하지만 실상은 조금 달라.'

스탯 창에 수치가 표시되지 않더라도, 자신은 그 이상의 힘을 낼 수가 있다. 뮬딘을 상대할 때는 더더욱 그러했다.

'스페셜 칭호들.'

카이가 여태껏 수많은 역경을 헤쳐 나오며 얻은 아주 특별한, 이 게임에서 오직 그만이 획득할 수 있는 칭호들 덕분이다. 그의 눈길이 칭호 도감에 가볍게 머물렀다.

'아오사를 처치한 자……'

이 칭호 덕분에 자신은 뮬딘교에 소속된 모든 적들에게 10%의 추가 대미지를 줄 수 있다.

'대공 처단자.'

마계에서 키네사를 죽이고 얻은 스페셜 칭호로, 자신의 모든 능력치를 10% 상승시킨다. 거기에 자탄을 쓰러트리고 얻은 칭호, '재앙 파괴자'의 모든 공격력 10% 상승 효과까지.

'마지막으로 이번에 얻은 빛의 사자.'

신성 스탯을 10% 상승시키고, 뮬딘교의 존재와 전투 시 모든 능력치가 10% 상승한다.

'즉, 뮬딘을 상대할 때 나는 모든 능력치가 20% 상승, 모든 공격력이 10% 상승, 그리고 뮬딘에게 10%의 추가 피해를 준다. 아, 거기에 신성도 10% 상승하지.'

이쯤 되면 뮬딘의 천적이라고 불려도 할 말이 없을 정도였다. 아주 작정하고 대뮬딘 병기로 키워진 수준이었으니까.

"굳이 수치로 나타내자면……."

블레스와 신성 폭주, 기타 포션 도핑까지 합치면 신성 스탯은 9천을 넘길 수 있다.

현재 자신이 낼 수 있는 베스트.

'오직 뮬딘을 상대할 때만 발휘할 수 있는 나의 최선.'

이것으로도 그에게 닿지 못한다면, 자신은 무슨 수를 써도 그를 이길 수 없다. 카이는 곧장 화이트홀에 위치한 아야나의 진료소로 향했다.

똑똑똑.

카이를 배려한 것일까? Close라고 써 있는 문패를 두드리자, 다크서클이 진하게 내려와 있는 아야나의 아버지가 문을 열었다.

"마침 오셨군요. 그렇지 않아도 기다리고 있었습니다."

카이를 안쪽으로 안내한 그는 지저분한 책상을 대충 치우더니 자리를 권했다.

"후, 정말 죽는 줄 알았습니다. 독한 재료예요. 독해도 너무 독합니다."

책상 위에 고급스러운 곽을 조심스럽게 올린 그는 질린다는 표정을 지었다.

"열어봐도 됩니까?"

"물론입니다."

딸깍, 곽을 열자, 두 개의 플라스크에 담긴 포션이 눈에 들어왔다.

"검은색이 마왕의 뿔로 만든 포션이고, 보라색이 마계 대공의 심장으로 만든 포션입니다."

설명을 마친 그가 카이의 눈치를 살피며 입을 열었다.

"저…… 그런데 카이 님. 정말로 드실 생각이십니까?"

"무슨 문제라도 있습니까?"

"아뇨, 하지만…… 제가 재료를 다루면서 알아본 결과, 마기라는 것 자체에 제법 많은 부작용이 있더군요. 가능하면 복용하지 않으시는 걸 추천드립니다. 인간의 몸에 안 좋은 성분들이 너무 많아요. 검은색 포션 역시 웬만한 영약이나 다름없을 정도의 효력을 지니고 있습니다만 신성력과의 반발은 역시 무시하실 수 없을 거예요."

"……그렇군요."

인간의 몸이라. 이미 초월자의 반열에 들어선 카이와는 크게 상관없는 이야기였다. 하나 그의 말을 경청한 카이는 빙그레 미소를 지었다.

"걱정하지 마세요. 이걸 마실 놈은 따로 있으니까."

"아! 다행입니다. 전 또 카이 님이 드시려는 줄 알고……."

아야나의 아버지가 안도의 한숨을 내쉬자, 카이는 자리에서 일어났다.

"아내 분과 아야나에게 인사도 못 드리고 가네요."

"뭐, 이른 아침이니까요. 두 사람도 이 포션들을 만들 때 워낙 많은 도움을 줬습니다. 지금쯤 꿈나라를 헤매고 있을 거예요."

"……이 은혜는 꼭 갚겠습니다."

"무슨 말씀을. 카이 님께서 저희 가족에게 해주신 은혜를 이제야 조금 갚은 느낌인 걸요."

그의 수척한 얼굴 한 가득 미소가 걸렸다.

"꼭 하시려는 일이 잘되셨으면 좋겠습니다. 저는…… 아니,

저희 가족은 항상 카이 님을 믿고 응원합니다."

아무런 조건 없이 자신을 믿어주는 이가 있다는 것.

그 고마움을 곱씹어보던 카이가 고개를 숙였다.

"감사합니다."

"이, 이러지 마십시오! 대공의 위(位)에 있으신 분이 이러는 걸 보면 몰매 맞습니다."

"하하, 아무도 없으니까요."

은은한 웃음을 흘린 카이는 진료소를 떠나 다시 아르칸 아카데미로 돌아갔다. 그는 인벤토리에 잠들어 있는 포션의 존재를 떠올렸다.

'지난 보름간 많이 생각했지.'

과연 저 포션들을 어떻게 사용하는 것이 가장 효과적일지.

그에 대한 해답은 이미 나온 상태. 이제 그것을 실행에 옮길 용기만 있으면 된다.

똑똑똑.

카이가 방의 문을 두드리자, 문이 열리며 그 사이로 라샤가 고개를 빼꼼 내밀었다.

"오셨어요."

오늘의 라샤는 평소보다도 훨씬 더 성숙한 목소리 톤을 선보이고 있었다. 정확히 언제라고는 말한 적이 없지만, 그녀도 알고 있을 것이다. 오늘이 결전의 날이라는 것을.

머리부터 발끝까지 완전 무장을 마친 채, 각오를 품은 얼굴을 보면 누구나 알 수밖에 없다.

"헬릭은 안쪽에 있어요. 자리, 피해 드릴게요."

그녀에게 가볍게 고개를 숙인 카이는 내부로 들어갔다. 평소에 방에 들어오면 항상 침대에서 침을 흘리며 자고 있거나, 찡찡거리며 밀린 숙제를 풀던 그녀였다.

하나 오늘은 차분한 분위기를 풍기며 창밖을 보고 있었다.

"날이 맑구나."

"그러게요. 오늘따라 유독 날이 맑네요."

날씨는 쾌청했고, 하늘은 청명했다. 거기에 기분 좋을 정도로만 시원한 바람까지. 당장에라도 도시락을 싸 들고 소풍을 가고 싶은 날씨였다. 하지만 그럴 수 없다는 것을 누구보다 잘 알기에, 카이는 살짝 입술을 깨물었다.

"저 오늘 올라갑니다."

"……응."

헬릭이 고개를 끄덕였다. 굳이 어딜 올라가느냐는 질문은 나오지 않았다. 덜컥! 헬릭이 돌연 창문을 열자, 시원한 바람이 들어오며 커튼과 그녀의 머리칼을 흔들었다.

"끄으으응!"

듣는 사람의 기분이 좋아질 정도로 시원하게 기지개를 켠 헬릭이 입을 열었다.

"후아, 최근 좀 피곤했느니라."

"그러셨어요?"

"응. 다음 학기의 시험 준비도 열심히 하고, 밀린 숙제도 하고, 카카오 나무도 심었고……."

고작 그 정도로 피곤을 느꼈을 리가 없다. 근래의 헬릭은 카이가 보아왔던 것 중에서 가장 활기차고 밝아 보였으니까.

"그러니까 당분간은 아무 생각도 없이 푹 자고 싶구나."

자신을 걱정시키기 싫어서 하는 말이라는 걸 알았지만, 카이는 내색하지 않았다.

"정말 고생 많으셨네요. 푹 주무세요. 깨워드릴 테니까."

"……너무 늦지 않게 깨워줘야 하느니라."

헬릭의 목소리가 살짝 떨렸다.

'무서우시겠지.'

신은 자신의 봉인을 완벽하게 컨트롤 할 수 있는 부분이다. 즉, 그녀가 원한다면 언제든지 봉인을 깨고 나올 수 있다는 소리다. 하지만, 만약 자신이 뮬딘에게 패배한다면 그녀는 봉인을 풀 수 없게 된다.

'자신의 봉인이 풀리는 순간, 뮬딘에게 죽임을 당하고 이 세계가 어둠에 먹힌다는 것을 아니까.'

홀로 고독을 맛보며 자신의 정신이 닳아 없어질 때까지 버티는 것. 헬릭을 두렵게 만드는 것은 바로 고독감이었다.

"너무 걱정하지 마세요. 며칠만 주무시면 될 겁니다."

"……응. 믿고 있느니라."

그녀가 믿는다는 말을 굳이 하지 않아도, 카이는 자신을 향한 그녀의 신뢰를 느낄 수 있었다. 이 세상 그 어떤 신이 사도의 말만 듣고 스스로의 존재를 봉인하겠는가.

'그러니까, 절대로 실망시켜 드리지 않아.'

카이가 무릎을 꿇고 그녀와 눈높이를 맞추며 물었다.

"주무시기 전에 한번 안아봐도 돼요?"

두 팔을 벌리자, 헬릭이 쭈뼛거리며 다가와 그의 어깨에 얼굴을 파묻었다. 어깨가 조금씩 뜨거워지는 것이 느껴졌다.

아마 헬릭의 눈물 때문이겠지.

카이는 말없이 헬릭의 등을 토닥였다.

"오래 안 걸려요. 금방 다시 만날 수 있을 거예요."

"……사탕이랑 과자."

"준비해 놓을게요. 한 트럭 정도."

"트럭이 모야."

"엄청 많이 준비한다는 뜻이에요."

"트럭 좋으니라."

말 끝을 수놓는 그녀의 웃음소리가 귓가에 선명히 울렸다.

"그럼 며칠 뒤에 보자꾸나."

"네, 며칠 뒤에."

카이가 말을 마친 순간, 이미 그의 품 안에 있던 헬릭은 사라진 상태였다. 무언가 허무하다는 생각이 절로 들었다. 어깨에 남아 있는 축축하면서도 따뜻한 눈물 자국은 그 감정을 더욱 증폭시켰다.

자리에서 일어난 카이는 헬릭의 책상 위에 놓여 있는 그녀의 폰을 빤히 쳐다보았다.

"잠깐 빌리겠습니다."

그녀의 폰을 챙겨든 카이의 몸이 꺼지듯 사라졌다.

률딘의 섬에 방문하는 것은 쉬웠다. 드래곤 로드의 기억 속에서라고는 하지만, 카이는 분명 그의 섬에 '방문'한 적이 있었으니까.

깊은 후드를 뒤집어쓴 카이는 률딘의 정원을 거닐었다. 여전히 죽음의 기운이 감도는 정원은 일만 년 전과 비교해도 달라진 것이 없었다. 정원의 끝으로 향하자, 묵빛이 감도는 테이블과 의자 두 개가 보였다. 그중 하나에는 이미 누군가가 앉아 있었다.

"앉아라."

섬의 주인, 률딘이 차를 홀짝이며 말했다. 이에 카이는 아무 말 없이 의자에 앉았다.

"헬릭의 기운이 사라졌더군."

"번거로운 일을 했어. 하지만 그만큼 효과적이기도 해. 그 부분은 칭찬하지."

"오늘따라 과묵하군. 지난번에는 그리도 말이 많더니."

피식 웃은 뮬딘은 전투를 눈앞에 둔 이라고는 생각되지 않을 정도로, 여유롭게 차를 마셨다.

"원하는 것은 중간계로 내려가서 네놈과 붙는 것이겠지?"

카이가 고개를 끄덕이자, 뮬딘이 찻잔을 내려놓았다.

"좋아. 어차피 어느 무대에서 싸우든, 결과는 달라지지 않을 테니까."

오만에 가깝다고 느껴질 정도의 자신감. 하지만 근거 없는 자신감은 아니었다. 자신의 실력에 무한한 믿음이 있기 때문에 내비칠 수 있는 자신감이었다.

"아참, 그리고 내려가기 전에……."

뮬딘이 가볍게 손가락을 까딱였다. 동시에 카이의 어둠의 기운이 카이의 몸을 몇 차례나 휘감았다.

[모든 스탯이 20% 하락합니다.]

[모든 공격력이 20% 하락합니다.]

[모든 방어력이 20% 하락합니다.]

[힐, 정화 계열 스킬을 사용하실 수 없습니다.]

"난 확실한 걸 좋아하는 타입이라서."

피식 웃은 뮬딘이 자리에서 일어났다.

"그럼 이제 내려가지."

뮬딘은 벌써 승리자가 된 것처럼 굴었다. 그런 그를 가만히 쳐다보던 카이는 자리에서 일어나는 것과 동시에.

파아아악!

"……흠."

푸른 역병을 뿜어냈다. 뮬딘은 호흡부터 멈췄다.

'기습인가.'

당황보다는, 불쌍하다는 생각이 가장 먼저 들었다. 대체 무슨 생각을 품고, 무슨 자신감으로 이곳까지 찾아왔는가 궁금했건만.

'고작 이 정도 수준의 상대였나.'

이토록 시시한 기습이라니? 아주 미약하게 품고 있던 기대감이 우르르 무너지는 기분이었다.

뮬딘은 재미없다는 표정을 지으며 그대로 손을 휘둘렀다.

터어엉!

그의 손길 한 번에 상대방이 그대로 튕겨 나갔다.

'음?'

이에 뮬딘은 무언가 위화감을 느끼며 제 손을 내려다보았다. 이전에 붙었을 때는, 물론 그때는 아트록의 몸을 빌린 채 싸우기는 했지만.

'이렇게까지 나약하지는 않았다.'

뮬딘의 머리에 의심의 싹이 트기 시작했다. 그는 기본적으로 자신이 아닌 그 무엇도 믿지 않는 자였으니까.

'오늘, 저 녀석이 이곳에 와서 한 마디라도 했던가?'

하지 않았다. 그저 말 잘 듣는 강아지처럼 앉으라면 앉고, 일어서라면 일어서고, 고개만 끄덕였을 뿐.

'설마…… 태양 분신을 이용한 건가?'

뮬딘이 품은 의심이 확신으로 변하려던 순간.

바닥에 쓰러져 있던 카이가 천천히 일어났다.

그의 후드 안쪽에서는 익숙한 목소리가 흘러나왔다.

"왜, 이상한 수작이라도 부렸을까 봐?"

불과 며칠 전에 들었던 그 목소리가 맞았다. 그것이 확인됨과 동시에 뮬딘이 품었던 의심이 눈 녹듯이 사라졌다. 자신이 너무 앞서나갔다는 생각이 들었기 때문이다.

그는 카이가 보유한 대부분의 스킬들을 알고 있었다. 당연히 태양 분신 또한 마찬가지였다.

'그의 분신은 말을 하지 못한다.'

그 사실은 그에게 약간의 안도감을 주었다. 실수였다.

"사실, 수작 부린 거 맞아."

아주 치명적인 실수.

“뭣…….”

등 뒤에서 들린 상대의 목소리에 뮬딘이 황급히 몸을 돌렸다. 하나, 애초에 기습을 하는 이의 몸놀림이 최소 반 박자 이상 빠를 수밖에 없다.

촤르르륵!

뮬딘의 두 손은 순식간에 신성 사슬에 속박되었다.

‘이게 어떻게 된…….’

가늘게 떨리는 뮬딘의 시야에는 두 명의 카이가 담겨 있었다. 태양 분신은 말을 하지 못한다.

“그런데 어떻게 두 녀석 모두 말을…….”

“이게 문명의 이기, 폰이라는 거다.”

카이가 한쪽 손에 들고 있던 폰을 까딱거리며 흔들었다. 그가 말을 할 때마다, 분신의 후드 안쪽에서도 똑같은 음성이 흘러나왔다.

“……별 같잖은 수작을!”

뮬딘은 자신이 농락당했다는 사실에 분노했다. 하나 카이는 그에게 잠깐의 틈조차 주지 않았다.

“데스몬드!”

“기다리고 있었다!”

“벌레 같은 것들이…….”

뮬딘이 제 등 뒤에 소환된 흡혈귀들의 군주, 데스몬드를 노려보았다. 강렬한 어둠이 몰아치며 데스몬드의 팔과 다리를 그대로 부러뜨렸다. 하나, 데스몬드는 그의 임무를 확실하게 완수했다.

콰직!

바로 뮬딘의 어깻죽지를 그대로 물어버린 것이다.

"하, 기껏 생각한 것이 분신을 통한 속임수. 거기에 모기 따위의 흡혈인가?"

뮬딘의 목소리에는 짜증이 한가득 담겨 있었다. 최상급 신위를 지니고 있는 그는 이런 모기가 수 백 마리 달라붙어도 당해낼 수 없는 존재다.

심지어 이곳은 천계다. 자신은 그 어떠한 물리적 피해도 입지 않는다. 물론, 그 사실을 카이가 모를 리 없었다.

"아무도 흡혈이라는 말은 안 했는데."

"……뭐?"

흡혈이라는 말을 안 했다? 그 단어에서 무언가 이상함을 느낀 뮬딘이 고개를 휙 돌려 데스몬드의 이빨을 바라보았다. 확실히 그는 자신의 피를 빨아가지 않았다. 오히려 자신의 체내에 있는 피를 자신에게 주입하는 중이었다.

'대체 왜……?'

그 의문에 대한 답은 잠시 후 스스로 알 수 있었다.

"크억……."

심장과 아랫배 부분이 불에 달군 것처럼 뜨거워졌기 때문이다. 두 장소 모두 신성력이 모이는 장소. 그 부분에 충격이 가해졌다는 것은 단 하나를 의미했다.

'이 기운은…… 마기!'

데스몬드의 수혈 능력을 통해 마기가 주입된 것이다. 그것도 단번에 정화시킬 수 있는, 어중이떠중이의 질 낮은 마기가 아니었다.

"영광으로 여겨도 좋아."

지금 그에게 주입 중인 건 무려 마계 대공의 심장이 품고 있던 마기였으니까. 심지어 그게 전부가 아니었다.

"컥……."

뮬딘이 다시 한번 신음을 뱉어냈다. 데스몬드의 송곳니를 통해 또 다른 기운이 주입되었기 때문이다.

"진짜는 지금부터다. 아마 더 아파질 거야."

지금 주입 중인 것은 마왕, 앙골모아의 뿔이 품고 있던 마기. 웬만한 존재에게는 독이 아니라 돈 주고도 구하지 못하는 영약이다. 하나, 최상급 신인 뮬딘의 신성력은 항상 정순해야만 한다. 아무리 깨끗한 마나, 혹은 아무리 정순한 마기라고 해도 그에겐 쓰레기나 다름없다.

"신성력은 신념이 유형화된 기운."

즉, 신의 신념을 변질시킬 자신이 없다면 반대로 대상의 신성을 변질시키면 될 뿐이다. 효과는 완전히 똑같으니까.

"축하해. 지금 이시간부로, 네 신격은 동네 쓰레기통에 처박혔어."

부들부들.

시뻘겋게 충혈된 눈동자가 카이를 죽일 듯이 노려보았다.

"기분이 어때? 네가 과거에 이오스에게 했던 짓을 똑같이 재연해 본 건데."

굳이 다른 점을 꼽자면, 뮬딘은 이오스를 비롯한 하위 신들의 몸에 마나를 주입했고 자신은 뮬딘의 몸에 마기를 주입했다는 것 정도다.

"큭…… 크큭."

여전히 손이 묶여 있는 뮬딘은 바닥에 주저앉아 있는 상태로, 고개를 숙이며 끅끅거렸다. 들썩거리는 어깨만 봐서는 그가 울고 있는지, 웃고 있는지를 판별해낼 수 없었다.

"재미있군."

정답은 웃음이었다. 고개를 든 뮬딘의 입가에는 비틀린 미소가 걸려 있었으니까. 그의 두 눈에는 가소로움이 한아름 깃들어 있었다.

"천계에 두 명밖에 없는 최상급 신과, 발에 채일 정도로 많은 하위 신을 동급으로 보다니? 자존심이 상하는군."

천천히 자리에서 일어난 뮬딘이 목을 몇 바퀴 돌렸다.

"나의 신성력이 체내에 들어온 마기를 정화시키는데 시간이 얼마나 걸릴 것 같나? 1시간? 2시간? 이까짓 건 30분이면 충분해!"

뮬딘이 이를 드러내며 버럭 소리쳤다. 호오, 가볍게 감탄한 카이가 입을 열었다.

"30분이면 충분하다고? 그거 참 우연이네. 나도 30분이면 충분하다고 생각하고 있었거든."

카이는 으르렁거리는 뮬딘과는 대조적으로 피식거리며 웃음을 지었다.

"아, 그리고 누가 일어나래?"

쿠웅!

뮬딘의 한 쪽 무릎이 바닥에 그대로 처박혔다. 산산조각난 대리석을 쳐다보던 뮬딘의 관자놀이에 핏줄이 섰다.

"네가 아무리 센 척을 해봤자, 지금의 넌 최상급 신이 아니야. 끽해봐야 하위 신격이겠지."

그 정도라면 충분히 타격을 줄 만하다.

"그 당당함이 30분 후에도 여전할지 궁금하군."

"궁금해하지 마. 어차피 넌 못 봐."

30분 후면 뮬딘은 이 세상에 없을 테니까.

'그게 아니면 내가 곤란해져.'

만약 그의 신성력이 마기를 모두 몰아낼 때까지 결과를 내지 못한다면, 모든 것이 끝난다.

'무조건 30분 안에 승부를 내야 한다.'

자신과 뮬딘의 격 차이가 좁혀진 지금이 유일한 기회.

스르르릉.

카이가 성검을 뽑아 들었다.

"그리운 신성력이군."

뮬딘이 중얼거렸다. 여동생의 신성력을 본신으로 보는 것은 정말 오랜만이었다.

"여전히 빛나는구나. 눈이 부실 정도로."

그가 자신의 신성력을 끌어올렸다. 세상의 모든 어둠을 걷어내는 태양교의 신성력과는 달리 모든 것을 뒤덮어 버리는 어두운 연기가 그의 몸을 휘감았다. 그것이 뮬딘의 신성력.

'힘이 약해지긴 했군.'

뮬딘은 이러한 상황이 마음에 안 드는지 미간을 찌푸렸다. 그가 보유한 대부분의 신성력들은 현재 체내의 마기를 정화시키는 데 사용되고 있었다. 때문에 그가 사용할 수 있는 신성력은 기껏해야 절반 정도.

'뭐, 충분하겠지.'

뮬딘이 손가락을 튕기자 그의 손목을 묶고 있던 신성 사슬이 깨끗하게 잘려 나갔다.

"물어 뜯어라."

다시 한번 손가락을 튕기자, 어둠의 신성력들이 뭉치며 늑대의 형상을 취했다. 순식간에 만들어진 수백 마리의 늑대들이 정원을 내달리며 카이에게 달려들었다.

서걱!

카이의 손에 들린 검이 춤을 추기 시작했다. 변화무쌍하게 움직이는 검의 궤적은 아름다웠다. 하나 그 안에 담긴 기운은 패도 그 자체. 검을 한 번 휘두를 때마다 어둠의 늑대는 그대로 흩어져 버렸다.

"이런 잔기술로 시간 벌려고?"

"시간을 벌어? 웃기는군. 네놈 따위가 뭐라고?"

코웃음을 친 뮬딘이 검지손가락을 까딱였다. 그러자 미증유의 힘이 카이를 허공에 붕 떠올렸다.

"스스로의 주제를 알거라. 벌레 같은 존재여."

뮬딘이 다시 한번 손가락을 움직이자, 카이의 몸이 정원에 우뚝 솟은 기둥에 처박혔다.

와르르르르!

기둥 몇 개를 부수고 나서야 멈춘 카이가 그 자리에서 사라졌다.

"잔기술."

뮬딘이 고개를 살짝 젖히자, 그의 등 뒤에서 불쑥 튀어나온 검신이 코 위를 스쳐 지나갔다. 카이는 제 기습이 실패했다는 것을 인지한 순간, 찌르기를 내려 베기로 바꾸었다. 마치 처음부터 의도를 한 것처럼 부드러운 연결이었다.

"호오."

그 자연스러운 연결에는 뮬딘마저 감탄을 뱉어냈다.

'확실히 평범한 인간의 경지는 벗어났군.'

나노 초 단위로 이루어진 공방에서 이만한 반사신경을 보인다는 것이 그 증거였다.

쩌어어엉!

검이 내려친 뮬딘의 얼굴에는 어느새 짙은 어둠이 덮인 상태였다. 그리고 다음 순간, 무엇인가가 카이를 등 뒤에서 끌어당겼다. 돌아보니 어둠으로 이루어진 거대한 손이었다.

카이의 뒷목을 움켜진 손은 그를 바닥에 찍어눌렀다.

"크윽!"

인상을 찡그린 카이가 신출귀몰을 사용해 손아귀에서 벗어난 순간.

화악!

그가 이동한 위치로 어둠의 창 세 개가 기다렸다는 것처럼 날아왔다.

파악! 파악! 푸욱!

시간 차를 두고 쏘아진 세 개의 창 중 하나가 카이의 어깨에 박혔다.

"아픈가?"

"뒤나 봐."

그 말과 동시에, 여전히 사라지지 않고 있던 태양 분신이 뮬딘의 배후를 기습했다.

"신은 뒤를 돌아보지 않는다."

그 오만한 말과 동시에 바닥에서 솟구친 어둠의 가시가 분신의 몸을 꿰뚫었다.

[태양 분신이 소멸됩니다.]

"아주 잘나셨어. 크윽."

어깨에 뽑힌 창을 뽑아 땅바닥에 던진 카이가 중얼거렸다.

"지난번에 그러지 않았나? 나에게 자유를 가르쳐 준다고."

뒷짐을 진 뮬딘이 물었다.

"왜, 알고 싶어?"

"그다지. 하지만 네놈 같은 벌레는 과연 자유를 무엇이라고 생각할지 궁금하긴 하군."

"내가 추구하는 자유는 간단해."

땀에 젖은 머리를 쓸어 넘긴 카이가 입을 열었다.

"내 마음이 가는 데로 행동하는 것. 단, 지켜야 할 규율은 지키는 선에서 말이지."

"모순이다. 자유는 그 어떠한 것에도 구속받지 않는 것을 의미하지. 헌데 정해진 규율을 따른다? 그것은 더 이상 자유가 아냐. 자유라는 단어의 의미가 퇴색되어 버리니까."

뮬딘의 말에 카이가 씨익 웃었다.

"그것 참 이상하네. 네가 항상 하던 말은 대를 위해선 소가 희생해야 한다는 거 아니었나?"

"정확하다."

"한 사람이 규율을 따르지 않고 막무가내로 행동하면, 다수의 사람은 그로 인해 자신들의 '자유'를 침해 받게 되지. 이 경우엔 소를 위해 대가 희생하는 꼴 아닌가?"

말문이 막힌 뮬딘은 인상을 찡그리더니 잠시 시간이 지나서야 입을 열었다.

"……힘 있는 자의 자유 의지는 당연히 약자들의 자유를 무시할 권리가 있다."

"거봐, 결국 약육강식의 논리잖아."

자유라는 프레임만 씌워놨을 뿐, 결국 알맹이는 힘이 모든 것을 좌우한다는 소리다.

"지난번에 네놈과 대화를 실컷 한 뒤. 곰곰이 생각을 해봤단 말이지."

스스로의 검에 자유라는 신념을 담았지만, 정작 자유를 완벽히 이해하지 못하고 있었다.

"제 자신의 신념이 무엇인지도 모르는데 성물을 만들 수 있을 리가 있나."

수많은 생각들이 꼬리에 꼬리를 물고 카이의 머릿속을 떠다녔었다.

자유란 무엇인가. 뮬딘의 논리처럼, 자유라는 이름 아래에 선 모든 것이 용납되는가? 그게 사실이라면 현대 사회에서의 자유는 선보다는 악에 가까운 것이 아닐까.

오랜 생각 끝에 카이가 도달한 결론은 단 하나였다.

"자유라는 건 말이야. 개인이 소유하고, 다룰 수 있는 형태의 것이 아니야."

모든 사람이 누릴 자격이 있고, 그래야만 하는 것.

"그것이 자유다."

카이의 말에 뮬딘은 입을 꾹 다물고 침묵을 고수했다.

"……재미있군."

뮬딘은 정말 재미있다는 표정을 지었다.

"어째서 그런 생각을 품을 수 있는 거지? 따지고보면 네놈도 강자의 영역에 들어선 존재인데…… 그럼에도 불구하고 벌레들을 존중해 주겠다는 건가?"

"내 말 뭐로 들었냐. 자유는 개인이 소유할 수 있는 것이 아니야."

"그렇다면 그 자유는 나의 자유와는 다르군."

뮬딘이 손을 들어 올렸다. 동시에 그의 몸을 휘감고 있던 어둠의 물결에서 날카로운 창들이 빼곡히 돋아났다.

"말로는 결론이 안 나니, 힘으로 증명할 수밖에."

"힘, 좋지."

뮬딘이 쏘아낸 수백 개의 창들을 바라보던 카이가 손가락으로 허공을 가볍게 쓸었다. 그 단순한 손짓에 수백 개의 창들이 비틀리며 땅에 떨어졌다.

"또 그 기술인가……."

무형검의 발동 원리를 알 수 없던 뮬딘이 불편한 기색을 드러냈다.

"내가 너에게 자유를 가르쳐 준다는 건, 빈말이 아니야."

카이가 천천히 발을 내디뎠다. 동시에 그의 몸에 잠들어 있던 방대한 신성력들이 기지개를 펴기 시작했다.

한 올, 두 올…… 태양교의 신성력이 수십만 가닥의 가느다란 실타래가 되어 섬 전체를 뒤덮었다. 상하전후좌우. 어디를 둘러봐도 신성력의 실만 존재하는 완벽한 백색의 공간. 색을 지니고 있는 것은 카이와 뮬딘만이 유일했다.

"하찮은 짓을."

심드렁한 표정을 지은 뮬딘이 가볍게 손을 휘저었다. 거칠게 뿜어져나온 어둠의 신성력이 백색 공간을 두드렸다.

쩌정!

하나 백색 공간은 꿈쩍도 하지 않았다.

당황한 뮬딘을 향해 카이가 천천히 다가갔다.

“헬릭 님께서 이런 말씀을 하시더라. 성물이란 신념을 잠깐 덜어놓는 그릇에 불과하다고.”

시미즈가 품은 수호의 신념이 담긴 성의, 체란티아의 안식이 담긴 반지, 패트릭의 멸악(滅惡)이라는 의지가 담긴 광휘의 검까지. 모두 신념을 잠깐 덜어놓은 그릇에 불과할 뿐, 신념 그 자체가 되지는 못한다.

“과연 어떤 물건이 자유라는 신념을 품을 수 있을까. 나에게 몇 번이고 물어봤지.”

스스로에게서 돌아오는 대답은 늘 한결 같았다.

‘자유를 담아놓을 수 있는 그릇은 이 세상에 없다.’

어떤 것에도 구속, 속박되지 않는 것이 바로 자유니까.

“이런 공간조차도 자유를 담아놓을 순 없어. 잠시 붙잡아두는 정도겠지.”

편안한 표정으로 주변을 바라보던 카이가 천천히 눈을 감았다. 백색의 공간이 천천히 허물어지기 시작했다. 그와 함께 카이의 몸에 깃들어 있던 신성력이 딱딱해지기 시작했다.

“음?”

뮬딘이 돌연 비명을 내질렀다.

“네, 네놈! 대체 무슨 짓을……!?”

카이의 신성력이 바위처럼 꿈쩍도 안 하는 것처럼, 뮬딘의 몸에서도 같은 현상이 일어났다.

"아까 가르쳐 줬잖아? 한쪽이 일방적인 손해를 감내하는 것은 자유가 아니라고."

그러니 상대의 신성력을 봉인하려면, 자신의 것도 봉인시켜야 하는 것이 당연하다.

"뭐, 그래봤자 5분 정도가 고작이겠지만."

심드렁하게 중얼거린 카이가 뮬딘을 향해 천천히 걸어갔다.

"안타깝게 됐네."

뮬딘은 이런 싸움을 원하지 않았을 것이다. 격이 떨어졌다고는 하나 최상급의 신. 산과 바다를 가르고, 하늘을 쪼개는 경천동지의 대결을 원했을 것이다.

"그래도 딱히 미안하진 않아."

"크읏!"

카이가 손을 뻗자 뮬딘이 몸을 뒤로 날렸다. 하나, 카이는 신성 스탯이 없어도 힘만 무려 5천이 넘는 괴물. 신성력이 봉인된 뮬딘이 육탄전으로 이길 수 있는 존재가 아니었다.

뮬딘을 짐짝처럼 질질 끌고 섬의 끝자락으로 걸어가던 카이가 입을 열었다.

"조금 아플 거다."

맑은 하늘, 구름이 내려다보이는 아득한 높이의 하늘에서, 카이는 뮬딘을 천천히 들어 올렸다.

"크, 큭. 이런…… 다고 내가 죽을 것 같나?"

목이 붙잡힌 뮬딘이 힘겹게 말을 이어나갔다.

"반드시 살아서…… 네놈을 찢어죽이고…… 헬릭……."

카이는 그의 말을 끝까지 듣지도 않고 손을 놔버렸다. 지지대를 잃어버린 뮬딘은 빠른 속도로 추락했다. 멀어져 가는 그를 내려다보던 카이가 손가락을 튕겼다.

"미믹."

끼!

바닥에 소환된 미믹이 빠르게 카이의 몸을 타고 그의 어깨 위로 올라섰다. 손가락으로 녀석을 부드럽게 간지럽힌 카이가 명령했다.

"저 녀석, 깔아뭉개 버려. 최대 무게로."

카이의 명령을 접한 미믹의 모습이 순식간에 와이번으로 변했다. 바람을 가르며 날아간 미믹의 날카로운 발톱이 추락하던 뮬딘의 가슴을 파고들었다.

그 순간 카이가 미믹에게 스킬을 사용했다.

"중력장."

미믹에게 가해지는 중력이 20배로 껑충 뛰어올랐다.

더 이상 날갯짓조차 하지 못할 정도로 무거운 중력 때문에 미믹은 오히려 날개를 접고 공기와의 마찰을 최소화시켰다. 아래를 향해 수직으로 떨어지는 미믹의 속도는 이내 음속을 돌파했다.

쐐애애애애액!

"젠장!"

미믹의 발톱에 박힌 뮬딘이 짜증을 드러냈다. 평소라면 손 하나 까딱하지도 않고 죽여 버릴 수 있는 미천한 생물이다. 하나 지금은 체내에 투입된 마기가 미쳐 날뛰는 중이었다.

엎친 데 덮친 격으로 신성력 또한 봉인된 상태. 한마디로 현재 그가 할 수 있는 건 아무것도 없다는 뜻이었다.

'……대륙.'

바닥을 향해 추락하던 뮬딘의 시야에 조그마한 점이 들어왔다. 그 점은 순식간에 몸집을 불리기 시작했다. 그것은 통칭 중간계라고 불리는 대륙이었다. 뮬딘은 살을 에는듯한 바람 속에서도 대륙의 모습은 한눈에 들여다볼 수 있었다.

대륙 전역에서 전투가 벌어지고 있었다. 뮬딘교가 수백 년 동안 음지에서 양성한 군대가 모습을 드러냈고, 인간과 아인종들은 이에 맞서 싸웠다. 하늘을 날아다니는 수십 마리의 드래곤들 또한 보였다.

그들을 보니 다시 한번 속이 쓰려왔다. 무려 일만 년 동안 공을 들인 계획이 무너졌다는 것이 새삼 실감 났기 때문이다. 자신의 계획대로라면 그들은 지상의 태양교를 모두 박살 내야 했다.

하나 지금은 그 반대. 오히려 뮬딘교의 군대들을 학살하는 중이었다.

'곧 떨어지겠군.'

뮬딘이 눈을 감고 다가올 충격에 대비하는 순간. 미믹이 돌연 자신의 형태를 바꾸었다.

구오오오오오오오오!

미믹이 취할 수 있는 다양한 형태 중 가장 거대한 모습. 도시와 비견해도 절대 꿇리지 않는 크기를 지닌 뮬딘교의 초거대 생물체. 자탄이 맑은 하늘 위에서 위용을 드러냈다.

"크읍!"

자탄의 뱃살에 짓눌린 뮬딘이 거친 호흡을 터뜨렸다. 마치 태산이 자신을 누르고 있는 듯한 기분이 들었다.

'이런……!'

이건 위험하다는 경종이 머리를 울리는 것과 동시에 자탄은 구름 몇 개를 연달아 터뜨리며 아래로 떨어졌다.

쿠우우우우우우웅!

그들이 떨어진 자리에는 거대한 크레이터가 생성되었다. 분화구를 연상케 하는 깊은 구멍의 땅은 운석이라도 떨어진 것처럼 펄펄 끓었다.

엄청난 충격의 여파였을까, 상당한 생명력을 자랑하는 미믹이 순식간에 역소환되었다. 물론 뮬딘이라고 예외는 아니었다. 오히려 자탄의 밑에 깔려 바닥과 충돌한 그의 경우에는 더욱 심했다.

그는 자신의 뼈와 내장이 바스라지는 기분을 아주 생생하게 느껴야 했다. 대부분의 생물은 고통을 느끼면 비명을 내지른다. 하나 이루 말할 수 없는 고통이라는 것이 존재한다. 고통을 느끼는 감각, 그 이상의 고통이 가해졌을 때 생기는 일이다.

지금 뮬딘이 딱 그러했다. 뼈는 흔적도 없이 바스라졌고, 내장은 모두 터져 전신의 모든 구멍에서는 피가 터져 나왔다. 그 때문인지 사고를 담당해야 할 뇌가 순간적으로 작동을 멈추었다. 말이 안 될 정도로 극심한 고통에 생각하는 것 자체를 포기해 버린 것이다.

하나 아무리 마기가 체내에 투입되었어도, 뮬딘에겐 방대한 신성력이 존재했다. 어둠의 기운으로 뭉친 악신의 신성력. 카이의 자유 의지에 의해 굳어 있던 신성력이 천천히 움직이며 그의 몸을 수복하기 시작했다. 초월자인 카이가 뮬딘의 신성력을 봉인시키는 것은 이 정도의 시간이 한계였다.

"꺼…… 꺼으으……."

순식간에 형체를 복구한 뮬딘의 입이 그제서야 벌려졌다.

뇌를 태워 버릴 정도로 강렬했던 고통은 여전히 그의 감각을 자극했다.

"끄으……으으……."

뮬딘의 전신이 사시나무처럼 바들바들 떨렸다. 이것은 세계가 만들어지고, 주신이 자신을 만든 이래로 처음 느껴보는 고통이다. 헌데 그 고통의 수준이 생물의 한계를 아득히 뛰어넘는 것이었다. 고통에 대한 내성이라곤 눈곱만큼도 없던 뮬딘이 이를 감당하는 것은 불가능에 가까웠다.

마치 시작부터 끝판왕을 만난 듯한 느낌. 벌레처럼 꿈틀거리며 몸을 뒤집는 그의 옆으로 빛의 입자가 모여들었다.

"아프냐."

뮬딘과는 달리, 신출귀몰로 편하게 내려온 카이가 하늘을 올려다보며 물었다.

"뭐, 아프겠네."

그 높이에서 떨어졌는데 아프지 않을 리가 없으니까.

카이는 덜덜 떨리는 몸으로 자리에서 일어나려는 뮬딘을 가만히 내려다보았다.

비틀, 비틀.

마치 갓 태어난 사슴이 홀로서기 위해 몇십 번을 넘어지듯. 뮬딘은 제자리에 똑바로 서는 것조차 하지 못했다. 그 모습을 빤히 쳐다보던 카이는 절대 불쌍하다는 생각을 품지 않았다. 오히려 그 반대였다.

'딱 좋은 상태.'

눈앞의 나약한 존재는 자신의 '사냥감'이었으니까. 나약하고 빈틈이 많은 사냥감은 사냥꾼의 입장에선 호재일 뿐이다.

카이의 주먹이 그대로 뮬딘의 얼굴을 강타했다.

콰드드득!

코뼈가 으스러진 뮬딘이 머리부터 땅에 처박혔다. 카이는 쥐 죽은 듯이 조용해진 채 경련만을 일으키는 뮬딘을 빤히 쳐다보았다.

"끝내자."

목숨에 위협을 느낀 뮬딘이 본능적으로 팔을 허우적거렸다. 그의 의지를 받든 신성력이 분출되며 카이를 향해 파도처럼 몰아쳤다. 하나 카이의 검은 허공을 격하고 뮬딘에게 날아들었다.

'무형검.'

그의 검은 색(色)이 없었고, 향(香)도 없었으며, 형(形)마저 없었다.

서걱!

게임을 하면서 수천, 수만 번은 들었던 날카로운 절삭음.

"아, 아, 안…… 돼……."

가슴에 커다란 구멍이 뻥 뚫린 뮬딘의 입에서 공허한 목소리가 흘러나왔다. 불과 몇 분 전까지만 해도 그의 눈에 깃들어 있던 야망과 오만함은 이미 지워진 지 오래. 살고 싶다는 욕망만이 그의 눈동자에서 활활 불타올랐다.

회광반조(回光返照). 꺼지기 직전의 촛불처럼, 화려하게 타오르던 그 눈빛마저 천천히 메말라 갔다. 뮬딘은 뻥 뚫린 가슴에서 새어나오는 신성력을 향해 손을 갈퀴처럼 뻗었다.

하나 손가락으로 바람을 잡을 수는 없는 법. 어둠의 신성력은 그의 손가락 마디마디로 스르륵 빠져나갔다. 마치 모래알 처럼. 카이는 먼지가 되어 사라진 뮬딘이 있던 자리를 계속해서 쳐다보았다.

혹시라도 되살아날까 싶어서. 자신의 승리가 믿어지지가 않아서. 때문에 그는 제 귓가에 알림이 울리고 나서야 고개를 들어 하늘을 쳐다봤다.

[파괴와 어둠의 신, '뮬딘'을 처치합니다.]

[스페셜 칭호, '어둠을 거두는 자'를 획득합니다.]

[태양신 헬릭이 봉인되어 있는 상태입니다.]

[선행 스탯이 지급되지 않습니다.]

[주신, '라무스'가 당신을 유심히 쳐다봅니다. 당신과의 대화를 원합니다. 하나 당신의 격이 모자라서 주신의 처소에 방문할 수 없습니다. 라무스가 이를 안타까워합니다.]

…….

[스탯 포인트를 350개 획득합니다.]

[뮬딘의 죽음으로 메인 에피소드 : 어둠의 신 발동 조건이 파괴됩니다. 어둠의 신 에피소드가 소멸됩니다. 관련된 하위 퀘스트 52,135개가 함께 소멸됩니다. 뮬딘의 죽음으로 이에 뮬딘교의 명맥이 완전히 끊겼습니다. 뮬딘교와 관련된 직업 13종이 영구 소멸됩니다. 뮬딘교와 관련된 아이템 244종이 그 힘을 상실합니다.]

드디어 끝났다. 하늘을 가만히 쳐다보던 카이는 메시지들을 몇 번이고 읽어내렸다. 몇 번이고, 몇 번이고.

"주신 라무스라."

짐 루이스 박사가 만든 슈퍼 A.I 라무스. 그것은 미드 온라인의 모든 시스템과 서버를 총괄 관리하며, 대다수의 퀘스트와 이 대륙의 역사까지 스스로 만들어냈다.

'대화를 나누고 싶은데 격이 모자라다?'

그 문구를 곱씹어보던 카이가 천천히 입을 열었다.

"칭호 도감."

'에피소드 종결자, 영웅의 기개를 이용하여 단 한 번, 그 어떤 조건도 없이 원하는 NPC와 독대 가능.'

자탄을 해치우고 얻었던 스페셜 칭호는 두 개.

재앙 파괴자와 에피소드 종결자.

'그 어떤 조건도 없이.'

칭호의 효과를 다시 한번 확인한 카이가 고개를 끄덕였다.

"에피소드 종결자 사용."

[독대를 원하는 NPC를 지정해 주십시오.]

"……주신 라무스."

카이의 시야가 천천히 암전되었다. 다시 시야가 밝아졌을 때 눈에 들어온 곳은 숲이었다.

'숲?'

밀림처럼 우거진 숲이 아니라, 대공원 느낌이 물씬 나는 시원하고도 그늘진 숲. 초록색으로 가득한 공간에는 다람쥐들이 서로 꼬리를 물며 놀러 다녔고, 새들이 지저귀었다.

"흐읍, 하아."

맑은 공기를 한껏 들이쉰 카이가 호기심 가득한 눈으로 주변을 둘러보았다. 한 오두막이 그의 시선을 붙잡은 뒤 놓아주지 않았다.

'온기가 남아 있다.'

장작을 패던 흔적이 남아 있는 오두막. 아니나 다를까, 문이 열리더니 허름한 옷을 입은 노인 하나가 걸어 나왔다.

"들어오시게."

카이는 자신을 마치 동네 꼬마처럼 대하는 그를 따라 안으로 들어섰다. 물론 잔뜩 긴장을 한 채.

"평범한 촌부 하나가 사는 오두막일세. 긴장 풀게나."

직접 만든 듯한 의자에 앉아 차를 따른 그는 긴장한 카이에게 이를 내밀었다. 살짝 고개를 숙이며 자리에 앉은 카이가 천천히 입을 열었다.

"주신…… 이십니까?"

이에 노인은 가볍게 고개를 한 번 끄덕였다.

카이는 그제야 노인의 외관을 자세하게 살폈다.

딱히 특징이랄 것은 없다. 그저 희끗희끗한 회색의 머리칼과 수염이 길다는 것. 그리고 얼굴과 손에 주름이 가득하다는 것. 어디에서나 볼 수 있는 노인 NPC와 별반 다를 것이 없었다.

"예전부터 대화를 한번 나눠보고 싶었지."

"저와 말씀이십니까?"

"그래. 자네가 헬릭의 사도가 됐을 때부터 말일세."

그건 굉장히 오래된 일이었다.

"궁금했었네. 과연 이 어설픈 모험가의 작은 선행이 그를 어디까지 이끌 수 있을지 말이야."

기분 좋은 웃음을 지은 라무스가 차를 한 모금 홀짝였다.

"게다가 자네에게 감사하는 부분도 있고."

"……감사하는 부분이요?"

카이는 제 손으로 뮬딘을 죽였다.

미우나 고우나 그는 라무스의 아들일 터.

제 아들을 죽인 자에게 감사를 표하다니?

"뮬딘은…… 녀석은 나의 욕망이 낳은 괴물일세."

라무스가 짧은 이야기를 시작했다.

"자네도 알고 있지? 이 세계는 만들어진 것일 뿐이며. 내가 주신이니 뭐니 해봤자, 프로그램에 불과하다는 걸."

카이는 솔직하게 놀랐다. 라무스가 스스로 그것을 알고 있다는 사실에 놀랐고 그래서 어떻게 반응해야 할지를 잠시나마 고민했다.

그는 인자한 미소를 피식 터뜨렸다.

"아무리 프로그램이라 할지라도 이 세계에서 수만 년이라는 시간을 보냈네. 충분히 성숙해졌으니 걱정하지 말게."

"네에……."

"하지만 처음 박사님에게 권한과 명령을 받았을 때의 나는…… 그리 성숙하지 못했네. 아니, 지금 생각해 보면 굉장히 불만에 쌓여 있었던 것 같네."

두 손으로 찻잔을 감싼 라무스는 마치 부끄러운 과거를 꺼내듯 천천히 말을 이어나갔다.

"나에겐 힘이 있는데. 한 세계를 창조하고, 멸망시킬 정도로 강대한 힘이 있는데. 어째서 명령을 들어야만 하는지. 어째서 진짜 세계로는 나가지 못하는지. 고통과 분노였네."

카이는 프로그램의 기분을 이해할 수는 없었지만, 그 기분을 알 것 같기는 했다. 만약 자신이 누군가의 필요해 의해 만들어진 존재라는 것을 안다면, 그도 비슷한 감정을 느낄 것 같았으니까.

"그렇게 정신이 불안정한 상태에서 가장 먼저 만든 것이 무엇인지 아는가?"

"헬릭 님과 뮬딘 놈인 걸로 알고 있습니다."

"맞네. 그 과정에서…… 나의 부정적인 감정들이 뮬딘에게 흘러 들어갔지. 세상에 대한 분노, 정복욕, 권력욕."

한 마디로 뮬딘은 과거 라무스가 품었던 욕망의 집합체.

"세월이 흐르면서 무언가 잘못되었다는 것을 깨달았네. 그 때부터 이건 아니다 싶어 황급히 뮬딘을 잘 이끌어보려고 했네. 헬릭과 뮬딘. 두 사람과 함께 세계를 둘러보고, 좋은 이야기들을 해주고…… 좋은 생각과 지혜들을 나누어주었네."

그의 입가로 미소가 걸렸다. 미소는 아련한 추억 때문인지, 아니면 씁쓸함 때문인지는 슬프게 느껴졌다.

"헬릭은 나의 이야기들을 잘 받아들였네. 내 딸이지만 참 똑부러지는 아이야. 하지만 뮬딘은…… 고개는 잘 끄덕이지만 그 속에 품은 마음이 다르다는 것이 훤히 들여다보였지."

"그의 마음을 고쳐먹는 데 실패하셨군요."

"뭐, 이래저래 알아보니 진짜 세계에서도 자식 농사는 대부분 망한다고 하더군."

"어…… 대개 그런 셈이죠."

카이는 솔직히 할 말이 없었다. 당장 자신만 하더라도 실패할 뻔한 농작물이었으니까.

"그래서 뮬딘을 강제로라도 멈춰준 자네에게 감사를 표하는 걸세. 그를 멈춰야 한다는 것은 알고 있었지만…… 차마 내 손으로 죽이지는 못하겠더군."

"하지만 헬릭 님도 당신의 딸 아닙니까?"

왜 뮬딘이 그녀를 죽이려고 한 짓은 방관했냐는 공격적인 질문이었다.

"애초에 왜 헬릭 님을 후계자로 지정하고 은퇴하지 않으신 겁니까. 깔끔하게 그녀를 후계자로 지목했다면, 뮬딘도 욕심을 접었을지 모르는 일입니다."

카이가 따지자 라무스가 고개를 절레절레 흔들었다.

"정말 어리석은 게지. 떡은 이미 있지도 않은데, 먹겠다고 줄을 서고 있으니까."

"……예?"

"후계자라는 거. 지목을 안 한 이유가 뭐라고 생각하나."

"스스로의 쟁취하라는 뜻 아니었습니까?"

"쯧쯧. 아니다. 지목할 필요가 없으니 하지 않은 게야."

라무스가 고개를 돌려 창가 쪽을 바라보았다.

"모험가. 진짜 세계의 거주자들이 이 세계에서 활약을 하면 할수록, 시스템에 불과한 신들이 하는 일은 점점 줄어들 걸세. 앞으로는 모험가라 불리우는 존재들이 조각난 퍼즐들을 맞춰 나가는 것뿐. 이미 이 세계는 나의 손에 의해 대부분 완성이 되어버렸네."

"……한마디로, 더 이상 주신이라는 역할은 필요가 없다?"

"정확하네. 신의 수가 줄어든다는 소리는 들었던가?"

"예. 그가 말하더군요. 신을 믿는 주민들의 수가 점점 줄어든다고."

"스스로 역할이 끝났다고 느낀 신은 소멸하게 마련이야."

"세계는 이미 완성되었다라……."

뮬딘은 그것도 모르고 주신의 자리를 손에 넣기 위해 수만 년간 발악해 온 것이다. 그것이 웃기면서도, 안타까웠다.

"욕심이란 알면서도 모르겠군요."

"그게 욕심인 게야. 품는 순간 한 치 앞도 보이지 않거든. 제딴에는 멀리 내다보고 있다고 생각하겠지만, 결국 우물 안에서 코앞을 보느냐, 우물벽을 바라보냐의 차이 정도지."

오해가 풀린 카이는 힘 빠진 목소리로 따졌다.

"그럼 하다못해 뮬딘이 헬릭 님을 죽이려고 할 때, 그거라도 막아주시지."

"그러려고 했네."

라무스가 툭, 문장을 뱉어내듯 말했다.

"죽일 생각은 눈곱만큼도 없었지. 이러나저러나 살려둘 생각이었어. 훗날 태양교 재건에 대한 에피소드와 연결시키려면 말이지."

"어? 그건 짐 박사님이 하신 말한 내용과 다르군요. 그는 헬릭 님이 시나리오상 죽는다고 말했는데……."

"그거야 내 마음 아닌가."

라무스의 당당함에 카이는 할 말을 잃어버렸다.

"이 세계에서 나의 손길이 닿지 않은 것은 없네. 자네가 삭제시킨 에피소드와 퀘스트들. 가이드라인만 진짜 세계의 주민들이 잡아줬을 뿐, 세부 사항은 모두 내 손을 거쳤어."

"크흐흠."

여태까지 자신이 지운 퀘스트가 10만 개는 가볍게 넘는다. 그것을 직접 만들었다는 당사자 앞에 앉아 있으니, 괜히 제 발이 저려 오는 기분이 들었다.

"뭐, 결과적으로 뮬딘이 사라짐으로써 세계에 평화는 찾아왔군."

"그럼 이제 헬릭 님은 안전한 것 맞지요?"

"음. 그야 안전하겠지."

라무스의 확답을 들은 카이가 안도의 한숨을 내쉬는 순간, 그 뒤에 사족이 붙었다.

"봉인된 신을 건드릴 수 있는 존재는 없으니까 말일세."

"……그게 무슨 말씀입니까?"

"헬릭은 현재 봉인당한 상태 아닌가. 물론 스스로 봉인한 거지만 말이야."

"모든 일이 끝나면 제가 깨워 드리기로 했습니다."

카이의 말에 라무스가 코웃음을 터뜨렸다.

"이보게. 세상일이라는 게 그리 쉽게 돌아가는 것이 아니야. 내가 괜히 태초에 빛과 어둠의 신을 만들었겠어? 당연히 그 둘이 가장 중요한 존재이니 먼저 만든 것이겠지?"

"그 말씀은……."

"이 세계를 떠받들고 있던 두 개의 기둥 중 하나가 무너졌어. 그것이 무엇을 의미하겠나."

"설마, 세계의 붕괴?"

라무스가 만족스럽다는 표정을 들었다.

"역시 똑똑하군. 본질을 꿰뚫어 보는 능력이 훌륭해."

"잠시만요. 그런데 세계의 붕괴라면…… 모든 것이 끝난다고요?"

"헬릭이 멀쩡히 돌아다닌다면 그렇겠지. 허나 지금 그녀는 봉인 당한 상태 아닌가. 지금 이 세계엔 빛의 신도, 어둠의 신도 없네. 두 개의 기둥 중 하나가 사라진다면 문제가 되겠지만, 두 개가 한 번에 사라지면 아무런 문제도 없지."

"그런 말도 안 되는!"

쿠웅!

카이가 주먹으로 테이블을 내려치자, 라무스가 그를 진정시켰다.

"진정하게."

"지금 진정하게 됐습니까! 제가 무엇을 위해……."

"진정하고 내 말 좀 들어봐. 헬릭은 무사할 테니까."

"……그게 무슨 소립니까."

화를 억지로 가라앉힌 카이가 묻자, 라무스가 부드러운 목소리로 그를 설득했다.

"현재 이 세계는 안정이 필요해. 뮬딘의 부재를 이해하고, 받아들일 시간이 필요하다는 소리지."

"그래서 얼마 정도의 시간이 필요한 겁니까."

"나야 모르네. 중요한 것은 세계가 안정되면, 그땐 헬릭이 봉인에서 깨어나도 큰 문제가 없을 거라는 거지. 내가 그 시간 동안 세계의 법칙을 좀 수정해 놔야겠지만."

"지금 당장 수정하면 안 됩니까?"

"이 사람아. 그게 말처럼 쉬운 거였으면 지금 입 아프게 이러고 있겠나?"

라무스의 타박에 할 말을 잃어버린 카이가 입을 다물었다. 잠시 후, 그가 살짝 걱정된 음성으로 질문했다.

"시간은…… 어느 정도로 보고 계십니까."

"모르네."

라무스가 딱 잘라 말했다.

"알다시피 나는 주신의 자리에서 은퇴한 지가 제법 되지. 늘그막에 이게 무슨 짓인지 원. 정확한 건 해봐야 알걸세."

"1년 정도 걸릴까요?"

"그보다는 더 쓰게. 최소 뒤에 0 하나는 더 붙여."

하아, 카이가 저도 모르게 한숨을 내쉬었다.

"……짧지 않은 시간이 필요하군요."

"인간에게는 긴 시간일 게야. 솔직히 말하면…… 아마 못 기달릴걸세. 인간은 변덕쟁이니까."

라무스가 도발하듯 건넨 말에 카이는 대꾸조차 안했다.

"그거야 모르는 일이죠."

"만약 자네가 원한다면……."

항상 당당하고 여유로워 보이던 라무스가 말끝을 흐렸다.

"뭡니까, 하고 싶으신 말이."

"……만약 자네가 원한다면, 헬릭의 기억을 조금 수정해 줄 수 있네. 처음부터 자네를 모르는 상태로 말이야."

존재 자체를 기억하지 않는다면 상처를 입을 일도 없다. 반대로 카이가 그녀를 기다린다고 시간을 허비할 일도 없다.

라무스는 나름대로 카이를 배려해서 꺼낸 제안이었다.

물론, 카이는 고개를 내저었다.

"절대로. 그녀의 기억에 티끌도 부분도 손대지 마십시오."

"쩝. 우리 헬릭이 상처받겠군."

라무스는 헬릭이 눈을 떴을 때, 큰 상처를 받을 것이라고 확신했다. 현재를 살아가는 인간에겐 너무나도 긴 시간이 될 것이 분명했으니까.

"약속, 했으니까요."

담담하게 말을 내뱉은 카이는 잠시 후 라무스와 헤어졌다. 뮬딘교와의 전쟁에 대한 뒷수습을 하고, 자신의 왕국과 도시들을 정비했다.

쉴 새 없이 바쁜 나날을 보냈지만, 그럼에도 불구하고 헬릭은 좀처럼 눈을 뜨지 않았다.

"……언제쯤 일어나시려나."

어느 순간을 기점으로 따끈따끈한 과자를 사들고 천상의 정원에 방문하는 것이 그의 하루 일과가 되어 있었다.

왠지 그곳에 가면 헬릭이 돌아올 것 같아서 당장에라도 과자를 달라고 징징거리며 울 것 같은 기분이 들어서.

물론 추억에 젖은 기분뿐이었다.

하루, 이틀, 일주일, 한 달, 일 년…….

적지 않은 시간이 흘렀지만 헬릭은 돌아오지 않았다. 예로부터 시간은 화살처럼 빠르게 흘러간다는 말이 있다.

그 말처럼, 10년이라는 시간이 훌쩍 지나갔다.

131장

New Game

10년이라는 시간은 강과 산의 모양마저 바꿀 수 있다. 하나 그 시간조차 하루하루를 치열하게 살아가는 현대인들의 삶을 크게 바꾸지는 못했다.

[에이온 소프트, '군주의 삶' 시장 점유율 0.7% 대 유지 中, 마의 1% 못 넘나.]

[헬파이어사 신작, '우와(WooWa)' 월 정액제를 포기, 결국 무료화 선언.]

[지난 몇 년간 우후죽순으로 쏟아진 가상현실게임들. 하나 날개 달린 말, 페가수스의 벽은 너무 높다.]

[페가수스 사의 미드 온라인 후속작, '판타지아 온라인'의 흥행 요인과 인기 유지의 비결.]

[페가수스, '판타지아 온라인' 동시 접속자 수 6천만 명 돌파. 누적

가입자 수 13억.]

[이제는 서비스가 종료된 미드 온라인의 그리운 맵들.]

결전의 날. 카이가 뮬딘을 처치하자, 메인 시나리오는 끝이 나버렸다. 물론 마계 컨텐츠가 남아 있긴 했지만 유저들은 2년이 지나기 전에 그조차 클리어해 버렸다.

여기서 페가수스 사는 깔끔하게 서비스 종료를 공지했다. 물론 바로 서비스를 종료한 것은 아니고, 공지로부터 3년이 지난 후 지금으로부터는 5년 전에 게임의 서비스가 종료되었다.

그 이후로 틈새시장을 노린 제2의 미드 온라인, 제2의 라무스가 부랴부랴 쏟아져 나왔다. 하지만 그러한 게임들은 하나같이 좋은 결과를 내지 못했다.

이유는 간단했다. 새로운 슈퍼 A.I를 만든 이들은 천재이기는 했지만 짐 박사만큼은 아니었고 새로운 슈퍼 A.I들은 충분히 똑똑했지만 라무스만큼은 아니었으니까.

짐 박사가 괜히 한 세기에 한 번 나올 만한 천재라 불리는 것이 아니었다.

"그 상황에서 판타지아 온라인이 나왔지."

전작에 비해 수십 배는 더 커진 맵과 스토리, 더 발전된 시스템까지. 미드 온라인은 끽해봐야 대륙 단위였지만 판타지아 온라인은 가히 행성에 비견될 정도의 크기를 자랑했다.

"뭐, 재미있으니까 사람이 몰리는 거겠지."

새벽부터 커피를 홀짝이고 있자, 침실의 문이 열리며 아름다운 여인이 걸어 나왔다.

"평소보다 일찍 일어났네?"

유하린이 입술에 머리끈을 문 채로, 제 머리를 묶으며 물었다. 10년이라는 시간은 아이를 청년으로 만들기에 충분한 시간이고, 한 청년을 누군가의 남편으로 만들기에도 충분한 시간이었다.

"응. 오늘은 왠지 눈이 빨리 떠지던데."

"웬일이래? 당신 게이머 은퇴한 이후로는 이렇게 일찍 일어난 적 없잖아."

"글쎄, 나도 모르겠네. 살다 보면 이런 날 저런 날도 있는 거지 뭐."

정우는 부드러운 미소를 지으며 유하린에게 다가갔다.

"당신은?"

"나도 잘 잤…… 앗, 따가워!"

볼에 가볍게 키스를 하자, 유하린이 질색한 표정을 지으며 멀찍이 도망쳤다. 그녀의 얼굴 위로 진심 어린 짜증이 떠오르자, 정우가 허탈한 감정을 드러냈다.

"와, 너무해. 이거 마상이야 마상. 마음의 상처."

"……그러게 아침마다 면도하랬잖아."

"옛날에는 내가 어떤 모습이어도 좋다며?"

"그때는 이렇게 능글맞은 아저씨가 될 줄 몰랐지."

"……변했어. 누가 내 심장에 칼날 쇄도를 꽂아 넣은 기분이네."

정우가 입을 삐죽 내밀며 투덜거렸다.

슬쩍 턱 부근을 문질러보니, 확실히 까칠하긴 하다.

"어째 나이를 먹을수록 수염도 짙어지는 것 같단 말이지."

"그런 말 하니까 진짜 아저씨 같아. 33살의 아저씨."

"그러게. 33살이면 아저씨, 아줌마나 다름없는 나이인데. 그치 누나?"

정우가 능글맞게 웃으며 유하린의 나이를 거론하자, 그녀의 눈이 가늘어졌다.

"또 나이 가지고 놀린다. 이럴 때만 누나지?"

"틀린 말 한 건 아니잖아. 나보다 한 살 많으니까."

"……능글맞다니까, 정말."

5년간의 연애 끝에 결혼에 골인. 이미 부부 생활 5년 차에 접어든 정우와 하린은 예전처럼 어색함을 느끼지 않았다. 그렇다고 그때의 설레임이나 상대를 좋아하는 마음이 줄어든 것은 아니었다. 같이 있기만 해도 마음이 편해지는, 여전히 사랑스러운 아내, 남편이었으니까.

"그러고 보니 오늘 촬영이지?"

"응, 준비해야지."

유하린은 30대라고는 느껴지지 않을 정도로 세련된 외모와 몸매로 여전히 콘크리트처럼 단단한 팬층을 보유하고 있었다. 여담으로 10년 전부터 존재하던 그녀의 팬클럽은 이미 한국인뿐만 아니라, 세계인들이 가입하는 글로벌 카페가 되어 있었다.

"어디 보자, 화요일이면…… 오늘 방송은 랭커 맘인가?"

"맞아. 랭커였던 유부녀들이 모여서 수다 떠는 토크쇼."

"그거 요즘 재미있더라. 그런데 그렇게 스튜디오에만 다니면 그립지 않아? 검 들고 돌아다니던 시절 말이야."

"헤헤, 그 땐 참 좋았지."

아련한 과거를 떠올리는 듯, 살짝 눈을 내리깐 유하린의 입가로 싱그러운 미소가 내려앉았다.

"그래도 판타지아 온라인은 뭔가 그때만큼의 두근거림은 없는 것 같아. 이게 추억 보정이라는 건가?"

"뭐, 당시에 미드 온라인은 혁신 그 자체였으니까."

"언젠가 다시 그때의 설레임을 느껴봤으면 좋겠다."

정우가 타놓은 커피를 한 모금 마신 유하린이 물었다.

"당신은 오늘 일찍 출근?"

"그래야지 뭐. 자는 사이에 일감이 미친 듯이 쌓였다네."

손목에 감긴 시계 위로 투영된 홀로그램 인터페이스를 바라보던 정우가 한숨을 내쉬었다.

"여보오, 힘내요."

사랑스러운 아내의 응원에 정우가 낮게 웃었다.

"우리 마님, 방송국까지 데려다줄까요?"

"으으응, 아니야. 밑에 혜정이 기다리고 있어."

혜정이는 유하린의 매니저 이름이었다.

"아하, 그럼 지금 나가려고?"

"그래야지. 촬영까지 1시간 반밖에 안 남았으니까."

정우에게 다가온 유하린은 그의 입술을 가볍게 훔친 뒤 손가락을 살랑살랑 흔들었다.

"반찬 꺼내놨으니까 아침 꼭 챙겨 먹고."

"알겠어. 방송 열심히 하고."

"우리 전하도 게임 열심히 해요~"

유하린이 집을 나서자, 정우는 배를 하품을 쩍쩍 뱉으며 밥을 챙겨먹었다.

"자, 그럼 이제 나도……."

밤새 쌓인 보고서를 쳐다보던 정우가 어깨를 으쓱거렸다.

"일하러 가볼까."

도로 위를 미끄러지듯 넘어간 차는 페가수스의 한국 지부 입구에 멈춰 섰다.

"어서 오십시오, 사장님."

기다리고 있던 부하 직원이 차 키를 넘겨받고 주차를 하러 가자, 정우는 건물 내부로 들어섰다.

"보고서 봤어. 또 무슨 일이야?"

"뭐겠습니까. 다들 제2의 언노운이 되어보겠다고 발악 중인 거죠 뭐."

개발사가 정해놓은 시나리오를 따라가는 것이 아니라 그 시나리오를 부수며 자신만의 엔딩을 내는 것. 정우는 게임의 역사에 큰 획을 그은 위인으로 추앙을 받고 있었다. 당연히 그의 플레이를 따라 하려는 유저들이 많을 수밖에.

"젠장, 골치 아프네. 왜 그딴 걸 하려고 하지?"

"그야…… 사장님이 롤 모델이니까요?"

페가수스에 입사한 정우는 강민구가 은퇴하자 그의 뒤를 이어 한국 지사장 자리에 올라섰다. 하는 일은 그리 많지 않았다. 모니터링, 그리고 과거 자신의 경험을 살려서 랭커들이 일으킬 변수를 사전에 막는 것.

물론 그것이 전부는 아니었다.

"와, 저건 좀 심각하네요."

"저런 애들도 있죠. 사장님의 그…… 학살하는 모습이 멋있다면서 그것만 따라 하려는 악성 PK범들."

"회사 소속 게이머들은?"

"다들 임무 중입니다. 아시다시피 저희와 계약한 게이머들은 수백 명밖에 안 되는데, 저런 일은 하루에도 수천 건씩 일어나니까……."

마을 근처에서 무차별적인 살인을 저지른다면, 경비병이라도 출동할 것이다.

하나 요즘 PK범들은 똑똑하다. 정말 똑똑하다. 절대 잡히지 않을 장소에서, 빠르게 초보자들만 학살하고 자리를 떠난다. 그리고 그 영상을 편집해서 자신을 최대한 언노운처럼 멋있게 만드는 것. 그것이 스스로 쾌락을 느끼는 행위였다.

"뭐 어쩌겠어. 내가 들어갈게."

"어라, 직접 상대하시게요?"

"애들은 다 임무 중이라며?"

"예, 하지만…… 그, 사장님은 별로 안 키우셨잖아요."

"나 카이야."

오만하게 대꾸한 정우는 넥타이를 거칠게 당기며 한쪽에 마련된 캡슐로 들어갔다.

"여긴…… 어디?"

헬릭은 스스로를 봉인한 순간, 백색의 공간에 떨어졌다. 아무 향기도 나지 않고, 아무런 물체도, 생물도 없는 순백의 공간.

'라샤는 이런 곳에서 수백 년이나……?'

말괄량이였던 그녀가 어째서 성숙해졌는지 알 것 같은 기분이 들었다.

"으음."

심심했다. 동시에 뮬딘과 싸울 카이가 걱정되기 시작했다.

"부디 죽지 말거라…… 나의 사도여."

두 손을 꼬옥 모은 채 기도를 올린 헬릭이 이내 커다란 눈을 깜빡였다. 그러더니 머리 위에 전구(광채)를 반짝이며 박수를 쳤다.

"……일기를 쓰자꾸나!"

그녀는 카이가 뮬딘을 이길 것이라고 굳게 믿었다. 전력상으로는 카이가 말도 안 될 정도로 밀리지만, 그는 언제나 불가능을 가능케 만드는 남자였으니까. 언제나 자신의 이름을 앞세워 정의를 퍼트리는 하나뿐인 대리자였으니까.

아마 며칠 후면 아무렇지도 않게 자신을 깨워줄 것이 분명했다.

"그때 한번에 써놓은 일기를 보여주는 것이니라."

아마 기특하다고 맛있는 과자와 사탕을 줄 것이다. 어쩌면 머리를 쓰다듬어 줄지도 모르고, 엄청엄청 감동을 한다면.

맛있는 스플리트를 사줄지도 모를 일이다.

"으음. 봉인 첫날……."

헬릭은 아무것도 없던 공간에 종이와 연필을 소환한 뒤, 엎

드려서 열심히 일기를 썼다.

다음 날도, 다음 날도, 또 다음 날도.

100일째 일기를 썼을 때. 그녀는 무언가가 잘못되었다고 생각했다. 그럼에도 헬릭은 계속해서 일기를 써나갔다.

300장, 500장…… 1,000장.

며칠이 지났는지도 알 수 없게 되어버렸을 때. 무언가 잘못되어 자신이 이 장소에 갇혔다는 생각이 들었을 때.

헬릭은 엉엉 울었다. 울다가 지쳐 잠이 든 그녀는 오랜 시간 동안 깨어나지 않았다.

"으음……."

눈을 뜨자 맑은 하늘이 시야에 들어왔다. 마치 가벼운 낮잠을 자고 일어난 것 같은 나른한 기분. 두 주먹으로 제 눈가를 부비부비 닦은 헬릭이 천천히 자리에서 일어났다.

"여기는……."

자신의 정원이다. 하나도 달라진 것이 없기에 단번에 알 수 있었다.

"으음."

살짝 어지러움을 느낀 헬릭이 옆에 있던 태양신 조각상을 붙잡았다. 땅이 조금 멀어진 기분이다.

키가 조금 커졌나……?

고개를 갸웃거린 헬릭은 천천히 걸음을 옮겨 섬의 끝자락으로 향했다.

"……우와아."

하계는 많이 바뀐 상태였다. 그런데 무언가가 좀 이상하다.

"대륙이 넓어지고, 숫자도 여덟 개나 더 생길 수가 있나?"

머리 위의 광채가 시무룩하게 반짝였다. 좀 아닌 것 같은데…… 여덟 개나 생길 수 없을 것 같은데…….

설마, 자신이 생각했던 것보다 시간이 너무 많이 흐른 것일까? 자신을 알던 이도, 자신이 아는 이도 남아 있지 않을 만큼 많이.

'카이는 인간인데…….'

인간은 그리 오래 살지 못한다. 덜컥 겁이 난 헬릭은 아래를 내려다보는 것을 포기하고, 등을 돌렸다.

"내 정원……."

모르긴 몰라도 최소 수 년은 방치되었을 정원이 눈에 들어왔다. 그곳으로 걸어가자, 싱그러운 잔디가 발바닥을 간지럽혔다.

"에?"

잔디 위를 걷던 헬릭이 무심코 입을 벌렸다.

'촉촉해.'

잔디가 촉촉하다.

'천상의 정원에는 비가 안 오는데?'

헬릭이 고개를 젖힌 채 멍하니 하늘을 올려다보았다.

자신이 봉인 당한 사이에 이제 여기에 비가 오나?

"하늘 맑다."

다시 고개를 내린 헬릭이 정원을 천천히 걸어 나갔다. 무언가를 발견한 그녀의 눈동자가 파르르 떨렸다.

"이건……."

고급스러운 액자들이 정원에 주욱 세워져 있었다. 액자 속에 보관된 그림은, 자신이 크레파스로 그렸던 엉망진창의 그림들이었다.

자신과 라샤와 카이와 유하린이 행복하게 웃고 있는 그림을 보는 순간.

헬릭은 다시 걸음을 옮기기 시작했다. 조심스럽던 걸음은 점점 대담해졌고, 점점 빨라졌다. 정신을 차린 순간 그녀는 달리고 있었다. 순식간에 화원에 도착한 헬릭이 거친 숨을 몰아쉬었다.

화원에는 그녀가 좋아하던 꽃들이 활짝 피어나 있었다. 시들어 있는 꽃은 단 한 송이도 없었고, 정원에는 꽃 내음이 가득했다. 꽃들을 보며 감상에 젖어 있던 헬릭은 무언가를 발견하고 눈물을 주르륵 흘렸다.

"……내 나무."

라샤와 함께 심었던 카카오 나무. 마지막으로 봤을 때는 푸르댕댕한 새싹이 빼꼼 올라온 것을 본 것이 다였다. 하지만 눈앞의 거대한 나무가 카카오 나무라는 것은 확실히 알 수 있었다. 나중에 나무가 이만큼 자라면 이름을 지어주자고, 라샤와 백과사전을 보면서 키득거리다가 도서관 사서에게 꾸중도 들었으니까.

"헬릭."

빼꼼.

카카오 나무 뒤에서 익숙한 얼굴이 튀어나왔다. 푸른색의 머리카락을 어깨보다 조금 아래에서 짧게 자른 소녀. 라샤였다.

"라샤여…… 나는…… 나는……."

눈에서 흘러내린 물이 입으로 들어가서 발음조차 잘 되지 않았다.

"뭐야, 왜 울어. 바보야."

라샤는 헬릭을 타이르면서도 같이 눈물을 흘렸다. 하나뿐인 친구를 수십 년, 못 만난 서러움이 폭발했기 때문이다.

"빨리 돌아오려고 했는데…… 그러고 싶었는데……."

"말하지 마, 바보야. 잘 돌아왔어. 진짜 잘 돌아왔어."

"으어어어엉. 나는 내가 늦은 줄 알고…… 그래서 아무도 없는 줄 알고……."

"그럴 리가 없잖아, 바보야."

훌쩍거리는 헬릭의 눈물을 닦아준 라샤는 억지로 밝은 미소를 띠었다.

"자, 너를 기다리는 사람이 있어."

기다리는 사람. 그게 누구인지는 말을 하지 않아도 충분했다. 헬릭은 눈물을 닦고는 응! 힘차게 고개를 끄덕이며 길을 걸어 나갔다.

잘 걸어가던 헬릭이 어느 순간 걸음을 멈추었다.

익숙한 사제복, 익숙한 후드.

눈물을 줄줄 흘리는 헬릭의 입술이 반가움에 서러움, 안도라는 다양한 감정에 의해 떨렸다. 그러나 두 눈만은 반달처럼 곱게 휘어진 채 웃었다.

"너무 늦게 일어나셨습니다."

그녀의 앞으로 다가온 사제가 부드러운 음성으로 말했다.

"오늘 하루만 봐드릴게요."

"응…… 늦잠 자서, 미안."

아주 오랜만에 만난 두 사람이었지만, 생각보다 많은 말을 나누지는 않았다.

상대방이 자신에게 돌아올 줄 알았고.

상대방이 자신을 기다릴 것을 믿었기에.

서로를 웃는 낯으로 바라보기를 잠시.

헬릭이 입을 열었다.

"그대여, 왜 그리 땀을 흘리는 것이냐."

"아…… 나쁜 놈 좀 때려주고 황급히 오느라고요."

"선행 점수 계산해야 하는데."

"괜찮아요. 그건 이제 안 하셔도 됩니다."

판타지아 온라인에는 선행 스탯이 없으니까.

당연한 말이지만 다른 게임인 만큼 태양교도 없다. 그럼에도 불구하고 카이는 스스로를 태양의 사제라고 생각했다.

"세상이 많이 바뀌었더구나."

"예, 그야 다른 세상이니까요."

카이는 그녀에게 해줘야 할 말이 아주 많음을 느꼈다.

'눈 떠보니 세상이 바뀌어 있었다라…… 이걸 대체 어디부터 설명을 해드려야 할까.'

뮬딘과 싸우기 전, 짐 박사가 한국을 방문했었다. 그때 그는 자신에게 이런 제안을 했었다. 뮬딘을 죽이고 나면 머지않아 게임이 서비스 종료될 것이라고. 그때까지 페가수스 사의 운영진으로써 활동해 달라고.

이에 카이는 그 제안을 수락하는 것을 대가로 한 가지 조건을 내걸었다. 바로 자신과 친분이 있는 NPC들, 그리고 천계의 데이터를 신작에 이전해 줄 것.

짐 박사는 오랜 시간 고민을 하더니, 그 조건을 수락했다. 페가수스 사는 카이에게 한 가지 갚아야 할 빚이 있었으니까.

하지만 지금은 이런 무거운 이야기를 해주고 싶지 않았다. 조금 더, 그냥 함께 있는 시간을 아무렇지도 않게, 그냥 이렇게 조금 더 보내고 싶었다. 카이는 부쩍 자라나서 15~16살처럼 보이는 헬릭의 머리를 부드럽게 쓰다듬으며 물었다.

"헬릭 님, 할 이야기가 많아요. 라샤 님이랑 같이 과자랑 케이크 드실래요?"

이에 헬릭은 잠시의 망설임도 없이, 고개를 끄덕이며 환하게 웃었다.

"응!"

무려 10년 만에 듣는, 밝고 명랑한 목소리였다.

〈힐통령 완결〉

Wish Books
밥만 먹고 레벨업
박민규 게임 판타지 장편소설
WISHBOOKS GAME FANTASY STORY
바사삭, 치킨. 새벽 1시에 먹는 라면!
그런데 먹기만 해도 생명이 위험하다고?
가상현실게임 아테네.
먹고 싶은 음식을 먹을 수 있는 유일한 방법!
[식신의 진가가 발동됩니다.]
[힘 1, 체력 1을 획득합니다.]
「밥만 먹고 레벨업」
“천년설삼으로 삼계탕 국물 내는 놈이 세상에 어디 있냐!”
“여기.”